황금보검

황금보검

김정현 장편소설

열림원

효, 우애, 공경, 충성.

아름답고 고귀하지만 때로는 무겁고 두렵다.

그 무거움을 함께 짊어지거나 나누지 않아도

그저 두려운 길 나란히 동행이라도 할 누군가가 간절할 때,

같은 무거움과 두려움으로 곁에 서는 이를 일러 벗이라 한다.

2부

1부

신비한 황금나라

초원의 지평선 길잡이 삼아

박차 가하면

휘날리는 말갈기

영혼을 가르는 매운바람

아스라이 멀어져가는 옛사랑

희뿌연 흙먼지에 가물거리는 역사

마주치는 바람에

흐르는 눈물 허공으로 날려도

내 가야 할 곳은

세상 동쪽 끝 황금나라

자유가 바다처럼 넘실거리는

신비의 땅 찾아가는 내 이름 바람

또 창과 칼의 바람이 한바탕 휘몰아치고 난 뒤였다. 몇 달째인지 세어지지도 않는, 천 리인지 만 리인지 모르는 멀고 아득한 길을 그렇게 달려왔다. 길잡이는 오직 동쪽 하늘을 붉게 물들이며 떠오르는 태양. 마주치는 자 칼을 뽑으면 칼을 휘둘렀고, 창을 내지르면 먼저 창끝을 들이밀었다. 둘이면 둘의 목을 베고, 열이면 열의 배를 갈랐다. 스물이 넘고 서른이 넘으면 죽음의 비감으로 춤을 추듯 휘두르고 베며 박차를 가해 뛰어넘었다. 삶인지 죽음인지도 모르는 시간이 지나면 초원의 서늘한 바람이, 사막의 뜨거운 열풍이 가물거리는 의식을 흔들었다. 그때마다 애마 벤투스(ventus, 바람)의 거친 숨결이 삶이 현실임을 깨워주고, 비로소 돌아보면 하나둘 사라져버린 벗들의 빈자리가 허전했다.

이번에도 먼저 벤투스가 가쁜 숨을 몰아쉬며 발굽의 속도를 늦췄다. 엎어진 듯 말 등에 배를 붙인 채 늘어져 있던 사내도 천천히 고개를 가누며 등을 세우려 움찔거렸다. 골 사이를 타고 온 한줄기 바람이 빠르게 가슴과 머리를 훑고 지나가자 사내의 눈부신 금발 머리카락이 출렁거렸다. 어깨를 덮는 곱슬의 풍성한 금발, 얼굴에는 땀과 흙먼지가 드문드문 말라붙은 데다 핏자국까지 뒤엉켜 푸른 두 눈빛만이 생명의 기운을 드러내지만 본래의 피부는 우윳빛임을 느낄 수 있었다. 힘겹게 등을 곧추세우고 몇 차례 고개를 가로저어본 사내가 깊은 숨을 한번 몰아쉬고 느릿느릿 고개를 돌렸다. 이제는 한 사람, 오직 보리스만 뒤를 따르고 있는 게 아닌가. 문득 소스라치는 기운이 치밀어 올랐으나 사내는 부인하듯 크게 고개를

12

가로저었다. 이러다가 기어이 혼자가 되는 순간이 올지도 모른다는 생각이 진작부터 들던 터였다.

"씬스라로프, 정신이 드나 보군."

포니테일의 빨강 머리 보리스는 스쿠툼(scutum, 방패)의 고삐를 당겨 옆으로 다가왔다.

"대단했어. 아마 모세의 기적이 그랬을 거야. 자네가 검을 휘두르고 벤투스가 발굽을 내디디면 마치 바다가 갈라지듯 길이 열리더군. 혼비백산해 자빠지고 나뒹구는 적들이라니, 하하하!"

언제나처럼 우렁찬 목소리로 무용을 상기시키는 보리스의 너털웃음에도 씬스라로프는 아무런 대꾸 없이 찬찬히 사방을 둘러봤다.

기이한 지형이었다. 늙은 여신의 젖가슴마냥 펑퍼짐하게 둥그스름한 동산들이 끝없이 겹쳐 있었다. 그럴싸한 나무 한 그루 보이지 않고, 가을 서리에 시들어가는 이름 모를 잡초들로 누렇게 물들어 가고 있었다. 그럼에도 동산과 동산 사이의 고랑은 깊고 어두워 어디쯤에 무엇이 있을지 짐작조차 할 수 없었다. 어쩌면 조금 전 느닷없이 불쑥 튀어나와 무작정 말을 짓쳐오던 그 무리들도 저런 구릉 어딘가에 둥지를 틀어 살 듯싶었다. 설핏 물비린내가 바람결에 실려 왔다. 씬스라로프는 재빨리 벤투스의 등에서 내려섰다.

"왜?"

"근처에 물이 흐르고 있어."

잠시 코끝을 실룩거리던 보리스도 얼른 스쿠툼의 등에서 내려섰다. 물은 생명의 젖줄이었다. 푸른 초원에서도, 황량한 사막에서도,

높고 거친 산중에서도, 물이 흐르면 생명이 터전을 일궜다. 생명은 호랑이나 곰과 같은 치명적인 맹수의 무리일 수도 있었고, 사슴이나 노루와 같은 여린 동물의 무리일 수도 있었다. 그러나 호랑이나 곰과 같은 맹수보다도 더 위험한 무리는 사람이었다. 더구나 지금 이곳의 지형은 짐승이 둥지를 틀기에는 너무도 부적합했다. 피하고 숨을 수 있는 곳은 오직 구릉뿐, 그마저도 등성이에서 내려다보면 웅크린 작은 몸뚱이 하나 감출 수 없었으니.

"일단 해 떨어질 때까지 이 녀석들을 쉬게 했다가 어두워지면 서둘러 벗어나자."

벤투스의 갈기를 쓰다듬으며 말하자 보리스도 고개를 끄덕이며 스쿠툼의 등을 두드려줬다.

"해가 곧 떨어질 것 같아 그나마 다행이야. 마른풀이지만 이 녀석들 배 채우기에는 넉넉하고."

"얼마나 더 가야 할까?"

혼잣말 같은 씬스라로프의 질문에 잠시 생각을 더듬던 보리스가 고개를 돌렸다.

"길을 잘못 든 것 같지는 않아. 어제 저녁에는 미처 눈여겨보지 않았는데 지금 생각하니 남쪽의 작은 산은 분명 붉은 산이었어. 아저씨가 말하지 않았나, 돌과 마른 사막을 벗어나면 남쪽에 붉은 산이 보일 거라고."

붉은 산이라면 지금 중국 내몽고 자치구 츠펑赤峰시에 소재한 홍산紅山을 말하는 것이었다.

"그래, 기억나. 그럼 이제 이 메마른 구릉을 벗어나면 강과 산이 흔하고, 아주 높고 신성한 산맥을 넘게 되겠군."

"그렇지, 그 산만 넘으면 이 세상 동쪽 끝 바다의……."

"세상에서 가장 푸른 바람의 냄새를 맡을 수 있을 테고."

보리스의 말을 받은 씬스라로프의 음성에 벅찬 기운이 가득했다.

"이제 다 온 거야! 마침내 그 황금의 나라가 지척이야!"

"방심해서는 안 돼. 아직도 길은 멀어. 더구나 이제부터는 사람들이 많은 곳이야. 그저 무리지어 사는 게 아니라 엄격한 규율과 조직을 갖춰 나라를 만든 사람들. 이제까지 만나 적이 되었던 사람들과는 머리와 생각이 달라. 게다가 말과 활에 익숙하다니 아예 부딪치지 않게 멀어도 돌아가고, 조심 또 조심해야 돼."

떨떠름한 얼굴로 주변을 돌아본 보리스는 새삼 두 사람뿐이라는 사실을 실감해 어깨를 으쓱했다.

"하긴, 이젠 우리 둘만 남았으니…… 그래도 무작정 꽁무니 빼지만은 않을 거다. 우릴 적으로 삼겠다면 기꺼이 상대해줘야지!"

"그건 나도 마찬가지다. 그렇지만 우리를 보낸 아버지들의 뜻도 잊지 말아야 한다는 걸 명심해. 황금의 나라에서 우리 롭Rob성의 소식을 기다리려면 반드시 살아 있어야 해."

말들을 향해 돌아서는 씬스라로프의 결기에 보리스는 비감한 얼굴로 고개를 끄덕였다.

멀고도 먼 길이었다. 길은 오래전부터 나 있었다지만 여전히 나

있지 않은 길이기도 했다. 몇 날 며칠을 달려도 마주치는 것은 오직 초원이거나 사막이거나 적막한 길이기 일쑤였다. 도대체 사람들은 왜 이처럼 길 없는 길, 끝이 없을 것 같은 길을 그토록 오갔던 것인지. 길을 찾아 나서, 길을 열어가는 사람들의 그 오랜 행로의 끝은 무엇이었을까. 오직 무엇인가를 구하려는 뜻만은 아니었을 것이다. 구하고 얻으려는 목적만이라면 우선 그것이 무엇인지 명료해야 할 텐데, 가보지 않은 그 길에 무엇이 있는지도 모른 채 시작된 행로였으니.

결기의 모험이었을까. 그 또한 아무리 유별난 성정性情이라 해도 기대할 무엇은 있어야 할 텐데, 아무것도 알지 못하는 미지에 기대한다는 것은 너무 어리석은 노릇이 아닌가. 아무래도 점이 이어져 선이 되듯, 전해지고 전해져온 이야기들의 환상에 희망을 품고, 그 희망이 길을 나서려는 용기가 된 듯싶다. 그것은 너무 오래되어 섣불리 옛날이라 이름할 수조차 없는 아득한 그 언제인가부터 쌓이고 쌓여 만들어진 환상으로, 설령 실체를 보았다 할지라도 기어이 환상을 지우지는 못할, 그래서 영원토록 희망이 되고 기꺼이 길을 나서게 하는, 그야말로 환상인지도 모른다.

그렇더라도 길이 이어진다는 것은 무엇보다 마주침이 있다는 것 아닌가. 그것은 교류이고 나눔이다. 하지만 그조차 환상이기만 했다. 어쩌다 길 위에서 마주치는 사람들. 먼 길을 떠나온 상단商團이 있는가 하면 부족의 무리도 있었고, 한 무리 양떼에 생을 의지한 두려움에 떠는 유목민 무리도 있었다. 가끔 그들과의 경계하는 마주침이 미소로 이어져 슬며시 각자의 길로 말 머리를 돌리거나 친구가 되는 경우도 있었지만, 까닭 없이 영문도 모른 채 먼저 적이 되어 부딪치는 일이 대부분이었다. 더구나 뽀얀 흙먼지를 휘몰아 들이닥친 정예의 군사들은 무작정 눈을 부릅뜨고 창과 칼로 어르며 약탈과 살인을 일삼았다. 도무지 길을 열고, 가는 까닭을 알 수 없지 않은가.

길을 떠나 두 개의 바다(흑해와 카스피해였을 것이다)를 돌아 나올 때까지는 그나마 수긍할 수 있었다. 말語과 생김새, 차림새로 서로를 인식할 수 있었고, 종족의 대이동에 따른 마찰이 이미 서로를 적으로 구분해놓아 누가 먼저 칼을 뽑든 맞서 살아남는 것만이 최선이었으니.

어느새 생김새와 차림새는 낯설기만 하고 언어조차 아예 소통이 되지 않는 땅에 이르렀다. 말은 통하지 않아도 오래된 원한이나 약탈하려는 뜻도 없으니 사람과의 만남은 반가움이 먼저이리라 생각했다. 그게 틀린 생각이고 어리석음이었을까.

끝없는 초원의 지루함, 메마른 땅의 흙먼지, 사막의 찌는 듯한 무더위, 갈증이나 배고픔보다도 시간이 흐를수록 적막과 고독이 더욱 견딜 수 없는 고통이 되기도 했다. 그것은 한편 알 수 없음에 의한 두려움이기도 했을 것이다. 얼마나 더 가야 하는지, 저쯤 앞에는 무엇이 있고 더 멀리에는 또 어떤 다름이 있는지. 무엇보다도 마침내 희망은 있는 것인지, 최소한 그곳에 대해 들어본 사람이라도 있는 것인지 알고 싶은 마음 간절했다.

그러나 사람과 사람의 만남은 놀랍게도 반가움이 아니라 경계와 적의敵意가 먼저였다. 더욱 어이없는 것은 그토록 그리워했으면서도 막상 마주치자 자신 역시 먼저 적의를 감춘 경계로 대하게 되더라는 것이다. 다행히 머릿수가 많은 쪽에서 적의를 드러내지 않으면 미소와 손짓 몸짓으로 주고받는 가벼운 소통, 필요한 교환을 끝으로 제각각 말 머리를 돌리는 경우도 있었지만 처음부터, 혹은 미소의 뒤에도 끝내는 칼바람이 일기 일쑤였다.

갈수록 회의懷疑는 깊어갔다. 사람과 사람의 만남이 낯설면 낯설수록 경계와 적의가 더해지는 것을 겪어왔고, 자신들 역시 다르지 않음을 너무도 생생히 경험한 바였다. 하물며 낯선 희망을 찾아 나서서도 그러한데, 뉘라서 무작정 찾아온 다른 이를 품어 안을까. 황금이 넘치는 나라, 세상 모든 진기한 보물들이 모여드는 땅…… 무엇보다 누구나 거리낌 없이 들고 날 수 있도록 활짝 열려 있다는 문. 과연 세상에 그런 곳이 있을까. 아무리 세상 동쪽 끝에 있는 신비한 나라라고 하지만 점점 믿기지 않았다. 그럼에도 돌아설 수가 없었다. 너무 멀리 와서가 아니라 처음부터 돌아갈 수 없는 길이었다.

"어제 본 산이 붉은 산이 틀림없다면 친의 영역은 거의 벗어난 것이겠군."

말고삐를 잡고 어둠 속을 헤쳐 나가던 씬스라로프가 문득 생각난 듯 중얼거렸다.

친Chin은 고대 서양에서 중국을 이르는 명칭이었다.

"그렇게 봐도 되겠지. 친도 큰 혼란에 휩싸여 있다더니 그 때문에 군사들이 그악스럽게 설친 건가?"

보리스가 말하는 혼란은 남북조南北朝시대를 말하는 것이었다.

"그럴 수도 있겠지. 그럼 여기, 이런 척박한 땅을 터전으로 삼은 이들은 또 어떤 자들일까?"

"어디에나 변방은 있지 않나, 주력에 끼이지 못한 채 기회를 노리는 자들의. 그런 자들일수록 거칠고 무모하지. 살아남으려니 그리 될 수밖에 없는 노릇이기도 하고, 쯧쯧."

보리스는 무심히 혀를 찼지만 씬스라로프는 떠나온 롭성을 생각했다.

아버지의 나라 롭성에도 황금과 보석은 풍부했다. 견고한 성을 쌓아 안정을 굳힌 덕분이었다. 서로를 잘 아는 백성들은 익숙한 질서를 지키며 저마다의 할 일에 전념했고, 그것을 바탕으로 왕실은 화려함을 구가했다. 황금과 보석으로 치장한 장신구와 장식품이 늘어가며 왕실과 백성은 안일해져갔고, 성 밖의 변화에도 둔감했다. 어느 날 바람결에 실리듯 들려온 괴이쩍은 소식에도 남의 일처럼 혀를 차며 반신반의했다. 하지만 오래지 않아 그들은 폭풍처럼 밀려왔다. 적들은 무모할 정도로 거칠고 사나웠다. 대비하지 않은 왕국은 허둥거릴 뿐 속수무책이었다.

아버지는 씬스라로프의 등을 떠밀었다. 다시 성을 빼앗아 왕국을 재건하려면 왕실의 주인 될 자가 있어야 하니 그날까지 살아서 기다리라는 뜻이었다. 하지만 아버지도 동쪽 끝에 있다는 황금나라를 자세히 알지는 못했다. 지나치는 상단들로부터 몇 번인가 들은 다소 황당하기까지 한 이야기가 전부였다. 그럼에도 아버지는 그 황금나라의 존재를 굳게 믿었다.

"그럼 이제 이 무덤 같은 동산들만 벗어나면 안전한 건가?"

투덜거리는 보리스의 말투에 씬스라로프는 고개를 저었다.

"아직은 아니야. 동쪽 바다 냄새가 가까워지면 아까 말한 나라가 마지막으로 나온다고 했어. 말을 제 몸같이 다루고, 말 위에서도 활을 자유자재로 쏠 수 있는 사람들의 나라. 결코 쉽게 생각해서는 안될 거야."

"젠장, 곧 눈이 내리기 시작할 텐데 더 힘들어지겠군."

"산이 높으면 벌써 눈이 내려 쌓였을지도 모르지."

"아무튼 내 온몸을 던져서라도 넌 지켜낼 테니 걱정 말라고, 하하."

"무슨 소리. 보리스 넌 나와 사촌이기 전에 친구야. 친구는 삶도 죽음도 함께하는 것이지 누가 누구를 위해 희생하고 받는 게 아니야."

어둠 속이라 서로의 눈빛을 읽을 수는 없었지만 씬스라로프의 목소리만으로도 진심이 가득하다는 것을 보리스는 알았다.

"물론 넌 나와 형제이며 친구지. 그러나 그 전에 그대는 우리 롭성의 희망이라는 것을 먼저 생각하고 언제라도 잊지 말아야 하네. 함께 출발했다가 이제는 모두 별이 되어버린 마흔여덟, 그 친구들도 그대가 바로 우리 롭성이기에 목숨을 바치면서도 웃을 수 있었던 걸세."

"……."

씬스라로프는 목이 메었다. 48명 그들 모두 친구였고 일당백의 용사가 아니었던가. 살려고 마음먹으면 제 몸 하나는 어떻게든 간수할 수 있었음에도 단 한 사람의 위기에는 서로가 앞다투어 몸을 던졌으니 그것은 왕국의 빚이기 전에 씬스라로프 자신의 빚이었다.

"그래도 가장 든든한 건 벤투스야. 정말이지 벤투스의 바람 같은 질주가 없었다면 어찌 오늘이 있었겠나. 이제 편자도 두 개밖에 남지 않았는데 내일 해가 뜨면 갈아줘야겠어. 하하, 벤투스가 새 신으로 갈아 신으면 제아무리 높은 산인들 거뜬히 넘지 않겠나."

말귀를 알아들은 것인지 벤투스는 소리도 없이 두 발을 힘차게 밤하늘로 치켜들었다.

2

바다

　사각의 돌로 쌓은 견고한 성벽 안에는 뾰족한 첨탑을 머리에 인 황금색 돔 지붕의 웅장한 성이 있었다. 그 돔 천장에는 신과 전사와 사랑에 관한 그림들이 붉고 푸르고 노란 온갖 색의 안료로 채색되어 있었던가. 왕의 황금술잔, 금 촛대와 은쟁반이 줄지어 펼쳐진 장방형의 긴 식탁, 투명하고 반짝거리는 글라스, 붉은 포도주, 기름진 고기와 신선한 과일, 청동과 주석의 몸통에 여러 눈부신 보석을 상감한 각종 장식물, 대리석을 다듬어 빚은 장엄한 조각품들…… 유쾌한 음악이 흐르기 시작하면 진귀한 보석으로 치장한 아름다운 여인들이 어느 남자가 손을 내밀까 설레는 눈빛을 반짝였던가.

　니데지나가 특별히 아름다웠던 건 흔치 않은 검은 머리카락이 선명한 빛으로 풍성하게 찰랑거릴 때였다. 더하여 그 빛나는 흑발 아래에 토파즈를 넣은 듯 파란 두 눈을 무심히 깜빡이던 새치름한 모습의 고혹적인 자태라니. 그러다 문득 환하게 밝아지며 해맑은 웃음이라도 터트리면 눈이 부시고 가슴은 터질 것 같았다.

그날, 하얀 구슬로 장식한 푸른색 리넨 드레스 차림의 니데지나 와 오랫동안 많은 이야기를 나누었다. 정원을 거닐며 만발한 꽃마 다 이야기를 만든 것은 사랑의 말을 대신한 것이었고, 해가 진 뒤 발코니에서 서로의 어깨를 나란히 하고 달빛 밝은 하늘을 바라보 며 별 이야기를 했던 것은 두 사람의 행복한 미래에 대한 약속이었 다. 마침내 살포시 품에 안기는 그녀의 입술에 입술을 포개던…… 감춰진 여린 속살같이 부드러운, 매끄럽지도 끈적이지도 않는 청 량한 촉촉함, 천년을 기다려 오직 한 사람에게만 문을 여는 신비의 동굴인 양 조심스레 열리던 입술, 미끄러지듯 빨려 들어가는 혀끝 에 맞닿던 달콤한 전율…… 하필이면 그 순간 달려온 다급하던 발 소리. '적입니다! 적의 습격입니다!' 위급함을 알리는 북소리 종소 리는 더욱 빨라졌고, 이내 여인과 아이들을 대피시키라는 부왕의 지엄한 명이 내려졌다. 힐끗힐끗 연신 뒤돌아보며 떨어지지 않는 발걸음으로 한 무리의 아이들을 이끌어가던 니데지나. 그리고 다 시는 보지도 찾지도 못한 채 황급히 성을 떠나야 했던…….

눈이 부시도록 새하얀 드레스로 갈아입은 그녀가 찾아왔다. 꿈인 가 생시인가! 믿어지지 않는 현실에 연신 고개를 내저으면서도 쎈 스라로프는 와락 니데지나를 껴안았다. 까닭 모를 눈물을 두 눈 가 득 담고서도 그녀는 입술로 입술을 찾으며 뜨거운 숨을 토해냈다.

투명하고 촉촉한 그녀의 눈물로 갈라 터진 입술에 새살이 돋았고, 턱까지 차오르는 가쁜 숨결에 메마른 혀는 맑고 따스한 물길을 느꼈다. 갈증도 사라지고 고뇌도 아득해지며…… 등줄기를 타고 오르내리는 그녀의 손길에 전율이 소스라쳐 다급하게 드레스를 헤치면 기다렸다는 듯 봉긋 오르는 뽀얀 젖무덤. 아! 저절로 터지는 탄성 속에 마침내 한 몸이 되어 열에 들뜨는…… 그러나 짧았다, 너무도. 순식간에 휘몰아쳐온 검은 구름 속에서 번개처럼 내리치는 얼음 빛 칼날의 싸늘한 냉기! 그녀의 등이 갈리고, 분수처럼 뿜어져 나온 붉은 피는 한순간에 새하얀 드레스를 검붉게 물들여갔다.

"안 돼……!"

단발마의 비명과 함께 번쩍 눈을 뜬 씬스라로프는 벌떡 등을 세웠다.

"왜? 악몽이었어?"

덤덤한 말투에도 쓸쓸한 미소를 머금는 보리스였다. 진작부터 지켜보고 있었던 모양이다.

"난 또, 행복한 미소를 짓기에 니데지나라도 만나나 했지."

한기에 소름이 돋았다. 발치에 피워두었던 모닥불은 벌써 아무런 온기도 남기지 않은 재 무덤이 되어 있었다. 동굴 밖으로 부옇게 여명이 번지고 있었다. 씬스라로프는 기지개도 없이 푸석거리는 몸뚱이를 추슬러 일어나며 애써 말했다.

"바다 기운이 확실히 느껴지는 것 같아."

"그래, 이 산을 내려가 조금만 더 가면 세상의 동쪽, 끝이 보이지 않는 바다를 만날 수 있을 것 같아."

보리스는 벌써 니데지나에 대한 생각은 지운 듯 들뜬 목소리였다. 다행한 일이었다.

"정말 그곳은 세상의 끝일까? 끝이 없는 바다일까?"

"모르지. 그래도 끝에서 살아남으면 언제고 다시 시작할 수는 있겠지."

"좋은 생각이야. 하지만 거기가 가야 할 곳은 아닐 테지. 바다를 만나면 다시 남쪽으로 가야 한다고 했으니까."

"섬이라고 했으니까 배를 타고 가야 하나? 배는 어디서 구하지?"

보리스는 뒤늦게 두 눈을 동그랗게 떴지만 씬스라로프는 빙긋이 웃었다.

"아닐 거야. 그건 뱃길을 따라 남쪽 포구로 드나든 사람들의 말이야. 우리처럼 초원길이라 불리는 북쪽으로 다녀온 사람들은 바다를 말하기는 했어도 배를 타야 한다는 이야기는 하지 않았어. 포구에서 내린 사람들이 굳이 북쪽 끝까지 가볼 일도 없잖아. 섬은 아닌 게 틀림없어."

"그럼 무지하게 큰 영토를 가진 건가?"

"알 수 없지."

"아니면 누구도 넘지 못하는 높은 성벽을 둘러쌓았거나. 그럼 그 성문은 어떻게 통과하지? 우린 이제 준비했던 선물도 모두 빼앗기거나 잃어버렸잖아."

"설마하니 황금의 나라에서 손님이 선물을 가져오지 않았다고 문을 닫아걸지는 않을 테지."

말은 그리했어도 쎈스라로프는 자신이 없었다. 아버지의 나라에서도 아무런 예물 없이 찾아온 이는 손님이 되지 못했다. 가엾이 여겨 몇 조각 빵으로 요기를 시켜줄 수는 있어도 떠나지 않고 머무르려면 마땅한 일을 해야 했고, 그 대부분은 노예에 버금가는 노동이거나 피와 목숨을 담보로 한 전사의 삶이었다. 결국 자신과 보리스도 전사의 길을 선택하게 될 것이었다. 왕자의 신분을 받아 세상에 나와 끝내 목적도 신념도 없는, 목숨을 담보로 목숨을 부지해야 하는 용사傭士라니…… 모멸이라는 단어도 사치스러울 만큼 비루했다. 아니, 그보다도 아버지는 왜 당신께서 한번 가보지도 않은 동쪽 끝의 나라를, 절체절명의 순간에 일말의 망설임도 없이 확신에 차 단호하게 말했을까. '길은 멀지만 불신과 죽임이 아니라 관용과 포용이 가득한 나라니라!' 과연 그러한 나라가 세상에 있을 수 있음일까. 아무래도 믿기 어려웠다.

"젠장, 아무튼 일단 성벽이라도 만나보자고."

보리스는 벌써 스쿠툼의 등에 마구를 얹고 있었다. 결정과 실행이 빠른 그의 말이 아니더라도 이제는 가지 않을 다른 방법도 없었다.

"아무래도 이 산은 특별한 것 같아. 신령한 기운이 느껴져."

채비를 마친 보리스가 눈 덮인 산 정상을 턱짓으로 가리켰다.

안개구름인 듯 엷은 운무를 뚫고 우뚝 솟은 산 정상을 뒤덮은 순백의 눈. 그 위로는 동쪽에서 떠오르고 있는 뜨거운 태양의 붉은 기운이 장엄하게 채색되고 있었다. 숭고함에 저절로 가슴이 숙연해지며 눈시울까지 아렸다. 굳이 이름을 붙이자면 '흰산(백산白山)'이라 하면 그만일 것 같았다. 저처럼 상서로운 기운이 흐르고 그 기운을 받는 땅이라면 사람들의 기상 또한 남다르지 않을까. 씬스라로프는 문득 불신의 두려움이 걷히는 기분이었다.

산등성이를 앞서 달리던 보리스가 한 손을 이마 위에 대고 햇빛을 가리며 동쪽 먼 곳을 응시했다.

"뭐가 있어?"

"응, 제법 큰 마을이야. 어떡할까?"

"큰 마을이면 피해 가자. 등성이를 타지 말고 숲길로 돌아서."

씬스라로프의 말에 보리스는 허기가 진다는 듯 아랫배를 쓸었다.

"군사들이 있을 거야."

"그래, 성벽도 제법 그럴싸하니. 에구, 불쌍한 내 뱃가죽."

신소리로 대꾸한 보리스는 고삐를 당겨 숲길로 내려가기 시작했다.

눈이 쌓이는 것을 보니 떠나온 지 1년쯤 된 모양이었다. 많은 세상을 보아왔다. 해바라기 대궁만 빼곡히 들어차 더욱 을씨년스러운 지평선의 눈보라는 그나마 낯설지 않아 헤쳐 나올 만했다. 적에게 쫓기며 얼어붙은 겨울 강을 건너는 것도 특별한 기억으로 각인될 것은 아니었다. 그러나 구름은 중턱에 걸리고, 하늘을 나는 새마저 날갯짓을 쉬어가는 아득한 산을 넘을 때는 차라리 되돌아가 죽임의 칼을 휘두르다 피를 쏟아버릴까 하는 생각이 들기도 했다. 산을 넘으니 과연 푸른 초원이 끝도 없이 펼쳐졌다. 이제 곧 바다가 나오겠거니 하고 말을 달렸다. 하지만 초원의 끝에서 기다리고 있는 것은 타는 햇살 아래 죽음의 흔적이 여기저기 뼈 무더기로 남아 있는 모래와 자갈의 사막이었다. 그야말로 죽을힘을 다해 사막을 건너 다시 초원을 만났지만 이내 끝 모를 황토 벌판으로 변했다.

세상은 넓기도 했거니와 사람의 상상을 초월하기 일쑤였다. 스스로가 참으로 보잘것없는 미물이라는 생각이 저절로 들었다. 어쩌면 무심히 걷어차는 길가의 작은 돌멩이보다 못한 것이 사람인 듯도 싶었다. 걷어차면 차이는 대로, 구르면 구르는 대로, 백 년을, 어쩌면 천 년도 더 그 모습을 지닌 채 변하지 않을 테니 말이다. 하물며 찌는 태양과 뿌리를 흔드는 매운 비바람, 껍질을 터트려 벗기는 차디찬 눈보라에도 살아 숨쉬기까지 하며 본디의 모습을 간직한 채 백 년을, 천 년을 성장하는 수목에 비해서야. 그럼에도 기껏 수십 년을 넘지 못하는 짧은 생애에 열 번, 백 번을 더 변신하는 수치스러움을 스스로 외면하면서도 끝내 멈추지 못하는 탐욕의 비루함이라니.

왕의 신하, 띠(帝)의 군사, 칸(khan, 汗)의 병사…… 제각각의 이름과 휘장에 속고 자신을 잊은 그들의 몽매함과 잔인함은 언제나 치가 떨리게 했다. 앞서 간 48명 벗들 모두가 그런 자들의 손에 죽임을 당했다. 자연은 아무리 가혹해도 관용이 있었다. 지혜가 있는 자에게는 용서를 베풀었고 겸허한 자에게는 자비를 내렸다. 그들 누구도 자연이 주는 시련에 목숨을 잃지는 않았다. 그런데…… 생각해보면 자신들도 몽매한 자들과 별반 다르지 않았다. 죽지 않으려면 먼저 죽여야 했고, 심지어는 두 손을 내리고 무릎을 꿇은 자의 목을 베는 것도 서슴지 않았다. 그러고도 배를 채우면 만족했고 취하면 흥에 겨웠다. 승리의 기쁨만 누릴 뿐 죄책감이라고는 없었다. 어쩌면 모든 것이 그런 몽매와 교만에 대한 징벌이었는지도 모른다는 생각도 들었다. 장엄한 자연은 참으로 많은 것을 깨우치게 했다.

니데지나는 꽃과 별의 이야기에는 언제나 함박웃음을 짓는 여인이었다. 자연과 아이들을 사랑하는 사람이었다. 아마 그날, 그 애절한 눈빛으로 연신 뒤돌아보면서도 한번 달려와 다시 안기지 않은 것은 잠시라도 아이들을 떼어놓지 못하는 애틋함 때문이었으리라. 며칠 전의 그 꿈이 도무지 잊히지 않아 불길한 생각을 떨칠 수 없었다. 잔인하기 이를 데 없다는 풍문이 자자한 적들이었다. 성이 뚫렸다면 도륙과 겁탈이 난무했을 것이다. 성 지하에 은밀하게 마련해둔 피난처였지만 찾아가는 길이 있으면 찾아내는 자 없다고 단언할 수 없는 노릇이 아닌가. 설령 드러나지 않았다 하더라도 한 사람이라도 더 많은 아이와 여인들을 지키려 할 그 성정이 화근이 되었을 수도 있는 일이었다. 갑갑한 가슴이 터질 것 같았다. 그렇지만 보리스에게는 차마 말할 수 없었다. 보리스에게 니데지나는 한 핏줄의 여동생이었으니.

슈웅―! 허공을 가르는 소리는 화살일 것이었다. 씬스라로프는 반사적으로 안장 위에서 허리를 숙여 벤투스의 옆구리에 얼굴을 붙이면서도 보리스를 놓치지 않았다. 보리스도 벌써 등을 숙이며 박차를 가하고 있었다. 쩌엉―! 간발의 차이로 씬스라로프와 보리스의 곁을 스친 두 개의 화살이 자작나무 기둥에 매섭게 박히며 부르르 살끝을 떨었다.

"웬 놈들이냐!"

화살을 피한 것이 아니라 비껴 겨눈 것임을 알지 못하는 두 사람은 연신 박차를 가했다.

"서라우―!"

알아들을 수 없는 말이었고, 알아들을 수 없으니 위협으로만 들릴 수밖에 없었다.

"쫓으라우!"

"보리스! 무조건 동쪽으로!"

"알았다! 바짝 따라와! 건너편 동쪽 산 숲에서 어떻게 해보자!"

쫓는 고함과 쫓기는 말발굽. 마상에서의 궁술에 능하다더니 과연, 연신 날아드는 화살은 뺨을 스치듯 허공을 갈랐다. 가파른 산줄기를 내리달리는 말발굽이라도 삐끗하는 순간이면 화살이 아니라 목뼈가 부러져 만사가 끝날 위험까지. 등줄기에서는 식은땀이 샘물처럼 돋아나고 때맞춰 내리기 시작하는 눈바람에도 타는 듯 입안이 메말랐다.

악―! 비명 소리와 함께 등 뒤에서 무엇인가가 구르는 둔탁한 소리가 연이었다. 말발굽이 접혔거나 말 무릎이 꺾인 것이리라. 금세 거세지는 눈바람도 한몫을 더해 날아오던 화살도 주춤했다. 씬스라로프는 보리스를 따라 더욱 힘차게 박차를 가했다. 다행히 눈이 쌓이기 전에 내리막길을 벗어난 벤투스는 맞은편 동쪽 산을 향해 더욱 힘차게 발굽을 내디뎠다. 보리스의 애마 스쿠툼이 지쳐 보이기는 했지만 여전히 속도를 늦추지는 않았다.

"신께서 돕는다. 눈발이 굵어서 금세 우리 발자국들이 지워지고 있어."

밭은 숨을 몰아쉬는 보리스의 말에도 씬스라로프는 주변을 살피는 데만 열중하고 있었다. 보리스는 지친 듯 스쿠툼의 옆구리에 등을 기댄 채 뒤쪽을 주시했다.

눈보라 속에서 잔뜩 양미간을 찌푸렸던 씬스라로프가 팔을 뻗어 동쪽을 가리켰다.

"저기 가파른 바위 아래로 돌아가면 몸을 숨길 수 있을 것 같아. 숲도 울창한 것 같고."

가리키는 곳을 살펴본 보리스도 고개를 끄덕였다.

"좋아, 숲이 울창하면 벤투스와 스쿠툼도 눈에 띄지 않을 거야."

한 움큼 눈을 집어 입안에 쑤셔 넣은 보리스가 이번에도 앞으로 나섰다.

"어! 씬스라로프……."

막 등성이를 내려서던 보리스가 미처 말을 끝맺지도 못한 채 엉거주춤 멈춰 섰다. 황급히 다가간 씬스라로프 역시 말을 내뱉지 못한 채 망연히 입만 벌렸다. 바다…….

"바, 바다다!"

"그래, 동쪽 끝에 바다……."

더듬거리는 두 사람의 눈시울이 뜨겁게 달아올랐다. 그토록 찾아 헤매며 기다리던 바다가 마침내 눈앞에 활짝 펼쳐져 있지 않은가!

단박에 여느 바다와는 다른, 세상 끝의 바다임을 알 수 있었다. 몰아치는 눈보라 속에서도 도도히 제 리듬으로 일렁거리는 파도. 어떤 폭풍우가 몰아쳐도 의연히 제자리를 지키고도 남을 장엄한 위용. 짙은 구름 빛을 안으면 검은 먹빛이 되고, 찬란한 태양의 빛을 받으면 천길 끝까지 들여다보이는 투명한 옥빛이 될 청량함. 백산의 기운이 바다로 스며들고 태양의 서기가 끝없이 백산에 투영되지 않고서야……. 새삼스레 백산을 향해 등을 돌린 씬스라로프의 눈에 산이 아니라 퍼붓는 눈보라 속에서도 등성이 아래쪽에서 꾸물거리며 올라오고 있는 적들의 움직임이 들어왔다. 황급히 보리스의 어깨를 두드려 일깨운 씬스라로프는 벤투스의 고삐를 이끌었다.

"틀림없이 서쪽에서 온 아새끼들이었는데……."

"그렇지 않고, 우리 쪽에 금발이나 빨간 대가리가 있을 리 있간."

"거 민한 아새끼들, 오는 동안 눈깔로 본 이야기나 해주지 않고."

"야, 서쪽 아새끼들이 여기까지 왜 왔갔어. 거란이나 위놈들의 간자일 끼야."

한반도 북쪽과 요동 일부를 장악하고 있는 고구려는 남북조시대의 북쪽 강국이던 북위北魏 및 거란과 국경을 맞대고 수시로 마찰을 겪는 바였다.

"그런데 무스기 간자놈들이 바다 쪽으로 내빼나."

"그러니 민한 아새끼들이지. 이젠 독 안에 든 쥐새끼야. 저들이 남쪽이나 북쪽 아니면 바닷속으로밖에 더 가갔어."

"그렇지. 이 눈발에 더 쫓기는 글렀으니 남쪽과 북쪽으로 갈라서 매복하자우."

"야! 1대는 북쪽, 2대는 남쪽, 3대는 산 아래에서 서쪽을 지키라우!"

쫓던 군사들이 물러가고 있었다. 숨조차 죽이고 있던 두 사람은 비로소 허리를 폈다. 긴장이 물러가자 허기가 밀려들며 전신이 노곤했다.

"어떡할까? 눈 속이지만 잠시 쉴 만한 데를 찾아볼까?"

"나는 아직 견딜 만한데 자네와 스쿠툼이 어떨지 모르겠군."

"나야 쌩쌩하지. 스쿠툼도 괜찮을 거야."

"스쿠툼의 걸음이 무거워 보이던데."

"편자가 오래된 탓이야. 며칠은 더 버틸 수 있을 테니 걱정 마."

씬스라로프는 마음이 쓰였지만 남은 편자가 없다니 어쩔 수 없는 노릇이었다.

"어디 안전한 곳을 찾아 스쿠툼의 발이라도 좀 쉬게 하자."

"바다가 보이면 남쪽으로 가는 길은 그리 오래지 않다고 하지 않았나?"

"그랬어, 말을 달리면 사나흘쯤."

"그럼 요기나 하고 서두는 게 낫겠어. 어차피 눈 속이라 두 녀석의 먹이를 찾기도 어려운데."

"그것도 그렇군."

말 등 위의 꾸러미를 풀어 뒤적거린 보리스가 말린 양고기 포 한 조각과 귀리 한 주먹을 내밀었다.

"무는 없나?"

"하나 남았어."

"그거라도 스쿠툼에게 먹이지."

"그럴까? 그럼 두 녀석에게 나눠 먹이지 뭐."

쫓기는 자의 불안감은 쫓는 자보다 훨씬 더 많은 기력을 소비하게 하는 법이었다. 사람만이 아니라 동물도 다르지 않을 테니, 가뜩이나 피로에 지친 그들로서는 휴식이 필요했다. 그러나 바다를 만난 설렘이 워낙 컸던 터라 얼마간은 더 버틸 여력이 남았거나 생긴 것이었다.

3

벗, 별이 되다

눈보라가 그치자 바다는 치명적인 유혹이 되었다. 하얀 눈으로 뒤덮인 설국의 해변과 규칙적으로 밀려드는 잔잔한 파도는 지친 몸과 마음을 쓰다듬어주는 것 같았다. 씬스라로프와 보리스는 스쿠툼의 편자를 핑계 삼아 바다를 따라 펼쳐진 해변 모래 위를 걷고 있었다. 여전히 경계를 늦추지는 않았고, 적이 자신들을 발견하기 쉽듯 그들의 접근 역시 일찍 알아챌 수 있으리란 계산이었다. 더구나 해변을 따라 사나흘만 남쪽으로 달리면 관용과 포용이 넘친다는 황금의 나라라니, 긴장이나 두려움보다는 설렘과 기대가 먼저였다.

아직 얼어붙지 않은 폭신한 눈과 그 아래의 부드러운 모래는 조심스럽게 발굽을 옮기던 벤투스와 스쿠툼도 들뜨게 했다. 오랜만의 편안한 걸음이 흡족한지 두 녀석은 서로의 꼬리를 쫓으며 연신 두 발을 하늘로 치켜들었다.

"황금나라에 들어가면 제일 먼저 저 녀석들을 배불리 먹여야겠어."

"그래, 두 녀석의 편자도 갈아주고."

"그런데 편자는 뭐로 사지?"

"씬스라로프, 네 황금보검을 주면 두 녀석 편자 정도는 주겠지."

"보리스, 뭐?"

"거긴 황금의 나라라지 않나. 그러니 황금보검 값이라야 얼마나 되겠어, 하하하."

"하긴 그렇겠군. 그럼……."

보리스는 손사래를 쳐 씬스라로프의 말을 막았다.

"하하, 걱정 말아. 내 금귀고리부터 내놓을 테니."

"귀고리라면 내 것이 더 값나갈 텐데."

"그런가? 그럼 남는 걸로는 우리 배도 한번 양껏 채워보지 뭐. 아, 먹는다는 소리만 해도 이렇게 배 속이 요동치니. 그런데 황금나라 사람들은 어떤 음식을 먹을까? 설마 음식도 황금을 재료로 쓰지는 않겠지?"

"뭐? 하하하……."

너무도 평화로워 모든 것을 잊어갔다. 긴 행로에서의 시련과 고난도, 하나씩 하나씩 48명의 친구를 잃던 아픔도, 망국이 되어버렸을지도 모르는 롭성도, 어쩌면 별이 되어버렸을지도 모르는 아버지들도, 또 사랑하는…….

히이잉—! 갑자기 긴장한 울음소리를 내지르며 벤투스와 스쿠툼이 둘의 앞으로 달려왔다.

"적이다!"

먼저 바다 반대편을 돌아본 씬스라로프가 소리쳤다.

"타!"

날렵하게 말 등 위에 몸을 얹자 박차를 가할 것도 없이 두 마리 말은 남쪽을 향해 발굽을 내디뎠다. 그러나 얼마 달리지 못해 속도가 떨어지기 시작했다. 빨리 달리려는 가속의 중력과 제각기 주인의 체중이 더해지며 눈과 모래에 발굽이 빠져드는 것이었다.

"발굽이 빠지고 있어."

해변 건너편을 돌아봤지만 다져진 길 위에는 적의 기마병들이 활을 겨누고 있어 접근이 불가능했다. 다시 뒤를 돌아보자 적들의 말은 가볍게 속력을 높여 점점 거리를 좁혀왔다. 숲 속 어디라도 숨어서 벤투스와 스쿠툼을 쉬도록 했어야 옳았다.

"간나 새끼들, 서라!"

예의 알아들 수 없는 고함 소리와 함께 날아온 화살이 좌우의 모래 바닥에 연신 꽂혔다. 가야 할 곳을 바로 지척에 두고 여기서 끝날 수는 없다는 오직 그 생각뿐, 날랜 궁수들의 위협이라는 생각에는 미치지 못했다. 벤투스와 스쿠툼도 제 주인들의 생각을 아는지 사력을 다한 질주를 계속했다. 그러나 불안정하던 스쿠툼의 걸음이 눈에 띄게 느려지고 있었다.

"보리스! 벤투스를 나와 함께 타고 스쿠툼은 혼자 달리게 하자!"

"그럼 벤투스도 버티지 못해!"

"저들의 추적을 벗어날 때까지만!"

그러나 씬스라로프가 고삐를 당겨 속도를 늦추는 순간 날아온 화살이 스쿠툼의 뱃가죽을 뚫었다. 히이잉—! 비명을 지르면서도 스쿠툼은 발굽을 내디뎠지만 화살이 또 한 발, 다시 한 발…… 기어이 허공 높이 두 발을 추켜올리던 스쿠툼이 앞으로 꼬꾸라지고, 마상의 보리스도 눈 바닥에 내동댕이쳐졌다.

"보리스!"

말 머리를 되돌린 씬스라로프가 다가가는 사이 마상의 적들은 눈 덮인 백사장에 내려서 칼을 뽑았다. 씬스라로프도 말 등에서 뛰어내리며 칼을 뽑았다.

"거 민한 새끼, 칼 버리라우!"

"덤벼라! 먼저 오는 놈부터 보내줄 테니!"

"저 아새끼, 뭐라는 기야?"

"위놈들 말도 아니고 거란 말도 아닌 것 같은데."

"자, 어서 덤벼!"

"그럼 저 아새끼는 어디서 온 기야?"

"씬스라로프! 넌 가!"

"그럴 순 없어, 보리스!"

서로가 알아듣지 못하는 말이었고, 다가오는 씬스라로프를 의식한 보리스가 먼저 칼을 휘두르자 상대도 더는 망설이지 않았다.

칼과 칼이 맞부딪치며 불꽃이 튀었다. 보리스의 칼날에 하나가 쓰러지고 둘이 쓰러지는 사이 그의 팔뚝과 어깨에서도 붉은 피가 배어나고 있었다. 이번에는 씬스라로프가 나서며 칼을 휘둘렀다. 다시 상대가 쓰러졌다, 하나, 둘. 그러나 이번에는 씬스라로프의 등짝에서 피가 배어났다.

"안 돼! 벤투스!"

보리스의 비명에 멀찍이 서성거리던 벤투스가 전력으로 달려오기 시작했다.

"넌 가!"

"안 돼, 보리스!"

"난 널 지키려 따라나선 거야! 황금나라가 코앞이니 이젠 됐어! 롭성의 깃발을 다시 올릴 수 있을 거야."

칼날 하나가 씬스라로프를 향하고 있었다. 보리스는 제 몸을 던지듯 날아가 칼날을 막았다. 그러나 다급한 걸음의 발에 더 힘이 실렸는지 보리스의 칼자루는 눈 바닥으로 떨어졌다. 높이 치켜든 상대의 칼날이 보리스를 향했다. 몸을 뒹굴었지만 바람 가르는 소리를 온전히 피하지는 못해 등짝에서 분수처럼 피가 솟구쳤다.

"보리스!"

"가! 제발, 니데지나를 보살펴줘…… 꿈에서라도…… 제발……."

이미 늦었다. 벤투스도 옆에서 발굽을 추켜올리며 재촉했다. 씬스라로프는 뿌옇게 흐려지는 시야 속에 벤투스의 등을 더듬었다.

"영원히…… 황금나라에서…… 살더라도…… 행복해라…… 친구…….."

점점 가물거리는 의식에도 보리스는 해변 건너편의 적들이 말에서 내려 다가오고 있는 것을 똑똑히 보았다. 마음이 놓였다. 말에서 내렸으니 이제 더는 벤투스와 씬스라로프를 따라잡을 수 없으리라. 비로소 입술 사이로 웃음이 새어나왔다.

　벤투스의 갈기가 깃발처럼 바람에 휘날리고 있었다. 바람이 깃발을 날리게 하는지 말갈기가 바람을 일게 하는 것인지 알 수 없었다. 마상에 늘어진 씬스라로프는 바람을 타고 들려오는 보리스의 웃음소리와 니데지나의 노랫소리에 흩뿌리는 눈물로 응답할 뿐이었다. 등에서 배어나온 붉은 피가 벤투스의 등을 검붉게 물들이며 씬스라로프는 점점 의식의 끈을 놓아갔다.

<u>4</u>

날마다 새롭고
사방을 망라하는 나라

기원전 54년, 동해와 남해를 외해外海로 한 한반도 동남쪽 땅에서 창업한 나라가 있으니, 그 시조始祖는 박혁거세朴赫居世이고 국호는 서나벌徐那伐로 불렸다. 그 후 사라斯羅, 사로斯盧, 신라新羅 등으로 불리던 국호를 제22대 지증왕智證王조에 이르러 신라로 확정했다. 서기 503년인 그때, 신하들은 다음과 같이 아뢰었다고 『삼국사기』는 전한다.

시조께서 창업한 이래로 국호를 확정하지 아니하여 혹은 '사라'라 칭하고, 혹은 '사로'라 칭하고, 혹은 '신라'라고 말하였으나, 신등臣等이 생각하면 '신'은 덕업德業이 날로 새로워진다는 뜻이옵고, '라'는 사방四方을 망라網羅한다는 뜻이옵니다. 또한 살피옵건대 예로부터 나라를 가진 이는 모두 '황제' 또는 '왕'이라 칭하였

43

는데, 우리는 시조께서 나라를 세움으로부터 22세世에 이르기까지 그 칭호를 방언方言으로 부르고 아직도 존호尊號를 정하지 않았으니, 지금 군신들은 한뜻으로 삼가 '신라국왕'이라는 호칭을 올리나이다.

이로써 창업 이래로 시조 '거서간居西干', 2대 '차차웅次次雄', 3대에서 18대까지 '이사금尼師今', 19대에서 22대까지 '마립간麻立干'으로 제각각이던 군주의 칭호도 '왕'으로 확정되었다.

이처럼 마립간으로 즉위하였다가 왕으로 칭호를 바꾼 제22대 지증왕의 성은 김金이고 이름은 지대로(智大路, 혹은 지도로智度路, 지철로智哲老라고도 하였다)이다. 가계는, 아버지는 습보갈문왕(習寶葛文王, 즉위한 왕이 아니라 왕의 근친에게 주는 봉작으로서의 왕)이었고, 어머니는 제19대 눌지마립간의 딸인 김씨 조생부인鳥生夫人이다. 또한 습보갈문왕은 제17대 내물奈勿이사금의 증손자이니, 지증왕은 내물이사금의 고손高孫이 된다.

머리를 조아리는 상화相和 공주를 내려다보는 왕의 입가에 환한 미소가 번졌다. 어느덧 신라에 온 지 10년이 되었건만 도무지 변하지 않는 성정이고 성품이었다.

"그래, 날도 추워지는데 기어이 궁을 떠나 실직주로 가겠다는 것이냐?"

실직주悉直州는 지금의 강원도 삼척시로 이사부가 군주軍主로 있었다.

"올해에는 봄부터 한재가 들어 백성들의 기근이 심했습니다. 전하께서 창곡을 풀어 구제하신 덕분에 피해를 줄일 수 있었지만 지방의 군주 또한 노심초사가 이루 말할 수 없었을 것입니다. 그동안 애쓰신 스승님을 뵙고 겨울 동안이나마 뒷바라지를 하고자 하니 윤허하여주십시오."

"뭐라, 겨우내 머물겠다고?"

"그러하옵니다."

"허허, 네가 그간 이찬 이사부에게 배운 무술 수련에 자신을 얻은 모양이구나. 그래서 한 수를 더 배우겠다는 속셈인 게지?"

대답은 없이 다소곳이 머리를 숙이는 공주의 모습에 왕께서는 너털웃음을 터트렸다.

"하하하…… 오냐, 네 그 고집을 누가 말리겠느냐. 가서 잘 배우고 오너라."

"황송하옵니다, 아바마마."

"스승에게 줄 선물로는 무얼 준비했느냐?"

"약재와 양곡을 마련하고 의복도 몇 벌 지었습니다."

"그게 전부더냐?"

머뭇거리는 듯한 공주의 기색에 왕께서는 그 속을 뻔히 알면서도 짐짓 눙친 것이었다.

"아닙니다. 가야伽倻 땅에서 구해온 쇠로 검과 창, 화살촉을 얼마간 만들었습니다."

그럴 줄 알았다는 듯 고개를 끄덕이면서도 왕께서는 단박에 기대의 빛을 드러냈다.

"그래? 가야 쇠에 상화 네가 감독했으면 이번에도 명검이 나왔겠구나. 어디, 내게도 한번 보여다오."

"황공하옵니다. 하오나 이번에 만든 검과 창은 스승님을 위한 것이 아니라 변방에서 나라를 지키는 군사들을 위한 것이라 전하께 보여드릴 만한 것이 못 되옵니다."

"군사를 위해?"

"예, 그러하옵니다. 아무래도 기근 탓에 군량이 넉넉지 않았을 테니 병기를 늘리거나 제대로 벼려두지 못한 부분이 있을 것 같아 준비했사옵니다."

"뭐라? 허, 네가 나보다도 더 기특한 생각을 했구나. 큰 힘이 될 게다. 잘 다녀오거라."

상화는 본디 가야국 한 군주의 딸이었다. 신라 전 왕인 소지炤知마립간 18년(496년), 가야국에서 화친의 뜻으로 흰 꿩을 보내올 때 열 살의 나이로 따라왔다가 왕비인 선혜善兮부인의 어여쁨을 받아 양녀로 들여져 공주의 신분이 되고 신라 사람이 되었다. 일찍부터 총명하기도 했지만 마음 쓰는 도량이 넓어 사람은 물론 짐승이거나 생명 없는 물건이거나 모두를 귀히 여기며 조화롭게 해, 서로 화합하게 한다는 의미의 '상화'라는 이름을 왕으로부터 하사받았다. 특히 뛰어난 눈썰미로 쇠와 불, 물의 화합물인 철에 관한 지식을 익혀 그녀가 관장해 만든 빼어난 명검이 이미 열 개가 넘었다. 또한 나라를 걱정하며 무술과 검술을 익혔는데 그 성의와 습득, 진보가 여느 남자들보다 월등히 나아 열다섯 살이 되던 해부터는 이사부異斯夫를 스승 삼게 했더니 기꺼이 따랐다. 이에 이사부 또한 그녀를 제자로 귀히 여겼다.

이사부는 성은 김이고, 내물이사금의 4세손이니 지대로왕과는 한 핏줄이다. 한 해 전인 왕 6년(505년), 처음으로 나라의 제도를 주州, 군郡, 현縣으로 정하며 설치한 실직주의 군주가 되었다. 관등은 이찬伊湌으로, 이는 신라 17관등 중 제1관등 이벌찬伊伐湌 다음의 제2관등이며 진골眞骨의 골품만이 오를 수 있었다.

검과 창, 화살촉을 살펴본 이사부는 흡족함을 감추지 못했다.

"흐음. 나라의 근간은 뭐니 뭐니 해도 국방인데, 병기가 이렇게 튼실하니 어떤 적도 두렵지 않겠구나."

"아무리 병기가 튼실해도 스승님의 지략과 용맹에야 미치겠습니까."

"병법과 무술이 아무리 뛰어나도 튼튼한 병기가 뒷받침해주지 못한다면 무용지물이지. 네가 있어 참으로 든든하구나."

"과찬입니다. 저는 그저 작은 힘을 보탤 뿐입니다."

"너무 겸손할 것 없다. 쇠를 보는 눈과 다루는 지혜야 내가 어찌 널 따라가겠느냐."

"모두 경험 많은 대장공들의 손길로 만들어진 것입니다."

"허허, 알았다. 그래, 그동안 검술 연마는 열심히 했느냐?"

"열심히는 했습니다만……."

고개를 숙이는 상화의 겸손함에 이사부는 더욱 흡족했다.

"오냐. 이번 겨우내 흠뻑 땀을 흘려보자꾸나."

"성심을 다해 배우겠습니다."

저런 다소곳함 속 어디에 그처럼 깊은 심지와 강한 의지가 숨어 있는 것인지, 이사부는 다시 한 번 상화를 정시했다. 문득 어느새 성숙한 여인으로 성장했음을 깨달았다. 그러고 보니 벌써 스무 살이었다. 행실도 반듯했지만 외양도 천생 여인으로 아름답기 이를 데 없었다.

"유강柔剛은 네가 오는 것을 알고 있느냐?"

"연락드리지 않았으니 모를 것입니다."

"허허, 무심하기는. 이제 군사들의 훈련이 끝날 시간이니 금방 들어올 텐데, 어지간히 반가워하겠구나."

상화는 덤덤한 채 대응이 없었다.

"어떠냐? 너도 이제 스물인데 유강이 싫지 않으면 내가 전하께 두 사람의 혼인을 주청하마. 유강은 진골의 신분이니 부족함이 없지 않은가 싶다."

"혼인이 싫지 않다고 할 수 있는 건 아니라 생각합니다."

"그럼 썩 마음에 차지 않는다는 뜻이냐?"

"그렇다는 뜻은 아닙니다. 다만 저는 아직 할 일이 많기에 혼인은 생각하지 않고 있다는 말씀입니다."

이사부는 그 속을 짐작할 수 있었다. 상화는 여전히 가야와 여러 교통을 하고 있었다.

"가야를 잊지 못한 것이냐?"

"그저 잊지 못하는 것이 아닙니다."

"그럼?"

의심하지는 않았지만 이제는 그 깊은 속내를 들어봐야 할 것 같았다. 상화는 이사부의 엄하게 굳은 표정에 차라리 잘됐다는 생각을 했다.

신라의, 그것도 왕실의 사랑을 받아 신라 사람이 되었지만 지난 10년 동안 가야와의 인연을 끊지 않고 있었다. 단 한 번도 신라인이 되었음을 후회하거나 자책한 바 없이 진심으로 신라를 조국으로 생각하지만 가야 역시 잊을 수 없고 외면해서도 아니 되는 조국이었다.

"스승님께서 더 잘 아시겠지만 가야는 창업 이후 여러 부족이 호각지세를 이루어 더 큰 나라로 나아갈 수 없었습니다. 백제, 신라와 수백 년간 대립했습니다만 이길 수 없었던 것도 그 때문이었고, 이제는 점점 큰 나라가 되어가는 두 나라 사이에서 어느 쪽 눈치를 봐야 할지 살펴야 하는 처량한 신세가 되었습니다. 그럼에도 여전히 부족의 통합을 위해 선뜻 군주의 자리를 양보하겠다고 나서는 사람은 없으니 바다 건너 왜까지 업신여깁니다. 저는 무엇보다 그런 가야에서 곱사등이가 되어 살아가는 백성들이 너무도 가여워 외면할 수 없는 것입니다. 가야의 백성 중에는 특히 쇠를 잘 다루는 대장공들을 비롯하여 큰 나라에서 크게 쓰일 사람들이 아주 많습니다."

"그래서 너는 가야를 어떻게 돕겠다는 것이냐?"

"외람되오나 저는 신라가 가야를 피 흘리지 않고 병합하기를 원합니다. 그러면 우리 신라는 남쪽 국경을 안심할 수 있으니 백제나 고구려를 방비하기에도 훨씬 수월할 것입니다."

"그럴 방법이 있더냐?"

"제가 감히 그런 큰 방책을 어찌 생각할 수 있겠습니까. 다만 신라 사람으로 가야 사람들을 호의로 대하면 그들도 믿고 의지하고픈 마음이 들리라 생각합니다. 무릇 나라의 주인은 왕이시지만 또한 왕은 백성에 의지하지 않을 수 없으니 다수의 백성이 그리되길 원하면 언젠가는 왕께서도 받아들이지 않을 수 없을 것이라 믿습니다. 제가 무예를 갈고닦는 까닭도 언젠가 그런 날이 오면 먼저 앞장서 가야의 백성을 위무하고, 그를 막으려는 자들로부터 보호하려는 뜻에서입니다."

이사부는 깊은 감동에 가슴이 다 서늘했다. 가야국에 인재가 많다고는 하지만 저처럼 어린 소녀의 심중에 그토록 큰 뜻이 담겨 있을 줄이야. 이사부는 상화의 두 손을 다정히 잡았다.

"오냐, 내 반드시 그런 날이 오도록 만들어주마."

"고맙습니다, 스승님."

상화는 눈물을 글썽였다.

"군주님! 유강 장군이 드셨습니다."

상화가 자리에서 일어나자 이사부는 다시 앉으라 손짓했다.

"들라 하라!"

들어선 유강은 이사부에게 서둘러 굴신의 예를 표한 뒤 반가워 어쩔 줄 모르는 표정이 되어 상화에게도 예를 표했다.

"공주마마, 미리 기별을 주셨으면 마중을 나갈 것이 아닙니까."

"아닙니다. 그런 수고를 뭐하러요."

"그리 말씀하시면 서운합니다, 공주마마. 하하하."

"죄송합니다. 잘 지내셨지요?"

"하하, 공주님 생각하는 것만 빼면 다 만족스럽습니다."

"부끄럽게 번번이 왜 그리 놀리십니까."

"제 말에 부끄러우시다니 무슨 말씀인지 알겠습니다, 하하하."

훤칠한 키, 단단한 몸, 부리부리한 눈. 흠잡을 데 없는 인물로, 한 눈에 보아도 헌헌장부이자 성격 또한 밝았다. 게다가 상화를 향한 그의 연모는 진작부터 지극했으니 참으로 어울리는 한 쌍이었다. 보기 좋은 두 사람의 담소에 이사부는 그저 미소만 머금고 있었다.

"한동안 경주를 못 했는데 당장 한번 겨뤄볼까요? 여긴 해변이 말달리기에 아주 좋습니다."

"제 말이 먼 길을 오느라 고단하니 다음에 하시죠."

"아, 그렇겠군요. 그럼 오늘은 저와 뭘 하시겠습니까?"

"그냥 주변을 좀 돌아보고 싶습니다."

"제가 안내하겠습니다."

"아닙니다, 오늘은 혼자서 돌아보겠습니다."

"어찌 이리 저를 자꾸 마다하십니까?"

"백성들에게 공주니 뭐니 해서 불편을 주고 싶지 않습니다. 그저 조용히 돌아보게 해주십시오. 오래 걸리지 않을 것입니다."

"그래, 오늘은 그리하라."

이사부가 나서자 유강은 어쩔 수 없다는 듯 아쉬운 눈빛으로 한숨을 내쉬었다.

서쪽에서
말을 타고 온 손님

　경도(京都, 서울의 뜻으로 오늘의 경주)에서 실직주로 오며 내내 보아
온 바다이지만 여전히 좋았다. 동쪽 바다로 나가면 우산국(于山國,
오늘의 울릉도)과 석石섬(오늘의 독도)이 있을 뿐 세상의 끝이라고 했
다. 끝이 눈에 보인다면 사는 게 어떨까. 깊이 생각해보지 않았지만
보이지 않는 끝이라는 이 광대함이 한결 마음을 놓이게 하는 것이
아닐까 싶었다.

　가락국에도 포구가 많았다. 쇠를 사가는 왜의 사람들이 많이 드
나들었지만 수시로 몰려와 약탈과 살인을 일삼는 것도 그 땅의 사
람들이었기에 언제나 경계가 먼저였고 마음은 열리지 않았다. 많
은 양의 철을 사가니 쇠 대신 곡물을 비롯한 다른 필요한 물자들을
사갈 수도 있을 것이었다. 그도 아니면 가져간 쇠로 농기구를 만들
면 경작하기에 좋아 굳이 남의 나라에서 강도질을 하지 않아도 되

는 일이었다. 이치가 그처럼 간단한데도 그들은 비싸게 사간 쇠로 무기를 만들어 사람과 물자의 노략질에 나서는 것이었다. 알지 못하는 것이 있으면 머리를 숙여 배워야 할 일이지 사람을 납치해 가거나 감금할 일도 아니었다. 더구나 그들의 땅은 섬이어서 누가 굳이 침략하려 들지도 않았다. 약탈과 납치, 살인을 삶의 목적으로 여기거나 그것이 타고난 근성이 아니고서야. 어쩌면 그들은 부족한 것이 없는 세상이 되어도 그 근성을 버리지 못해 필요하지 않은 것조차 약탈하기 위해 침략에 나설지 모를 자들이었다.

포구에는 서역에서 먼 뱃길로 찾아오는 사람들도 많았다. 그들은 신기하고 색다른 물건들을 가져와 주고받는 교역을 했고, 새로운 지식과 다른 삶의 방식, 생각을 전해줬기에 만남은 기다려지고 설렜다. 상화는 어려서부터 그들에게 익숙했다. 다행히 신라 역시 서역 사람들과의 교역이 활발해 이제는 여러 나라 사람들과 그들의 말로 제법 이야기를 나눌 수도 있었다. 그때마다 상화는 끝없이 펼쳐진 바닷길을 따라 더 많은 세상을 보고 배우고 싶다는 꿈을 꿨다. 그래서 더욱 바다가 좋았다.

두렵지 않으냐고 묻는 사람들도 있었다. 물론 얼마간의 두려움은 있었다. 미지의 세상인데 어찌 두려움이 없을까. 그래도 두려움 때문에 꿈을 꾸지 않을 수는 없는 일이었다. 하지만 두려움은 다툼에서, 다툼은 가지고 지키려는 욕심에서 비롯되는 것임을 알기에 아주 두렵지는 않았다.

한바탕 해변 모래사장을 질주한 상화는 이제는 느릿느릿 걷는 말 등 위에서 망연히 바다를 바라보고 있었다. 아무래도 바다를 따라 먼 길을 떠나기는 어려울 것 같았다. 자신을 사랑해준 신라를 버릴 수 없었고 사랑하는 가야의 사람들도 잊을 수 없기 때문이었다. 그래도 이제는 그리 아쉬운 마음은 없었다. 이미 눌지마립간 대에 신라에 들어온 불법佛法은 많은 백성의 마음을 위로하고 있었다. 상화도 그를 접한 뒤로부터 날이 더할수록 귀의하는 마음이 깊어갔다.

불법은 색色, 성聲, 향香, 미味, 촉觸의 오욕伍慾과 희喜, 노怒, 애哀, 락樂, 애愛, 오惡, 욕慾의 칠정七情에서 벗어나라는 가르침을 주었다. 이는 기쁨, 화, 슬픔, 즐거움, 사랑, 미움, 욕망의 칠정이 모두 재물, 색사色事, 음식, 명예, 수면에 대한 욕망에서 비롯된다는 말씀으로, 상화는 처음 듣는 그 순간에 마음속 깊이 와 닿아 그 말을 그대로 새기게 되었다. 참으로 놀랍고도 쉬운 진리였다. 그럼에도 사람들은 그처럼 간단한 이치를 깨우치거나 이행하지 못하니 안타까움이 날로 더했다.

지루했는지 모래사장을 벗어나려던 말이 갑자기 걸음을 멈추고 해변 갯바위들이 보이는 곳을 향해 콧소리를 푸르르거렸다. 상화는 말이 그곳으로 향할 수 있도록 고삐를 당겼다.

먼저 눈에 띈 것은 바위 뒤 마른 풀밭에 길게 누워 있는 검은 말의 등줄기였다. 상화는 망설일 것도 없이 말에서 내려 달려갔다.

"어머, 사람……!"

말만 쓰러져 있는 것이 아니었다. 말의 배 아래에는 등이 온통 검붉은 피로 범벅인 사람이 엎어져 있었다. 상화는 먼저 사람의 목덜미를 손가락으로 짚어 숨을 쉬고 있는지 살폈다. 가늘지만 숨결이 느껴졌다. 다시 말 뱃가죽에 손바닥을 얹어 살피니 아직 미지근한 온기는 남아 있어도 이미 생명의 온기가 아니었다. 황급히 사람을 안아 일으키려던 상화가 멈칫했다. 그가 배를 붙이고 있던 바닥에는 듬성듬성하지만 마른 잡초가 깔려 있는 것이었다. 의아해 말머리 쪽을 돌아보니 땅에 묻힌 바위 위였다. 새삼 말을 살펴보니 엉덩이 쪽에 화살 두 개가 박혀 있었다. 그중 하나는 아주 깊이 박혀 고통이 심했으리라는 것을 알 수 있었다. 화살은 고구려의 것이었다. 상화는 생각을 멈추고 사람을 끌어다 말 등에 실은 뒤 안장에 올라 박차를 가했다.

뒤늦게 사내의 머리카락이 금발이었음이 떠올랐다. 그렇다면 사내는 서쪽에서 초원길을 타고 온 사람일 것이었다. 그는 고구려 경내에서 쫓기다가 칼에 베었고, 말은 그런 주인을 등에 싣고 해변을 타고 남쪽으로 달려온 것이리라. 그것도 제 몸에 화살을 맞아 고통이 심했을 텐데 멈추지도 않고, 주인을 버리지도 않은 채. 마침내 제 힘이 다하자 조금이라도 덜 차가운 마른 풀밭 위에 내려놓고 아직은 따뜻한 제 배로 덮어 체온을 지켜주며, 저는 차가운 바위에 머리를 얹은 채 죽어갔고 주인의 생명은 연장시킨 것이다. 손님들이었다. 멀고도 먼 길을 오직 세상 끝 동쪽 바다 남쪽에 있는 신라를 찾아 달려온, 귀하디귀한 손님들. 어느새 상화의 두 눈에서 까닭 모르게 서러운 눈물이 방울져 흘렀다.

<u>6</u>

황금보검

　이름은 기억나지 않는다. 머리숱이 적어 '듬성이'라는 별명이
더 입에 배었던 서른 남짓의 벗이 제일 먼저 별이 되었다. 비쩍 마
른 해바라기 대궁이 빼곡한 너른 벌판을 가로지를 때, 갑작스레 날
아드는 화살 소리에 제 몸을 던져 왕자의 뒤를 가로막아 고슴도치
가 된 채로. 구름이 중턱에 걸리는 아득한 산을 오를 때는 이제 막
꽃피려던 열여덟 청춘의 퀸투스가 적의 칼날에 온몸으로 저항하
며 외길 산길을 가로막아 시간을 끌어주고, 끝내 말발굽에 짓이겨
져 별이 되었다. 바가지 가득 찬 물을 단숨에 들이켜 '하마'라는 별
명으로 불리던 허리 굵은 벗은 높은 산을 내려오는 길에서 또 별이
되었다. 말을 귀신처럼 부리는 일단의 무리들과의 혼전에서 벤투
스를 향한 칼날에 제 말의 목을 대신 내주고 땅바닥을 구른 뒤, 긴
창날에 굵은 허리를 단박에 관통당해서. 블라키는 어땠던가. 어둠

속에서도 추적을 멈추지 않는 칸의 군사들을 기어이 혼자 유인하는 휘파람 소리만 남기고서. 아직도 그 휘파람 소리가 귀에 선한데 보리스의 얼굴이 겹쳐진다. 행복해라, 친구, 라고 말했던가. 그리고 짓던 쓸쓸한 미소라니!

"보, 보리스……!"

황급히 버둥거렸지만 몸뚱이는 손가락 마디조차 마음을 따라주지 않았다.

"정신이 드시나요?"

여자였다. 알아들을 수 없는 말이지만 여자의 음성임은 분명했다.

"어서 의원을 모셔오너라!"

높아졌던 여자의 음성이 다시 부드러워진다.

"정신이 드세요?"

아까와는 다른 말이고, 자신들이 쓰는 말과 비슷했지만 알지 못하는 말이었다.

"제 말을 알아듣겠으면 눈이라도 깜빡여보세요."

자신들의 말이었다. 긴장한 씬스라로프는 힘겹게 눈을 떴다.

"제 말을 알아들으시나요?"

씬스라로프는 눈동자를 움직이는 것으로 대답을 대신했다.

"다행입니다. 제가 당신들의 말을 조금 할 줄 압니다. 아직 힘드실 테니 서둘지 마세요. 마음은 놓으셔도 됩니다. 안전한 곳이고 우리는 당신을 손님으로 여깁니다."

처음 보는 복색에 흰 피부와 큰 눈을 가진 여인이 눈에 선명해지고 있었다. 여인은 입가에 잔잔한 미소를 머금고 있었다.

"공주마마, 그 사람이 눈을 떴습니까?"

"어서 들어오세요, 의원님."

방문이 열리고 남자가 들어왔지만 전사는 아닌 듯싶었다. 그는 눈과 입안을 들여다보고 손목을 짚어보더니 몸을 뒤집어 등의 상처를 살폈다. 의원인 모양이었다.

"다행입니다. 생명에는 지장이 없겠습니다."

여인은 환한 웃음을 지었다.

"다른 이상도 없겠지요?"

"등에 상처가 깊기는 했지만 워낙 강골입니다. 아마 며칠 더 쉬고 나면 몸을 움직일 수 있을 겁니다."

"피를 많이 쏟은 것 같던데 괜찮을까요?"

"그대로 의식을 놓았으면 목숨을 버렸겠지만 이제 정신이 돌아왔으니 보혈이야 어렵지 않습니다. 고비를 넘기느라 잠깐 눈을 떴지만 곧 다시 잠들 겁니다. 염려 놓으십시오, 공주마마."

알아들을 수는 없지만 씬스라로프는 자신의 상태가 나쁘지 않다는 뜻임은 알 수 있었다. 마음이 놓이자 다시 수마가 밀려들고 있었다.

지금껏 본 적 없는 검이었다. 전체 길이는 1자 2치 남짓(36.8센티미터)에, 검의 길이는 6치를 조금 넘는(18.5센티미터) 호신용 검으로 눈이 부시도록 아름다웠다. 검은 손잡이부터 특별했다. 손잡이 위쪽의 유려한 반원의 도형은 용맹한 전사의 투구 같기도 했고, 신의 대리인쯤 되는 어느 성스러운 사람만이 쓸 수 있는 모자 같기도 했다. 검집 윗부분은 기본적으로 반듯한 직사각형을 양 측면에서 직선과 곡선으로 다듬어 고귀하면서도 엄숙한 도형을 빚었고, 그 하단부는 역삼각의 윗부분을 잘라낸 듬직한 풍모의 도형이었다. 그런 모든 도형과 장식의 바탕은 빛나는 황금판이었고 전체의 윤곽선은 금알갱이를 누금기법鏤金技法으로 장식했는데, 바깥쪽은 굵은 금알갱이를, 안쪽은 보다 작은 금알갱이를 썼다. 또한 황금보검의 전 부분에는 동그라미나 물방울, 또는 나뭇잎 모양의 홈에 빨강, 파랑, 초록 등 갖은 색의 영롱한 보석이 박혀 있었는데, 보석은 석류석石榴石과 유리琉璃였다. 특히 검집 윗부분의 삼각 물결무늬 장식은 태극 문양과 유사해 더욱 이채로웠다.

황금보검을 살펴보던 상화는 이제는 조금 편안한 얼굴로 깊은 잠에 빠져 있는 사내에게 눈길을 돌렸다.

넓고 반듯해 강건한 인상을 풍기는 이마, 금발의 짙은 눈썹, 쌍꺼풀이 또렷한 눈, 눈동자는 푸른빛이었던 듯싶다. 그 아래로 선이 굵은 콧날과 굳게 다문 입술. 턱은 약간 각이 졌고 목은 길었다. 아름답기도 했지만 고귀한 기운이 저절로 배어났다.

손에 든 황금보검과 사내를 번갈아 돌아본 상화는 슬며시 고개를 끄덕였다. 보통의 신분은 아닌, 어쩌면 서역 어느 나라의 왕자일지도 모른다는 생각이 들었던 것이다. 상화는 황금보검을 장 안에 넣어두고 다시 그의 곁으로 가 앉았다.

잠시 움쩍거리는 기척을 보이던 사내가 번쩍 두 눈을 떴다.

"이제는 좀 견딜 만하십니까?"

상화의 물음에 사내는 흠칫 놀라는 표정이었지만 이내 안정을 되찾았다. 처음 눈을 떴을 때의 기억이 살아난 것이었다.

"댁은 누구십니까? 아니, 어떻게 우리말을 아시는지요?"

"포구를 드나드는 서역 상인들에게 배운 겁니다. 알아들을 수 있겠습니까?"

"예, 정확합니다. 그런데 여긴 어딘지……?"

"신라라는 나라입니다. 동쪽과 남쪽에 각각 바다가 있는 곳이지요."

"세상의 동쪽 끝에서 남쪽으로 가면 나온다는 그 황금나라 말입니까?"

상화는 웃음을 지었다.

"서역에서는 그리 말하는 모양입니다. 그러나 여기가 동쪽 끝인지는 누구도 알지 못하는 일이지요. 다만 아직 동쪽에서 찾아온 사람이 없는 건 틀림없습니다."

썬스라로프는 제대로 찾았다는 안도감에 눈물이 핑 돌았다.

"그런데 황금나라라는 건 뜻밖입니다."

"저는 황금이 넘쳐난다고 들었습니다."

"그런 세상이 어디 있으려고요. 다만 왕의 금관이 있고, 여러 나라의 상인들이 자유롭게 드나드니 세상의 진기한 물건들이 많아 그리 말하는 모양입니다."

그럴 수도 있을 것 같았다. 문득 벤투스가 생각난 씬스라로프는 화들짝 몸을 일으키려 했지만 겨우 두 팔만 버둥거려질 뿐이었다.

"벤투스, 내 벤투스는요?"

"벤투스? 그게 무슨 뜻인지요?"

"아, 바람이란 뜻인데, 저의 애마 이름입니다."

바람, 말에게도 그런 귀한 이름을 지어 부른다니. 상화는 새삼 안타까운 마음에 슬픈 빛을 띠었다.

"혹시 벤투스가 제 곁에 없었나요?"

"아닙니다, 곁에 있었습니다. 체온이 식어가는 주인을 제 아랫배로 덮어 감싼 채 저는 차가운 바위 위에 머리를 대고 있었습니다."

상화의 이야기를 들으며 씬스라로프는 서럽게 오열했다. 벤투스는 자신과 한 몸이었고 친구였다. 오직 자신 한 사람을 위해 49명의 벗과 50필의 또 다른 친구들이 모두 별이 된 것이었다. 그들 모두에게 어떻게 명복을 빌고 신세를 갚아야 할지, 마음이 무겁고 서러웠다.

"깨어난 뒤에 직접 하시도록 할까 생각도 했지만 바람이 너무 차가워서 제가 묻어줬습니다. 바다가 잘 보이는 양지바른 곳이니 마음 놓으십시오."

"고맙습니다."

"그가 깨어났다고요?"

남자는 아직 눈물이 마르지 않았는데 밖에서 유강의 목소리가 들려왔다.

"드시지요."

남자는 눈물을 훔쳤고, 상화는 자리에서 일어섰다.

"공주님과 말이 통한다지요?"

방 안으로 들어선 유강은 공주를 향해 함빡 웃음을 지었다.

"예. 장군님도 어느 정도 하시지 않습니까."

"허허, 저야 더듬거리는 정도지요. 이럴 줄 알았으면 진작 열심히 배워둘 걸 그랬습니다, 하하하."

씬스라로프는 활기찬 음성의 사내를 유심히 살폈다.

햇볕에 잘 그을린 구릿빛 피부에 이목구비가 뚜렷한 그는 자신과 또래로 보였다. 언뜻 선한 듯 보이지만 가슴이 서늘하도록 깊은 눈빛은 강하고도 인상적이었다. 사내의 허리춤에 찬 장검이 눈에 들어오자 씬스라로프는 비로소 자신의 황금보검이 생각났다.

황급히 허리춤으로 손을 뻗는 씬스라로프를 보고 유강이 선한 웃음을 지어 보였다.

"황금보검을 찾으시오?"

그도 자신들 말을 할 줄 안다는 것에 씬스라로프는 놀란 눈빛을 했다.

"……."

"공주님, 보검을 찾는 듯합니다."

또 알아들을 수 없는 말에 여자가 장을 열더니 황금보검을 꺼내 가져왔다.

"고맙습니다."

"치료를 받는 동안에 보관해두려던 뜻이었습니다."

"이제 마음을 놓아도 괜찮소. 우리에게는 남쪽과 동쪽 바다를 통해서도 손님들이 찾아오지만 가끔은 북쪽에서 초원을 달려 찾아오는 사람들도 있소. 당신의 보검을 장식한 것과 같거나 비슷한 보석을 가지고 찾아온 손님들도 있었고. 개중에는 우리 땅에 남아서 살다가 세상을 떠난 사람들도 있었소. 그들에게서 말을 배운 사람 중 한 분이 여기 공주님이시고, 나는 더듬거리는 정도요, 하하."

그러고 보니 남자의 말은 그리 유창하지 않았다. 그래도 소통은 가능하니 한결 마음이 놓였다.

"이 나라를 다스리는 분을 뭐라 칭합니까. 금이나 간은 아닌지요?"

씬스라로프의 질문에 이번에도 유강이 나섰다.

"어떻게 그걸 다 아시오? 이전에는 이사금, 마립간 등으로 칭했지만 이제는 왕으로 칭하오."

찾던 그 나라임이 더욱 확실해졌다. 씬스라로프는 마음이 다급해졌다.

"염치없지만 국왕을 뵙고 싶습니다."

"주선해주실 분이 계시니 우선 몸부터 추스르시오. 그리고 멀리서 온 손님인데 염치 같은 건 생각하지 않아도 괜찮소."

"아닙니다, 가진 것이 아무것도 없습니다. 처음부터 많은 것을 준비해 출발하지도 못했지만, 오는 도중 마주치는 대부분의 사람들과 전투를 치르면서 빼앗기거나 잃어버렸습니다."

썬스라로프는 미안하고 난처한 기색을 떨치지 못했지만 유강은 호탕한 웃음을 지었다.

"손님이 왔으면 온 손님이 중요하지 그까짓 물건이야 아무리 진귀한 보화라도 뭐 그리 대수겠소. 심려치 마시오."

그래서 많은 사람들이 황금의 나라라 부르며 뱃길로, 초원길로 발길을 멈추지 않았던 모양이다. 참으로 열린 나라이고 너그러운 사람들이 아닌가. 그런데도 이들의 복색이나 장식물은 특별히 아름답고 품위가 있었다. 탐욕 없이도 누릴 수 있는 삶이라니…….

"아, 참. 나는 유강이라 하오, 장군의 직분으로 국왕을 보필하고 있소."

"예, 인사가 늦었습니다. 저는 썬스라로프라 합니다."

"그리고 이분은 상화 공주님이시오. 당신을 구해주신 분이시니 은혜를 잊지 마시오. 특히 말 등에 당신을 싣고 오다가 말이 지쳐 꽤 먼 길을 걷기까지 하셨소. 혼자 나다니기를 좋아하시거든요."

"아니 장군님은 무슨 그런 말씀까지……."

수줍음에 낯빛을 붉히는 공주의 자태가 새삼 아름다웠다.

"공주님이셨군요. 몰라뵈었습니다."

"그런데 왕을 뵙겠다는 뜻이 무엇인지요?"

"저는 롭성이라는 제 아버지 나라의 왕자였습니다. 갑자기 쳐들어온 적에 대항하던 중 아버님의 명으로 이 나라를 찾아 나서게 되었습니다. 이 나라는 누구든 받아주고 포용해주는 나라라며, 이곳에서 소식을 기다렸다가 다시 나라를 일으켜 세우라는 분부셨습니다.

그러니 국왕을 뵙고 허락을 받는 것이 도리일 것 같아서입니다."

숙연해진 유강이 공주를 돌아보며 고개를 숙였다. 직접 말해주는 편이 좋을 것 같다는 뜻이었다.

"우리의 국명 신라의 '신'은 덕업이 날로 새로워진다는 뜻이고, '라'는 사방을 망라한다는 뜻입니다. 특히 '라'에는 그동안 사해만 방에서 우리를 찾아오는 모두를 환영하고 서로 교류하기를 즐겼기에, 앞으로도 그리할 것이라는 마음이 담겨 있습니다. 왕께서도 기꺼이 왕자님을 환영할 것이니 심려하지 마십시오. 다만 저는 이곳에서 겨울을 나고 왕궁으로 돌아갈 계획입니다. 그동안 왕자님께서는 원기를 회복하시면서 우리말을 익히시는 것이 좋을 듯합니다."

"고맙습니다. 열심히 익히겠습니다."

겸손하면서도 굳은 의지가 읽히는 왕자의 자세에 공주와 유강은 벌써 깊은 우정을 예감할 수 있었다.

바람을 물려주다

칼끝이 한겨울 몰아치는 눈바람보다 더 매웠다. 짓쳐들고 베고 막아내고 찌르고 물러나는 품새는 봄날 살랑거리며 부는 새털바람 보다 더 가벼웠다. 백두대간을 휘몰아쳐 동해의 바닷바람과 맞부 딪친 살을 에는 추위에도 검을 겨눈 두 사람의 이마에는 굵은 땀방 울이 가득했다. 다시 검을 치켜세운 여인의 두 발이 구름 위의 바 람처럼 부드럽게 움직였다. 남자도 칼끝에 힘을 실어 검을 받아낼 준비를 했다. 한순간 바닥을 박찬 여인이 허공을 가로질러 베자 남 자의 검도 허공을 향했다. 깡―! 검과 검이 부딪치는 강한 파열음 이 공중에 쩌렁거렸다. 연이어 베고 찌르는 연속의 공격과 맞받고 피하고 반격하는 공수攻守가 한참이나 이어졌다. 다시 떨어져 가쁜 숨을 몰아쉬던 두 사람 중에 남자가 먼저 검을 내렸다.

"오늘은 그만하자꾸나."

이사부 군주였다.

"예, 스승님."

상화도 검을 내리고 이마에 번진 땀을 팔뚝으로 훔쳤다.

"대단하구나, 아주 많이 발전했어."

"아직 많이 부족합니다."

"아니다. 왜구 열 명쯤은 혼자서도 거뜬히 감당하겠다."

"스승님 가르침 덕분입니다."

검을 거둔 이사부는 느긋하게 뒷짐을 진 채 관아를 향해 걸었다. 매운바람이 상쾌하게 느껴졌다. 상화도 다소곳이 그 뒤를 따르며 망설이던 말을 꺼냈다.

"내달 초에는 돌아가야 할 것 같습니다."

"그래야지. 씬스라로프는 어떠하더냐?"

"습득이 빠릅니다. 전하를 뵈어도 뜻을 말하기에 부족하지 않을 것 같습니다."

"영민해 보이더구나. 건강은 어떠하더냐?"

"요즘에는 유강 장군과 말을 타기도 합니다. 원기도 많이 회복됐습니다."

"말에게 바람이란 이름을 주었더라고?"

"예, 그들 말로는 벤투스라 했답니다."

"말을 벗처럼 여긴다니 내가 좋은 말로 한 필 내려주마."

"몹시 기뻐할 것입니다."

문득 이사부의 얼굴에 그늘이 드리워졌다. 상화는 그 변화를 놓치지 않았다.

"무슨 근심이라도 있으십니까?"

"아무래도 우산국 정벌이 늦어질 것 같아……. 고구려와 언제 무슨 일이 벌어질지 모르니 우선 북쪽 성부터 보수해야겠고, 전선의 건조도 생각보다 느려지니 원."

"우산국 사람들이 그토록 거칩니까?"

"거칠기도 하고 해전에 뛰어난 자들이다."

이전에 이사부 장군도 그들과의 해전에서 뜻을 이루지 못한 것을 상화도 알고 있었다.

"그래도 조그만 섬이니 군세가 클 것 같지도 않고 육지에서는 우리 군사들이 능히 막아낼 수 있을 텐데요?"

"그렇다. 또 사실 우산국 사람들은 험한 지형을 믿고 복속하지 않는 것이 본심이니 위협만으로도 자제시킬 수는 있다. 하지만 문제는 왜구들이다. 그놈들이 우산국을 발판으로 삼아 쳐들어온다면 큰 화근이 될 수 있어. 더구나 고구려나 백제와 마찰이 있을 때 왜구로 인해 경도와 후방이 어지럽다면 어찌되겠느냐."

"왜구가 우산국을 드나듭니까?"

"아직은 드문드문 소수가 드나들지만 그게 잦다 보면 전진기지로 삼을 수 있다는 걸 깨닫게 되겠지."

"서두르기는 해야겠습니다."

"전선 건조가 다 된다 해도 특별한 계책이 떠오르지 않으면…… 걱정이구나. 아무리 지형이 험하다고 해도 기습적으로 상륙하면 그저 힘으로 제압하고 모조리 도륙할 수야 있겠지만 그렇게 하고 나면 섬이 비게 될 테고, 그리되면 그야말로 왜구의 세상이 될 수 있지 않겠느냐. 마음으로 그들을 복속시킬 계책이 나와야 할 텐데, 휴우……."

이사부의 입에서 긴 한숨이 터져 나왔다.

말을 달려 한바탕 산과 들을 누빈 유강과 씬스라로프는 말 머리를 나란히 했다. 역시 초원길을 달려온 씬스라로프의 말 타는 솜씨는 신라에서 빠지지 않는 유강마저 혀를 내두르게 했다.

"이젠 자네 칼솜씨를 봐야 할 텐데."

"우리끼리 겨루지 말고 적을 만나면 그때 서로 보여주기로 하세."

"적을 만난다? 그럼 신라의 전쟁에 자네도 나서겠다는 것인가?"

"당연한 일 아닌가. 신세를 지면 신세를 갚아야지."

"이 친구, 여전히 그 신세타령이군."

두 사람은 그새 깊은 벗이 되어 있었다. 씬스라로프가 병상에 있는 동안 상화를 도와 유강도 신라 말을 가르치면서 서로에게 익숙해지고 마음을 열어갔다. 병세가 호전되어 침상에서 내려오던 날 유강이 먼저 술을 청했고 씬스라로프도 기꺼이 응했다.

청춘의 두 사람이 아니던가. 시작한 술자리는 끝날 줄 몰랐고, 이야기를 전해 들은 이사부가 술 한 독을 더 내리니 두 사람은 마침내 인사불성의 지경에 이르렀다. 이미 나이는 동갑내기임을 알았고, 존댓말과 반말이 헷갈리는 신라 말의 어려움을 빌미로 씬스라로프가 먼저 벗이 되기를 청했다. 그러나 망명객이라지만 상대의 신분은 엄연히 왕자. 유강은 망설였다. 뒤늦게 술자리에 들른 이사부가 유강의 신분 또한 진골로서 신라 최고 관직인 이벌찬에 오르는 것도 가하니 벗이 될 수 있다고 정리했다.

한번 흉금을 터놓더니 두 사람은 날마다 붙어살다시피 했다. 덕분에 씬스라로프의 신라 말은 날이 갈수록 유창해졌고, 이제는 역사와 관제 등 전반적인 지식까지 익혀가고 있었다. 아쉬운 점이 있다면 두 사람 모두 이사부 군주와 무술 연마에 여념이 없는 상화 공주를 자주 볼 수 없다는 그것이었다.

"공주님께서는 무술 연마에 어찌 그처럼 열심인가?"

"하하, 특별한 분이시라네. 검술을 물론, 궁술이며 격술까지 두루 열심이시지."

"국왕께서는 심려하시지 않나?"

"심려를 왜 하겠나, 나라의 든든한 동량이 되실 텐데. 서쪽 나라에서는 여성은 전사가 되지 못한다는 법이라도 있나?"

"법은 없어도 아주 특별한 경우가 아니면 없는 경우라네. 내가 본 적은 더구나 없고. 여성 자신들도 신분에 따라 여러 노동을 하기도 하지만 바라는 바는 아름답게 다듬고 우아한 삶을 누리는 것이지."

"하하, 어디나 여자들은 비슷한 모양이군."

"그런데 왜 유독 공주님만……?"

"그건 아닐세. 우리 신라에는 무예를 익히는 여성들이 적지 않네, 특히 젊은 층에서 말일세."

서쪽에서도 위급한 때에는 여성이 전장에 나서 전사들을 돕는 경우가 있었다고 들었다. 그러나 그것은 극히 이례적인 경우였고, 나서는 여성도 대부분은 나이 든 어머니들인 데다 조직적이지도 않았다. 여성은 보호의 대상이라는 인식이 굳어져 있는 것이었다. 그간 유강에게서 들은 이야기를 종합하면 신라는 그리 큰 영토를 가진 나라가 아닌 것 같았다. 더구나 국경을 마주한 두 나라는 한 핏줄의 민족임에도 분쟁이 심한 데다 섬나라의 도적들까지 수시로 출몰한다고 했다. 그럼에도 먼 곳까지 황금나라로 전해지며 번영을 구가하는 원천에는 여성들의 활기와 무엇보다 호국정신이 큰 몫이 되는 듯싶었다.

　"여성으로 구성된 군사조직이 있나?"

　"그렇지는 않네. 다만 무예를 익히는 과정에서 호국정신을 키우고, 나라가 위급하면 기꺼이 나서겠다는 마음자세를 다듬는 것이지."

　"공주님은 어떤 분이신가?"

　"쇠를 잘 다루는 걸로도 유명하시다네."

　씬스라로프의 두 눈이 휘둥그레졌다.

　"뭐, 쇠를?"

　"그렇다네. 하지만 직접 풀무질을 하거나 쇠를 두드리는 것은 아니고, 좋은 쇠를 골라내고 대장공들을 감독해 여러 명검을 만드셨지. 눈썰미도 눈썰미지만 지식이 높으시지. 서역에서 온 사람들과 새로운 기술이나 지식에 관해 토론하면 몇 날 밤을 새우기도 하신다네."

니데지나가 생각났다. 언제나 마음을 설레고 들뜨게 했던. 그리고 그 화려하게 반짝이는 아름다움…… 영원히 잊지 못할 여인이었다. 머리카락은 같은 빛깔이었지만 화려하기보다는 고아함이 빛나는 상화 공주의 아름다움은 또 다른 것이었다. 별과 꽃을 사랑하는 여인, 사람과 지혜를 사랑하는 여인, 그러니 이들의 아름다움 또한 같을 수는 없는 노릇이었다. 꿀을 바른 빵의 달콤함과 입속에서 더욱 깊은 맛이 우러나는 자연의 풍미가 그럴까. 문득 자신도 이미 이곳 사람들이 마련해주는 찬과 다과에서 풍미를 느끼고 있는 것도 같았다. 씬스라로프는 벌써부터 유강 장군에게 부러움을 품고 있었다. 상화 공주를 연모하는 유강의 마음을 읽을 수 있었기 때문이다. 너무도 잘 어울리는 한 쌍이었다. 그러나 그런 유강의 눈빛에 문득문득 알 수 없는 질투심을 느끼기도 했다. 그때마다 스스로도 너무 어이없어 다른 마음의 착각이라고 생각을 다잡지만 점점 두렵기까지 했다. 결코 아니 될 마음이었다. 그렇게 별이 된 보리스를 생각한다면 더구나…….

벤투스의 무덤 앞에 선 씬스라로프는 만감이 교차했다. 어린 망아지 때부터 함께했으니 10년이 넘는 세월이었다. 이름을 지어 불러주고, 함께 뒹굴어 먼지투성이가 되고, 목을 껴안아 볼을 비벼주고, 등을 긁어주며 조련했지만 해가 갈수록 벤투스의 노고가 커갔다. 많은 전장을 누비는 동안 그림자처럼 곁을 지켜줬고 위기의 순간이면 바람처럼 달려 목숨을 빚진 것만도 여러 차례. 그리고도 끝내는 마지막 사력을 다해 다시 생의 기회를 가져다준, 진정한 벗……. 흐르는 눈물을 추스른 씬스라로프는 신라의 예를 따라 무덤 위에 술 한 잔을 부어줬다.

"벤투스, 이제 네 이름을 이 친구에게 물려준다. 황금나라의 말로는 바람이라고 한다."

씬스라로프는 이사부가 내린 검은 털빛이 아름다운 새 말을 소개했다.

"아주 좋은 이름이네. 이 녀석도 기쁘게 받아들일 걸세."

유강의 말에 미소로 답한 씬스라로프는 다시 한 번 사방을 둘러봤다. 사방이 탁 트인 바닷가 동산 위였고, 누워 있는 벤투스의 머리맡에서는 그대로 바다가 보여 바다 끝을 향한 꿈을 꾸기에 더없이 좋았다.

"벤투스라는 이름에 참으로 잘 어울리는 자리이니 별이 되어서도 반짝일 겁니다."

공주에게 하는 말을 유강이 받았다.

"공주님께서 참으로 자리는 잘 잡으셨습니다. 이름이 바람이라더니 영원히 바람을 느낄 수 있게 된 셈이네요."

"공주님께 다시 한 번 감사드립니다. 저의 목숨과 더불어 벤투스에게 베풀어주신 은혜까지 두고두고 갚을 것입니다."

"그리 생각하신다면 저에게 말고 다른 생명에게 나눠주십시오. 저는 먼저 내려가겠습니다."

고개를 숙여 보인 상화는 말고삐를 당겼다.

"자, 그 신세니 감사니 하는 타령은 그만하고 우리도 가세."

씬스라로프는 선뜻 걸음이 떨어지지 않았다. 더구나 유강이 함께 경도로 가지 않는 것이 못내 아쉬웠다.

"자네는 언제 다시 볼 수 있겠나?"

"글쎄, 나야 나라의 명을 받을 뿐이니 그걸 내가 어찌 알겠나. 왜, 서운한가?"

"자네는 아무렇지도 않다는 건가?"

"이 친구, 서운해도 내가 더 서운하지. 자네는 공주님을 모시고 떠나는 영광스러운 길 아닌가."

유강은 벌써 말을 달리는 공주를 향해 턱짓을 해 보였다.

"그래, 내가 잘 모시고 있겠네. 그러고 보니 자넨 나보다도 공주님이 그리워서 곧 쫓아올 것 같구먼."

"이런, 속을 들켜버리고 말았구먼, 하하하."

"먼저 가서 기다리겠네."

씬스라로프는 바람의 등 위로 사뿐히 몸을 던졌다. 바람은 새 주인이 마음에 드는지 긴 콧소리와 함께 힘차게 발굽을 내디뎠다.

마상의 씬스라로프는 등을 돌려 점점 멀어져가는 동산 위 무덤을 향해 마지막 작별을 고했다.

"내 영원히 널 잊지 않을 거다! 잘 있어라, 벤투스!"

<u>8</u>

천년을 이어갈 제국

신라의 경도 서라벌은 씬스라로프가 살던 서역과는 판이했다. 산이나 강과 같은 자연 지형을 이용해 일부 성을 쌓고, 사람과 물자가 드나드는 성문이 있기는 했지만 전체적으로는 느슨한 느낌이었다. 서역의 성처럼 견고한 성벽도 있기는 했는데, 그것들은 한눈에 봐도 군사적 요충지에 쌓은 방비용이지 도시를 구분하려는 의도는 아니었다. 왕궁은 튼실한 성벽과 해자로 둘러싸여 있었지만 그 또한 적으로부터 왕궁을 보호하려는 것이지 백성과 거리를 두려는 의도는 읽히지 않았다. 일정한 높이를 유지하고 튼실하기는 했지만 불필요하게 높거나 둔중하여 누구도 들이지 않겠다는 완고함은 찾아볼 수 없기 때문이었다. 달리 말하자면 엄숙한 위용을 갖추었으면서도 언제라도 다가가면 품어줄 것 같은 너그러운 정감이 은은하게 풍긴다고 할 수 있었다.

궁 안의 전각들은 저마다의 용도에 따라 크기를 달리한 채 반듯
하고 정연하게 늘어서 장려하면서도 청아한 기품이 배어났다. 전
각과 전각 사이에는 파란 잔디 위에 짙푸른 소나무가 질서정연하
게 늘어서 있어 사시사철 생명의 기운을 느낄 수 있을 것이었다. 실
직주를 떠나 남쪽으로 내려오면서부터 느껴지던 봄의 기운은 서라
벌에 이르러서는 완연했는데 왕궁 곳곳에 조성된 정원에는 벌써
꽃망울이 맺힌 것도 있었다. 봄이 조금 더 무르익으면 왕궁은 온갖
기화요초의 빛과 향에 들썩거리리란 것도 예감할 수 있었다.

금빛 옥좌에 등을 기댄 지대로왕의 위용은 마주하는 이를 단번
에 압도했다. 신장은 언뜻 보기로도 7척(약 210센티미터)에 가까웠고,
부리부리한 두 눈에서는 형형함이 번뜩였다. 올해로 벌써 어수御壽
일흔둘이라지만 반듯한 어깨며 금빛 어의御衣 밖으로도 엿보이는
벌어진 가슴, 옥좌에 올린 두툼한 어수御手는 여전히 강건함을 말
하고 있었다.

"이름이 무엇인고?"

우렁우렁한 왕의 옥음은 시립侍立한 뭇사람들의 기를 눌렀다. 부
복한 사내는 공손하게 말씀을 올렸다.

"씬스라로프라 합니다."

"씬스라로프…… 서역의 왕자라 했더냐?"

"그렇습니다. 그리 큰 나라는 아니고, 이제는 멸망되었을지도 모
를 일입니다."

감추려 하지 않는 정직한 대답이 왕의 마음을 흡족하게 했다.

"나를 보려 한 까닭은 무엇이냐?"

"저는 부왕으로부터 세상의 끝 동쪽 바다의 남쪽에 있는 황금나라에서 기다리라는 명을 받았습니다. 훗날 부왕의 뜻을 전하는 이가 찾아오면 그때 돌아와 다시 나라를 세우라는 뜻이었습니다. 오는 동안 많은 고초를 겪었고, 49명의 친구를 잃었지만 오직 그날을 위해 목숨을 부지했습니다. 공주마마께서 저의 마지막 순간에 목숨을 구해주신 것도 부왕의 명을 지키라는 신의 가호라 생각합니다. 그날까지 신라에 머물도록 허락하여주시기를 원합니다."

"그날까지?"

"예. 신라에 머무르는 동안에는 신라 사람으로 무엇이든지 할 것입니다."

"무엇이든? 무엇을 가장 잘 할 수 있느냐?"

왕께서는 짐짓 기대의 기색을 보이셨다.

"송구하게도 제가 잘할 수 있는 것은 검을 다루는 것과 전쟁에 임하는 것입니다."

왕께서는 재미있다는 표정을 지으셨다.

"사내로서 용맹한 전사라는 것은 흠이 아니지. 그런데 목숨을 지켜야 할 자네가 목숨을 담보로 내놓겠다는 것은 앞뒤가 맞지 않는 노릇 아닌가?"

"죽지 않을 것입니다. 어떤 전장에서도 반드시 살아남을 것입니다!"

결의 가득한 씬스라로프의 대답에 왕께서는 호탕한 웃음을 터트리셨다.

"좋다, 반드시 살아남을 자라면 공주를 호위하면 되겠구나. 너는 지금부터 상화 공주를 지키고 공주의 명을 수행하라!"

"황공합니다, 전하."

"으음…… 이름이 씬스라로프라 했으니 이곳 신라에서는 신수라라는 이름을 쓰도록 하라. 새로울 신, 지킬 수, 망라할 라이다. 신라를 지키라는 뜻이니 이름에 부끄럽지 않도록 하라."

"황송합니다, 전하. 신, 수, 라! 반드시 그 이름을 지키겠습니다. 아울러 전하의 성은에 조금이라도 보답하고자 제가 지닌 황금보검을 바치겠습니다."

"황금보검?"

시종의 손을 통해 전해진 신수라의 황금보검을 살펴본 왕께서는 그 아름다움에 입을 다 벌리셨다.

"아름답도다, 참으로 아름다운 보검이로다."

"저의 부왕께서 하사한 것이나 이제 전하로부터 새로운 이름까지 받아 신라 사람이 되었으니 충성의 징표로 삼아주십시오."

그러나 왕께서는 고개를 저으셨다.

"아니다. 이제 네가 나의 백성이 되었기는 하나 본디는 신라를 찾아온 손님이었다. 손님의 귀중한 보물을, 더구나 한 나라 왕자의 징표를 취한다는 것은 신라의 도리가 아니다. 너는 이 보검을 소중히 간직하여 다시 너의 나라로 돌아갈 때 새 왕의 상징으로 삼거라."

"전하, 서역의 예절에도 이웃집을 방문할 때에는 반드시 성의를 다한 선물을 지참합니다. 하물며 돌아갈 곳 없는 가련한 자를 백성으로 안아주고 이름까지 내려주셨는데 작은 보답이라도 하지 않는다면 어찌 다시 전하를 뵈올 수 있겠습니까. 거두어주십시오."

"불가하다. 돌려주라."

왕의 옥음玉音이 엄하였다.

"전하, 부디 제 양심을 지켜주십시오."

"어허, 불가하다."

"전하……."

왕과 신수라의 설왕설래가 이어지자 상화 공주가 나섰다.

"아바마마, 아바마마의 뜻도 옳으시고 신수라의 뜻도 가상합니다. 그러나 신수라는 신라에 대한 충성의 징표로 삼기를 원하는 것이니, 우선은 아바마마께서 간직하셨다가 그가 다시 자신의 나라로 돌아갈 때 하사하심이 옳을 듯싶습니다."

왕께서는 크게 고개를 끄덕이셨다.

"공주의 생각이 그럴듯하구나. 좋다, 그리하마. 그러나 내가 손님의 선물을 받기만 할 수는 없으니 나도 선물을 내릴 것이다. 신수라가 이찬 이사부로부터 말을 받았다고 하니, 나는 마구 일습을 내리겠노라."

"황송합니다, 전하."

신수라는 깊은 감동으로 고개를 숙였다. 비로소 왜 황금의 나라라 칭해지는지 알 수 있었다. 하나를 받고 열을 내어주는 저 큰 너그러움이 어찌 황금에 비견할 수 있을까만 세상에 황금보다 더 귀한 것이 없다 여기니 황금나라라는 상찬밖에 올릴 수 없는 것이리라.

　왕궁 밖에 펼쳐진 서라벌의 풍경도 과연 황금나라의 경도다운
풍성함과 안온함이 느껴졌다. 고개를 들어 돌아보면 사방에 짙푸
른 산이 듬직하게 자리 잡고 있어 적을 방비하기에 유리했고, 산 아
래로 펼쳐진 너른 들판에서는 온갖 곡식과 채소가 무르익어 백성
의 배를 채울 것이었다. 서라벌 서쪽 인내산에서 발원해 동해로 흘
러가는 형산강은 사람과 초목의 넉넉한 젖줄이 되었으니 백성들은
사시사철 목마르지 않고 정갈했다. 왕궁을 중심으로 반듯하게 구
획을 나눈 도심에는 저마다의 직분과 형편에 따라 높고 낮은 집을
가졌는데, 그 크기와 외양은 달라도 하나같이 반듯하고 청결하여
사람이 살기에 더없이 좋았다.
　상화 공주를 수행해 시전市廛으로 들어선 신수라는 벌어진 입을
다물 수 없었다. 바다가 가까워 온갖 종류의 생선이 즐비했는데 한
낮임에도 살아서 펄떡거리는 놈이 있는가 하면, 토막임이 틀림없
는데도 사람보다 더 큰 것이 있으니 고래와 상어라 했다. 여러 채소
를 펼쳐놓은 상점들을 돌아보니 이제 막 봄이 시작되었는데 어느
새 온갖 이름 모를 것들이 풍성하여 의아해했더니, 서라벌을 에워
싼 사방의 산마다 사람에게 유익한 나물이 지천으로 널려 있다는
것이었다. 더불어 봄부터 가을까지 미리 삶고 말려서 준비한 나물
과 소금에 절여 담은 김장이란 것으로 겨우내 채소가 부족하지 않
으니 참으로 뛰어난 지혜였다.

북적이는 사람들을 헤치며 한참을 더 나가니 이제는 비집고 들어갈 틈도 없이 흥청거리는 시전이 나왔다. 상화 공주의 곁을 바짝 따라서 들어선 신수라는 아연 두 눈이 휘둥그레지고 말았다. 들고 나는 신라인들 사이에 신수라와 비슷한 외모의 서역인은 물론이고 피부가 검은 사람, 짙은 갈색인 사람들이 저마다의 복색으로 뒤섞여 물건을 사고팔고, 공연으로 손님을 끌어들이고 있는 것이 아닌가.

"공주님, 이 사람들은 모두 어디에서 온 것입니까?"

"가까이는 왜에서부터 천축국(인도), 대식국(아라비아), 페르시아…… 그밖에 더 먼 서역 여러 나라에서도 수시로 찾아온답니다. 그들 대부분은 뱃길을 이용하지만 서역 먼 나라에서는 신수라 님이 오신 북쪽의 초원길이나, 보다 남쪽의 육로로도 찾아옵니다."

"제가 그동안 들은 바로는 신라는 영토가 그리 크지는 않은 듯싶습니다. 도대체 이곳의 무엇이 그리 진기하기에 그 먼 길을 찾아오는 것입니까? 정말 황금이 지천에 널려 있기라도 한 겁니까?"

상화는 도무지 이해할 수 없다는 신수라의 반응에 잔잔한 미소를 지었다. 대부분의 사람들이 그랬다. 자신의 울타리 안에서 자신의 것만 지키느라 낯선 것에는 두려움과 경계부터 내보이는 것이 인지상정이도 했다. 그러나 한번 마음을 열면 세상은 달라졌다. 아무래도 세상은 끝이 보이지 않는 바다보다도 더 넓은 듯싶은데 사람의 생김이 제각각 다르듯 곳곳의 땅 또한 다를 것이 틀림없었다. 그러니 저마다의 산물産物이 다를 것은 당연지사, 나에게 없는 것은 진기한 것이 되니 다른 것을 알고 싶고 보고 싶어 하는 사람들이 그러한 것들을 찾아 나서는 것도 필연일 터이다. 하지만 세상의 대부분이 담을 높이 쌓고 대문을 두껍게 걸어 잠그니 활짝 대문을 열어놓은 곳이라면 그들은 아무리 멀고 험난한 곳이라도 찾아올 터이고, 그곳에서 각자의 산물을 꺼내놓으니 문을 연 땅에는 저절로 세상만물이 펼쳐지는 것이었다.

"한번 둘러보십시오. 세상 곳곳에서 찾아온 사람들이 펼쳐놓은 저것들이 모두 진기한 물건입니다. 저 진기한 물건들을 진기하지 않게 여기는 사람은 꺼내놓은 사람뿐이지요. 그러니 거래가 이루어지고, 자신들의 나라로 돌아가면 큰 이익을 볼 테니 다시 찾아오게 되는 것이지요. 진기함은 오직 황금만이 아니듯이 저 모든 진기한 것들이 사가는 사람들에게는 황금과 다르지 않을 것입니다."

신수라의 고개가 저절로 끄덕여졌다. 이제는 알 수 있었다. 영토가 넓어서 큰 나라가 되는 것이 아니라 넓은 대문과 열린 마음이 대국을 만드는 것이었다. 아버지의 롭성이 위기에 처한 까닭을 깨달을 수 있었다. 높은 성벽과 철통같은 문은 언젠가는 무너지고 뚫리게 되는 법이었다. 더 넓은 세상이 있다는 것을 간과하고 성벽 안의 것에 취해 흥청거린 것은 우물 안 개구리에 다름 아니었고 멸망의 단초였던 것이다.

"도대체 신라는 언제부터 그런 이치를 깨닫고 이처럼 문을 열었던 것입니까?"

"신라와 남쪽으로 붙어 있는 가락국은 시조의 왕비께서 천축 아유타국에서 온 공주였습니다. 가야의 이름으로는 허황옥許黃玉이라 하지요. 가야와 신라는 이웃이니 그때나 그 이전부터 여러 나라 사람들이 드나들었을 것이고요."

"그게 언제였습니까?"

"신라의 역사로 보면 시조께서 나라를 창업하시고 560년이 되었습니다."

신수라는 경악할 지경이었다. 아버지의 나라는 말할 것도 없고 자신이 지금껏 들은 바로는 로마를 제외하고는 5백 년은커녕 몇 백 년, 몇 십 년을 넘기지 못하고 흥성과 몰락을 반복하는 것이 대부분 나라의 운명이었다. 그런 짧은 역사 속에 어느새 기억조차 가물거리는 나라들 중에는 신라보다 수십 배의 영토를 가진 나라들도 부지기수였다. 제국은 땅이 커서 제국이 아니었다. 아니, 제국을 만드는 것은 영토와 힘이 아니라 마음과 문인 것이었다.

"참으로 놀랍습니다. 560년이라니요."

"그건 저도 자랑스러운 바입니다. 서쪽 바다를 건너면 서역 사람들이 친이라 부르는 나라가 있는데 들은 바로는 신라보다 거의 백배는 넓은 영토를 가졌다고 합니다. 그러나 그들은 채 백 년을 넘기지도 못하고 나라가 바뀌기 일쑤입니다. 지금도 북쪽과 남쪽으로 나뉘어 전란이 계속되고 있다니, 무엇보다 백성들의 고초가 여간 아닐 듯해 애처롭습니다. 길을 여는 자는 흥하고 성을 쌓는 자는 망한다는 말도 있는데……"

상화는 진정 안타까운 낯빛으로 말끝을 흐렸다.

"천 년은 갈 것입니다. 어쩌면 만 년을 갈지도 모르겠습니다. 신라는 참으로 제국입니다. 저도 언젠가 아버지의 나라를 다시 세울 수 있다면 반드시 신라와 같은 나라를 만들겠습니다."

떨리는 신수라의 음성으로 천년제국이라 들으니 상화도 가슴이 벅차고 온몸에 전율이 일었다.

9

호국의 신앙

왕께서 내린 마구 일습은 눈이 부시도록 화려해 너무도 과분했다. 말과 교통하는 재갈과 고삐, 마륵(馬勒, 말 머리에 고삐를 부착하는 도구로 말굴레라고도 한다). 말 타는 사람을 위한 안장과 등자(鐙子, 발을 거는 도구), 안장을 고정하는 복대(腹帶, 뱃대끈), 마앙(馬鞅, 가슴걸이). 장식을 위한 면식面飾, 마탁(馬鐸, 말방울), 마령(馬鈴, 말방울의 한 종류)······. 그밖에도 편자를 비롯한 모든 마구가 필요에 따라 가죽, 쇠, 청동, 구리 등 최고의 재료로 정교하고 아름답게 만들어졌다. 특히 마탁, 마령을 비롯한 여러 부분에 황금과 은을 사용하는 것도 아끼지 않았다.

새로운 바람이 마구 일습을 갖추자 그 늠름함은 벤투스를 뛰어넘은 듯싶었다. 신수라는 다시 한 번 벤투스를 생각하며 눈물을 삭였다.

"오늘은 어디를 가십니까, 공주님."

"귀한 분을 만나러 갑니다."

"귀한 분이시라면……?"

"가보시면 압니다, 신수라 님."

대부분이 그랬다. 미리 설명해주는 적이 없었고 직접 보고 들은 뒤에도 따로 묻지 않으면 가끔 생각을 물을 뿐 자신의 뜻을 펼치지는 않았다. 아마 선입견으로 사람이나 사물을 대하는 것을 피하게 하고 스스로 깨우치라는 생각에서일 것이었다.

찾아간 곳은 남산 기슭의 작은 기와집이었다.

"법사님, 상화입니다."

"어서 드십시오, 공주님."

상화의 소리에 한쪽 방문이 열리며 긴 백발을 늘어트린 회색 장삼 차림의 노인이 나왔다. 노인은 상화와 익숙한 듯 보였으나 두 손을 앞으로 모은 자세로 공손하게 고개를 숙였다. 상화도 합장을 하고 허리를 굽혔다.

"이분은 서역에서 오신 신수라라는 분으로 저를 도와주고 있습니다."

방으로 들어간 상화는 먼저 신수라를 노인에게 소개했다.

"이미 서라벌 안에 소문이 파다해 귀로는 알고 있었습니다. 서역 나라의 왕자님이시라고요?"

앉은 채 합장으로 고개를 숙이는 노인에게 신수라도 어정쩡하게 합장하며 허리를 굽혔다.

"신수라입니다."

"저는 원각圓覺이라 합니다. 편안히 계셔도 됩니다."

말을 마친 노인은 상화와 마주해 차를 준비했다.

"실직주를 다녀오셨다고요? 그곳은 어떠하던가요?"

"지난해의 한재로 백성들의 기근이 있기는 했습니다만 이사부 군주님께서 잘 대처하여 무난히 넘겼습니다. 수년 전 부임하신 뒤부터 곧바로 어업을 활성화시키고자 어선을 건조하고 어구를 늘린 덕이 큽니다. 근래에는 고구려도 조용하여 요즘에는 성을 보수하고 군사 훈련에 매진하고 있습니다. 날이 풀리면 군선 건조도 계속하실 것입니다."

"실직주에서 군선은 무슨 까닭으로요?"

"우산국 정벌을 염두에 두고 계십니다."

"왜구를 우려하셔서군요."

"그러합니다, 법사님."

"옳은 생각이시기는 한데 우산국 사람들이 쉽게 승복하려 들지 않을 테니, 걱정이군요."

"군주님도 그 때문에 고민이 깊으십니다. 군사력으로만 정복하려면 살생이 너무 클 텐데 별다른 계책이 떠오르지 않으신다고요."

신수라는 이해할 수 없었다. 무릇 전쟁보다 승과 패가 더 분명한 것이 있던가. 죽이지 않으면 죽는 것이고, 지키고 빼앗지 못하면 멸망의 길이 되는 것이 전쟁이었다. 또한 빼앗기고 잃은 자는 반드시 다시 되찾으려 들 것이니 후환을 없애려면 뿌리를 뽑는 것이 최선이었다. 전쟁이 참혹할 수밖에 없는 까닭이기도 했다. 아버지의 나라는 물론이고 서역 대부분의 나라가 그랬다. 아니, 모든 전쟁사가 그러할 것이었다. 약탈한 재물을 전공의 상으로 받고, 포로라는 명목하에 사람을 짐승보다 못한 노예로 사고팔기까지 하지 않는가. 아직 신라의 전쟁에 대해서는 들어본 바 없지만 크게 다르지 않으리라. 무엇보다 공주 자신부터 무예를 연마하고, 이사부 군주는 또 얼마나 군사들의 훈련에 열심이었다. 그런데 살생이 염려되어 고민이라니…… 이율배반의 모습에 슬며시 실망까지 일어 두 사람이 나누는 이야기를 귓전으로 흘렸다.

지루해지기까지 한 신수라는 문밖으로 고개를 돌렸다. 그 순간 문턱을 넘으려는 뱀이 눈에 띄었다.

"저런!"

날카로운 소리와 함께 검을 뽑으려는데 법사라는 사람의 음성이 쩌렁하게 울렸다.

"멈추시오!"

신수라는 엉거주춤 법사와 뱀을 번갈아 노려보았다.

"칼을 넣으세요, 신수라 님."

뱀을 보고서도 놀란 기색 없이 차분한 상화의 명에 신수라는 어쩔 수 없이 따라야 했다. 법사는 깔고 앉았던 방석을 들어 거지반 문턱을 넘은 뱀의 앞을 막았다. 뱀은 얼른 대가리를 틀어 다시 문밖으로 사라졌다.

"허허, 길을 잘못 들었던 모양입니다."

신수라에게는 눈길도 주지 않은 채 법사는 상화를 향해 느긋한 미소를 지었다. 상화도 미소를 머금은 채 합장으로 고개를 숙여 보일 뿐이었다. 어이없고 화가 치민 신수라는 법사를 의식해 중얼거렸다.

"그러다가 공주님께서 해를 입기라도 하시면 어쩌려고……."

"그렇다고 반드시 죽여야 하는 것은 아닙니다."

상화의 말을 법사가 이어받았다.

"무릇 세상의 생명은 모두 귀한 것입니다. 풀 한 포기, 짐승 한 마리, 심지어는 사람을 성가시게 하는 작은 날벌레까지도 그 생명을 가벼이 여겨서는 아니 되는 일입니다. 인연과 업으로 한 세상에서 같이 부대끼다 보면 어쩔 수 없이 해를 입힐 수밖에 없는 때도 있겠지만 피할 수 있으면 피해야 하는 법입니다."

그러나 신수라는 오히려 이율배반의 위선이라는 생각이었다.

"호국에 대해 가르침을 듣고 싶습니다."

상화의 물음에 법사는 먼저 안타깝다는 한숨을 내쉬었지만 금세 형형한 눈빛으로 돌아왔다.

"본디 사람이 더불어 산 것은 혼자서 살기에는 너무 나약한 존재이기 때문이었습니다. 그러나 모여 살게 되니 저마다의 욕심이 달라 분쟁과 마찰이 일어났습니다. 큰 욕심은 죽임과 죽음을, 작은 욕심은 미움을 불렀지요. 갈등을 다스리기 위해 규율과 법을 만들었습니다. 그런데 규율과 법은 그것을 지키는 사람이 반드시 필요합니다. 그리하여 권력자가 나고, 나라라는 틀이 생긴 것입니다. 사람과 사람 사이에 마찰이 일어나듯 나라와 나라 사이에도 또 분쟁이 일어나는 것은 필연처럼 되었습니다. 역시 서로 다른 욕심 때문이지요. 이로부터 붓다께서 나오셨고, 붓다께서는 욕심을 버리고 본심으로 돌아가라는 가르침을 주셨습니다. 그래도 여전히 욕심과 분쟁은 이어집니다. 아니, 더욱 커져가지요. 더욱 큰 비극은 욕심이 커져가며 단순히 이기고 빼앗는 것이 아니라 사람뿐 아니라 천라만상의 생명을 모조리 도륙한다는 것입니다. 언제 그렇지 않은 세상이 올지는 모르겠으나 그때까지는 어쩔 수 없이 제각각의 나라가 스스로를 지키는 도리밖에 없습니다. 그래도 내 백성이면 참혹하게 도륙하는 일은 없거나 적을 테니 말입니다.”

법사는 다시 깊은 한숨을 내쉬고 이야기를 이었다.

“불법이 성한 제(齊, 중국 남북조시기 남조南朝의 두 번째 나라)와 양(梁, 앞의 제를 이은 나라)에서 공부하고 돌아오는 길에 북쪽의 위, 거란, 고구려, 서쪽의 백제 등 여러 나라를 돌아봤습니다. 제와 양은 불법이 성한데도 불구하고 전쟁이 참혹했으며, 위와 거란도 욕심이 크고 거칠었습니다. 그나마 삼한三韓의 땅은 사람들의 성정이 잔인하지 않아 불법이 아름답게 꽃필 수 있으리라 생각하는데, 저는 여기 신라에 큰 기대를 합니다. 무엇보다 신라는 삼한의 나라들 중에서도 문호를 가장 활짝 연 개방된 나라이기 때문입니다. 문을 열어 들고 나감에 자유롭다는 것은 그만큼 너그럽고 욕심이 덜하다는 것이지요. 그러나 신라는 고구려, 백제와 영토로 인한 분쟁은 물론이고 특히 왜구의 침탈로 피해가 막심합니다. 앞서도 말씀드렸지만 내 백성을 지키지 않으면 피해가 너무 참혹하니, 나라를 지키기 위한 무력은 어쩔 수 없는 노릇이지요. 다만 저는 그런 호국이 불법에 기반을 두었으면 하는 바람입니다."

"불법에 기반을 둔 호국은 어떤 것인가요?"

상화가 또 물었다. 이제는 신수라도 다시 귀를 열어 새겨듣고 있는 중이었다.

"이를테면 살생유택殺生有擇, 즉 살생을 하는 데는 가림이 있어야 한다는 것과 같은 불법의 기반 위에서 호국정신을 함양하는 것이지요. 소승은 이미 너무 늙고 아둔하여 늦었습니다만 양나라를 비롯한 여러 곳에서 불법을 공부하고 있는 신라 학승들이 많으니 머지않아 그런 날이 오겠지요."

"소도蘇塗의 경당에서 수련하는 방법이면 되겠군요?"

"그럴 수 있지요. 하지만 그러려면 나라에서 불법을 공인하는 것이 급선무입니다. 나무아미타불……."

원각법사는 지그시 눈을 감고 염주를 굴렸다.

당시 신라에서는 눌지마립간(재위 417~458년) 대에 고구려를 통해 불교가 전파된 이후 이미 민간에서는 다수의 사람들이 신앙으로 삼았고, 왕실에서도 적지 않은 왕족들이 특정 사문(沙門, 중)과 교류하며 불법에 심취해 있었다. 그러나 일부 귀족들은 불교의 평등, 무욕, 자비 등의 사상이 자신들의 기득권에 영향을 미칠 것을 우려해 공인하는 것을 반대했다. 신라에서 불교가 공인되어 꽃피운 것은 지대로왕의 장자 원종原宗 왕자가 아버지의 뒤를 이어 즉위한 왕(법흥왕法興王) 14년(528년), 내사사인內史舍人의 직책으로 왕을 가까이에서 모시던 이차돈의 순교에 의해서였다.

이차돈은 불교의 공인과 융성을 위해 목숨 내놓기를 자청했으나 왕께서 허락하지 않으셨다. 이에 이차돈은 감히 천경림天鏡林에 절을 지어 논란을 일으키고 죄인이 되었다. 참형 전 이차돈은 '나는 불법을 위하여 형을 받기로 했다. 만약 불법에 신령이 있다면 나의 죽음에 반드시 기이한 일이 있을 것이다'라고 했다. 마침내 목을 자르니 흰 젖과 같은 피가 용솟음쳤고 이차돈의 목은 하늘을 날아 금강산에 떨어졌다. 이에 사람들은 목이 떨어진 서라벌 동북쪽의 금강산에 그를 장사 지내고, 더는 불법의 시행에 반대하지 않았다.

"공주님, 소도나 경당은 무엇입니까?"

골똘한 생각에 잠겨 뒤따르던 신수라가 마침내 묻자 상화의 입가에 잔잔한 미소가 번졌다.

"본디 삼한의 땅에서는 국읍(國邑, 삼한을 구성하던 각각의 소국)마다 소도를 세우고 빼어난 한 사람을 뽑아 천신天神에 대한 제사를 주관하게 했습니다. 그러니 소도는 지극히 신성한 곳으로, 죄를 지은 자라도 그리로 피신하면 감히 잡아오지 못했습니다. 하여서 그 신성한 소도에 경당扃堂을 세우고 미혼의 남녀 자제들을 모아 독서, 예절, 음악, 말 타기, 활쏘기, 격술과 검술을 가르쳐 심신을 단련케 했습니다."

"그 제도가 시행된 건 언제부터입니까?"

"신라가 창업하기 이전입니다. 삼한은 마한馬韓, 진한辰韓, 변한弁韓이라는 부족국가를 이르는데, 신라는 진한의 땅이 근거입니다."

신수라는 또 놀랐다. 560년 이전이라는 것도 그렇지만 그 긴 시간 동안 제도를 전승해왔다는 것은 더욱 놀라운 일이 아닌가.

"지금도 그 제도를 시행하고 있다는 것입니까?"

"명칭이나 세세한 부분에서는 변화가 있었지만 근본은 버릴 까닭이 없지요. 개인적으로도 심신 수련은 인격을 함양하는 것이고, 나라로 보면 동량을 기르는 것이니까요. 왕과 귀족의 자제들이 심신을 수련하는 것을 풍류風流 또는 풍월風月이라고도 하고요."

"그처럼 오래된 것들이 어떻게 멸실되지 않았는지도 의아합니다."

"서쪽 이웃 나라의 한자를 빌려 우리말을 적는 이두吏讀가 있습니다. 이두가 있기 전에는 기억으로 전해졌고, 이두가 있은 뒤에는 글로써 전했으니까요. 또 신라는 진한의 땅을 근거로 하였고 결국은 진한의 사람들이 창업한 것이니 과거를 부인할 까닭이 없습니다. 그것이 역사이지요."

"역사라……."

신수라는 혼잣말처럼 중얼거렸다. 아버지의 나라에서도 역사는 있었다. 그러나 오직 자신들 왕국만의 역사였지 그 앞의 것은 금세 잊고 지워버렸다. 그럴 수밖에 없는 노릇이었다. 빼앗아 성을 쌓으면 그때부터 왕국이었고, 빼앗겨 몰락하면 노예가 되거나 유랑하는 데 그쳤으니 역사가 남아 있을 리 만무했다.

"무릇 모든 역사에는 공과 과가 함께하는 법입니다. 그중에서 자랑스러운 공만 기억하고 부끄러운 과는 지운다면 역사는 누더기가 될 테고, 누더기는 결코 오래갈 수 없는 법이지요. 그래서 자랑스러우면 자랑스러운 대로 발전시켜 나아가고, 부끄러우면 부끄러운 대로 거울을 삼는 것입니다. 그럼 거름이 되지요. 신라가 창업했다고 진한을 지운 것은 아닙니다. 왕조가 바뀌어도 백성도 그 백성, 땅도 그 땅이니 여전히 아름다운 것은 지켜왔고 잘못이었거나 시대에 맞지 않는 것은 고쳐왔을 뿐입니다. 또한 그래서 역사는 함부로 평가해 손가락질하거나 침 뱉을 수 없는 것입니다. 오늘의 눈에는 잘못으로 보여도 그때는 그럴 수밖에 없는 사정이었거나 그게 옳은 것일 수도 있었을 테니까요."

결국 560년이 아니라 이미 천 년도 넘은 왕국인 셈이었다. 과연 땅과 사람이 다르지 않은데 나라의 이름 따위가 무슨 소용이랴! 그것에는 도륙하지 않는 자비로운 인간의 마음과 기어이 이 땅을 지켜낸 이름 없는 백성이라는 주인공이 있었기 때문이리라. 아마도 이 땅에서 불법이 화려한 꽃을 피우는 건 시간의 문제일 뿐이리라. 신수라는 법사와 공주의 말을 이율배반이라 생각했던 자신의 좁은 소견이 새삼스레 부끄러웠다.

10

엇갈리는 사랑

몇 달 동안 서라벌을 벗어나 경도 밖의 가까운 주와 군 몇 곳까지 돌아다닌 상화는 그 후로 원각법사를 찾는 걸음 외에는 대부분 왕궁에 머물렀다. 공주가 왕궁에 들어앉으니 특별히 할 일이 없어진 신수라는 여유가 생겼다. 생각해보면 서라벌과 신라를 빨리 익히게 하고 개인 시간을 주려는 공주의 배려였던 듯싶었다. 아무튼 공주가 왕궁에 있는 동안은 자유롭게 궁 밖으로 나갈 수 있게 된 신수라는 그 대부분의 시간을 서역 상인들이 모이는 시전에서 보냈다.

서역 한 성의 왕자였던 신수라도 전혀 들어본 바 없는 나라가 부지기수였다. 어쩌다가 귀동냥이라도 한 적이 있는 나라에서 온 상인들을 만나면 반가움을 감추지 못했지만 그들 중에 롭성을 아는 사람은 아직 한 사람도 만나지 못했다. 신라에 들어온 지 벌써 한 해가 지났으니 떠나온 지 2년이 넘은 셈이었다. 그렇지만 설령 아버지의 롭성이 멸망했더라도 벌써 기억조차 아득할 시간은 아니었으니 반드시 소식을 들을 수 있으리라는 기대를 버리지 않았다.

오늘도 신수라는 기운 빠진 걸음으로 왕궁으로 돌아왔다. 공주의 전각 가까운 곳에 신수라의 숙소가 마련되어 있었다. 처음에 궁 밖으로 별도의 집을 마련해주라는 왕의 배려가 있었지만 그것이 더 번거로운 일이 된다는 신수라의 뜻이 받아들여졌던 것이다.

버릇처럼 공주의 전각으로 향하던 신수라는 고개를 갸우뚱했다. 평소보다 불이 환하게 밝혀져 있었고, 조용히 서책을 읽는 것이 아니라 누군가가 함께 있는 듯싶었다. 공주를 어여삐 여기는 국왕이나 왕비일지도 모른다는 생각에 신수라는 다시 옷차림을 단정하게 했다.

"신수라입니다."

"이 친구, 어딜 그리 돌아다니는 건가?"

공주가 아니라 남자, 그것도 유강 장군의 목소리가 아닌가! 누가 먼저랄 것도 없이 벌컥 방문을 연 두 사람은 와락 어깨를 껴안았다.

"이게 얼마 만인가!"

"잘 지냈나? 신수가 훤해졌어!"

"자네는 더욱 강건해졌구먼!"

사내들의 깊은 우정은 언제 보아도 훈훈했다. 가슴이 벅차오르도록 부러웠다. 우정으로 함께하면 두 배가 아니라 열 배, 백 배쯤의 결과를 얻을 수 있을 것 같았다. 상화는 공주의 신분이 그 부분에서 무거웠다. 평범하지 않은 신분에는 모든 사람이 머리를 숙일 뿐이었다. 마음을 열어도 마음은 보지 않고 신분만 보았다. 외롭다고 할 수는 없지만 언제나 한 손은 비어 있는 느낌이었다. 그 손으로 잡을 수 있는 것은 그저 불법뿐이었다.

"그래, 서라벌에는 어쩐 일인가?"

"이사부 군주님의 명으로 왔네."

"무슨 급한 일이라도 있는 건가?"

"그런 건 아닐세. 몇 가지 진행 중인 일을 아뢰고 윤허를 받기 위해서네."

"그건 빌미고 공주님을 뵈려는 걸음이구먼."

"예끼, 이 사람! 눈치가 왜 그리 빠른 건가. 하하하!"

자신의 마음을 대변해주는 것 같아 유강은 흡족했다. 공주는 잠깐 볼을 붉히기는 했지만 이내 정색을 지었다.

"그런 농은 하지 마십시오, 장군님께서 그런 사사로움으로 임지를 비우시겠습니까. 며칠 말미는 있으신 겁니까?"

"예, 열흘 정도 머물 요량입니다."

"그럼 원각법사님도 한번 찾아뵙고 가시지요."

유강도 원각법사를 아는지 반가운 표정이었다.

"원각법사님이 지금 서라벌에 계십니까?"

"예, 조만간 또 길을 떠나실 모양입니다."

"알겠습니다. 내일이라도 찾아뵙지요."

"그럼 두 분이 어디 나가서 술잔이라도 나누시죠. 소녀는 서둘러

끝내야 할 일이 있어서 그만……."

나가달라는 뜻이었다. 전에 없는 일이었지만 무슨 일이 있나 보다 생각하며 유강은 일어섰다.

"내일 전하를 배알하고 원각법사님을 찾아뵐까 합니다. 공주마마도 함께 가시겠는지요?"

"아닙니다, 소녀는 일전에 뵈었습니다. 신수라 님이 거처를 알고 계시니 안내를 받으시지요."

"아, 예. 그럼……."

유강은 어정쩡하게 말끝을 흐리며 물러났다. 그럴 수도 있는 일이지만 어쩐지 공주가 냉정해지려 한다는 느낌이 자꾸만 들었다.

"공주마마께 무슨 특별한 일이 있는 건가?"

술잔을 들다 말고 유강이 물었다.

"자세한 건 모르지만 무예를 연마하지 않으면 서책만 보시는 것 같던걸, 왜?"

"자넨 마마를 호위한다면서 그렇게 허술한가?"

약간의 짜증스러움이 말투에 묻어났지만 신수라는 무시했다.

"공주님께서 전각에 머무시면 나야 밖에 있는 사람 아닌가. 더구나 궁 밖 출입이 뜸하신 지 벌써 반년이 넘었네. 전각에 계실 거라고 아예 물러나라 하는 때가 많아서 나도 할 일 없이 시전을 빈둥거리는 신셀세."

"그런가?"

유강은 고개를 갸우뚱거렸다.

"뭐, 전각에서 하는 일이 있으신가 보지. 그래, 이사부 군주님은 어떠신가?"

"응, 강건하시네."

"군선 건조는 잘돼가고?"

"북쪽 하슬라주(何瑟羅州, 현재의 강릉)의 군주가 성을 보수하는데 인력이 부족하여 우리 군사를 지원 보내 군선 건조는 늦어지고 있네. 요즘은 고구려가 서쪽의 위나라와 외교관계가 나쁘지 않으니 또 남쪽을 도모하려 들지 몰라서 말일세."

"그럼 우산국인가 하는 곳을 경략하려면 시간이 좀 더 걸리겠군."

"왜, 몸이 근질거리는가?"

"허허……."

웃음으로 얼버무렸지만 이들의 전쟁을 직접 보고 싶었다. 군사력은 어느 정도이고, 어떤 전술을 구사하는지. 전장의 군기는 어떻게 다스리고, 각개의 장군과 병사는 어느 정도의 전투력을 가졌는지. 적을 맞는 자세는 어떠하며, 항복하거나 포로로 잡은 적은 어떻게 대하는지. 그것은 훗날 자신이 다시 아버지의 나라를 세울 때, 세운 뒤 지켜갈 때 크게 도움이 될 것이었다. 또한 공을 탐해서가 아니라 신라 사람 신수라로서 신라를 위해 할 수 있는 보답을 하고도 싶었다.

"공주님을 잘 호위하게. 그게 자네 임무 아닌가."

"그래야지. 그렇지만 언제라도 신라 사람으로서의 의무를 다할 것이니 필요하면 불러주시게. 병졸이라도 상관없네."

"그래도 일국의 왕자인데, 병졸이 가당키나 한가, 하하!"

"내일 법사님에게 갈 때는 내가 안내하겠네."

"아닐세, 알고 있네. 남산 기슭에 있지 않던가?"

"그걸 자네가 어떻게 아는가?"

"법사님께서 서라벌에 오시면 언제나 기거하시는 곳이니."

"그럼 자네도 그 불법을 믿나?"

"처음에는 공주마마가 권하시어 법사님을 뵈었네만 이제는 마마만큼 깊지는 않아도 믿네."

유강은 쓸쓸한 표정이 되었다. 신수라는 까닭을 알 것 같았다.

"공주님과 혼인을 서두르지 그러나."

"뭐? 무슨 그런……."

말은 시침을 떼었지만 굳이 감추지 않으려는 표정이었다.

"내일이라도 왕께 주청을 해보시게. 왕께서도 기뻐하실 걸세."

"혼인이라는 게 그렇게 억지로 될 일인가. 더구나 공주마마이신데, 조금이라도 불편함을 드릴 수는 없네."

"공주님께서 말을 꺼내지 못하는 것일 수도 있지 않은가?"

"아닐세, 신라의 여인들은 그렇게 소극적이지 않네. 여인이라도 연심을 당당하게 고백하는 게 신라 여인들일세. 더구나 마마께서는 얼마나 당당하신가."

"그래도 싫어하지 않는 눈치시던데."

"아니야, 오히려 변하셨어. 이전 같았으면 그렇게 서둘러 내치지 않으셨을 텐데, 무슨 까닭인지 알 수가 없으니……."

유강은 답답한 듯 연거푸 술잔을 비웠다. 신수라는 그저 지켜보며 술잔이나 채워줄 뿐 달리 할 말을 찾지 못했다.

"자네에게 고백하던 여인은 없던가?"

불쑥 묻는 질문에 신수라의 두 눈이 휘둥그레졌다.

"자네 정도의 미남이면 여인들이 줄을 섰을 텐데?"

"이 친구, 난 이국 사람 아닌가."

"이국 사람 그게 무슨 상관인가. 그럼 신라에 눌러앉은 외국인은 전부 홀아비나 총각 신세게?"

"이국인과 혼인을 꺼리지 않는다는 말인가?"

"이런, 연심에 무슨 국경이 있나. 순진한 건지 모자란 건지, 원."

유강은 혀를 차며 짓궂은 표정을 지었다. 그러나 신수라는 여인을 생각해본 바 없었다. 무엇보다 자신은 언젠가는 돌아가야 할 사람이었다. 머물러 자신의 평화와 행복만을 추구하기 위해 그 많은 벗들이 별이 된 것이 아니었다. 그들을 잊을 수 없었고, 잊어서도 안 되었으며, 그것은 배신이었다.

유강이 왕께 복귀의 예를 드리고 나오자 상화가 기다리고 있었다. 작별 인사를 하러 찾아가려던 유강은 뜨악했다.

"공주마마가 어쩐 일이십니까?"

"장군께서 돌아가신다 해서 작별 인사를 드리러 왔습니다."

이전에는 자신의 전각에서 다과와 함께 안녕을 기원해주던 공주였다.

"제가 찾아뵐 텐데……."

"아닙니다, 먼 길 가시는데 제가 뵈어야지요."

"아니, 그러실……."

"스승님께도 안부 전해주십시오. 건강 유념하시고요."

"예, 공주마마도 잘 지내십시오."

"그럼 살펴 가십시오. 신수라 님이 궁 밖까지 배웅해주시지요."

가벼운 미소와 합장해 고개를 숙이는 것으로 인사를 대신하고 공주는 돌아서 왕의 전각으로 들어갔다. 정말 특별한 일이 있는 것인가 하면서도 유강은 서운했다. 그날 도착해서 찾아가 얼굴을 본 것이 전부였다. 몇 번이나 공주의 전각으로 찾아갔지만 원각법사에게 가거나 왕비전으로 가거나 하여 길이 엇갈렸다. 기다려도 봤지만 소용이 없었다. 그래도 신수라는 수시로 보내 우정을 나눌 수 있게 했다. 일부러 피하는 듯싶었다. 설마, 설마 하면서도 점점 마음은 무거워졌다.

묵묵히 말 등에 오르는 유강을 향해 신수라는 깊은 아쉬움으로 작별 인사를 했지만 유강은 건성으로 받았다. 그 마음을 모르지 않는지라 신수라는 점점 멀어지는 유강의 뒷모습을 안타깝게 지켜보고 있었다. 문득 등을 돌려 한 손을 들어 보인 유강이 고개를 갸웃했다.

11

왜구를 만나다

날이 완전히 풀리자 상화는 왕께 고했다.

"가야국에 다녀오겠습니다."

"이번에도 직접 쇠를 구하려는 것이냐?"

"그러하옵니다. 이사부 군주께서 우산국 경략을 준비하시는데 그곳은 지형이 거칠다고 들었습니다."

"나도 그리 들었다."

"더구나 섬이 화산섬이라 바위투성이라니 창검과 화살촉이 강해야 할 것입니다. 하여 특별히 금관가야국에서 쇠를 구해 병장기를 만들까 합니다."

금관가야金官伽倻는 서라벌 남쪽의 큰 강(지금의 낙동강)을 끼고 서쪽에 자리 잡은 금관(현재의 김해)을 중심으로 하는 가야국 중의 하나였는데 남쪽에는 큰 포구가 있어 그곳에도 여러 나라의 배가 드

나들었다. 금관 주변의 산에서 생산되는 쇠는 삼한 땅에서 제일로
단단하여 주변 백제와 신라는 물론 멀리 왜와 양나라에까지 유명
했다.

"기특하도다. 허나 금관가야는 먼 곳인데 얼마나 걸리겠느냐?"

"달포는 걸릴 듯합니다."

"병사들을 넉넉히 데려가도록 하라."

"아닙니다, 서너 명만 데려가겠습니다. 많은 무리로 움직이면 가
야 사람들이 불편해할 수 있습니다. 쇠를 다 구해놓은 뒤 운송할 때
기별하여 오도록 하겠습니다."

"날랜 군사로 선발하라."

상화의 가야국 걸음은 이미 여러 차례였다. 더구나 가야국 출신
인 데다 군주인 생부의 도움을 받을 수도 있었기에 왕께서는 별다
른 근심 없이 윤허하셨다.

가야진(伽倻津, 지금의 양산시 양동면에 있던 나루)을 건너자 거기서부
터 가야 땅이라고 했다. 주변에 높은 산이 있기는 했지만 남쪽으로
끝이 보이지 않도록 드넓게 펼쳐진 들판에는 푸른색의 벼가 따사
로운 햇살 아래에서 무럭무럭 자라고 있었다. 폭 넓은 강으로 연결
된 지천의 수량도 풍부했으니 수만의 백성이라도 먹이기에 넉넉한
땅이었다.

"참 사람이 살기 좋은 땅입니다."

"그렇습니다. 들판과 강, 바다에서 나는 수많은 먹을거리는 이곳

뿐만 아니라 척박한 땅의 백성들까지 두루 배불리 먹일 수 있을 것입니다."

상화는 문득 금관 포구의 서역 상인들 이야기를 할까 하다 생각을 바꿨다. 그들 대부분이 신라에 들어오기도 했고 따로 조치해둔 바도 있으니 소식을 듣는 일에 연연하기보다는 마음을 다스리는 시간을 갖는 게 더 필요하다는 생각에서였다.

"이런 좋은 땅에서 좋은 쇠까지 생산된다니 축복이 따로 없습니다."

"예, 저는 하루빨리 이 땅의 백성들도 신라의 백성이 되기를 원합니다."

"굳이 그럴 까닭이 있습니까?"

"나라의 힘이 약해 수시로 백제나 신라와 분쟁이 일어납니다. 특히 코앞에 있는 바다로 왜구가 들이닥쳐 약탈하는 일이 잦으니 백성의 고초가 이만저만이 아닌데도 나라에서는 제대로 대처하지 못합니다."

"왜구가 그리 악랄합니까?"

"제 몸도 제대로 가리지 않는 야만인들이 잔인하기는 이를 데가 없습니다. 약탈도 약탈이지만 부녀자는 눈에 보이는 대로 겁탈하거나 납치해 갑니다. 쇠를 잘 다루는 대장공들도 끌어가고요. 섬나라 자들이니 바다와 배에 익숙해 한바탕 휩쓸고는 그길로 도망치니 그저 멀거니 바라보는 수밖에 없고요. 어떤 때는 대규모로 밀려와 가야국 깊숙한 곳까지 약탈하기도 하는데 그럴 때는 신라에서 지원군을 보내 물리치기도 한답니다."

바로 눈앞에서 벌어지고 있기라도 하는 듯 공주는 치를 떨었다.

"그렇지만 복속시키려면 전쟁은 불가피하겠습니다."

"아닙니다. 전쟁을 치르지 않고 복속하도록 해야지요."

신수라는 무슨 소린가 황당했다. 아직 전쟁을 치르지 않고 다른 나라를 복속했다는 이야기는 들어본 바 없었다. 항복도 결국은 전쟁에서의 승리 뒤에 얻어낼 수 있는 일이 아닌가.

"자비로운 군주라면 스스로 나라를 들어 바치겠지요. 진정으로 올바른 왕이나 군주라면 자신의 자리와 권력에 연연해서 백성의 피와 살을 요구해서는 아니 되는 일이지요."

"그렇지만 그런 군주가 있겠습니까. 유사 이래로 들어본 바가 없습니다."

"그래서 저는 신라가 더욱 강성해지를 바랍니다. 힘이 비슷하면 욕심을 버리지 못하지만 도저히 감당할 수 없는 상대라면 어쩔 수 없어서라도 그리하겠지요."

공주의 말투에서 결기마저 느껴졌다. 그래도 신수라는 의문이 들었다.

"외람되지만 신라 역시 언제라도 자비롭지 않거나 무능한 왕이 들어설 수 있는 일 아닙니까?"

"그렇습니다. 그렇지만 가야국은 여러 개의 나라로 나뉜 지 수백 년이 지나도록 그대로입니다. 저도 본디는 가야 사람이었지만 신라 국왕께서 양녀로 삼아 공주의 신분을 얻었습니다. 하지만 그런

저의 은혜 때문이 아니라 신라의 자비심과 열린 마음을 생생히 겪었기에 그리 생각하는 것입니다."

"공주님이 가라국 사람이었다고요?"

놀란 신수라의 목소리에도 공주는 담담했다.

"더구나 지금 신라에는 불법의 불이 점점 번져가고 있습니다. 저는 불법의 자비와 신라의 너그러움을 믿습니다."

참으로 대범하고 그릇이 큰 사람이었다. 신수라는 권력이나 자리, 보물보다도 사람을 마음에 담을 줄 아는 이야말로 큰 그릇의 인물이라는 것을 저절로 깨우쳤다. 불의에 분노하고, 스스로 힘을 기르고, 나라를 들어 바치기를 기원하는 그 마음의 바탕이 사람이기에 감히 그러한 큰 생각을 품을 수 있고, 듣는 이를 가슴 서늘하게 할 수 있는 것이었다.

남장男裝은 아니었지만 활동하기에 간편한 바지 차림에 머리를 동여 묶은 상화가 나타나자 쇠터의 사람들은 너나없이 반겨 맞았다. 특히 쇠터 우두머리라는 사내는 우락부락한 얼굴에 우람한 팔근육에 어울리지 않게 아이 같은 맑은 웃음을 함빡 지었다.

"어허, 이리 공주님이 오셨으이까네 마카 한 열흘 새빠지게 땀좀 쏟아야겠다."

"왜요, 준비된 쇠가 없습니까?"

"양나라 배가 달포 전쯤에 와가 다듬어놓은 병기에 덩이쇠까지 마카 다 쓸다시피 안 사갔습니꺼. 아마 그쪽 나라에 큰 전란이 있는 모양입디더. 글찮아도 공주님이 꿈에 보이기에 부지런히 작업을 하고 있는 중이었심더."

"이번에는 조금 많이 필요합니다."

"한 열흘이면 넉넉히 나올낍니더. 그동안 여기저기 구경이나 하이소마. 덩이쇠가 나오는 대로 단야鍛冶도 어지간히 해드릴까네."

가야에서는 철광석을 제련할 때 숯을 함께 넣어 녹였다. 숯을 함께 넣으면 철광석이 녹는 온도가 훨씬(200도가량) 낮아진다는 것을 일찍 깨우친 까닭이었다.

상화는 하루 종일 쇠터를 누비며 이것저것 간섭해댔다. 광석을 녹이는 불의 색깔과 흔들림을 지켜보다 불 조절을 지시하기도 했고, 거푸집에서 만들어져 나온 덩이쇠(철정鐵鋌)는 불순물이 보다 적게 함유된 것으로 골라내 추렸다. 대장간에서는 덩이쇠를 다듬는 단야 작업을 했는데, 덩이쇠를 달구는 화로 불을 살펴 풀무꾼을 닦달하면 대장장이가 고개를 절레절레 내저을 정도였다. 아마 신라로 돌아가 병기를 만들 때는 집게 대장과 망치질하는 메질꾼들에게 거침없이 불호령을 내릴 터였다.

벌써 열흘이 다 되어가는데도 상화는 하루를 쉬지 않고 여전히 이곳저곳을 종종걸음으로 누볐다. 신수라는 연신 손등으로 흘러내리는 땀방울을 훔치는 상화의 모습에서 기묘한 감정을 느끼고 있었다.

"왜구다!"

갑작스런 고함 소리와 함께 날카로운 비명이 들려왔다. 신수라는 불을 살피는 데 정신이 빠져 있는 상화를 향해 소리쳤다.

"공주님! 피하십시오, 왜구랍니다!"

"예? 검!"

상화는 당황하는 기색 없이 허리춤에서 풀어놓았던 검부터 주워 들었다.

"안 됩니다, 피하십시오!"

가까운 곳에 흩어져 있던 수행군사 셋도 어느새 달려와 공주를 제지했다. 그러나 상화는 눈초리를 추켜올렸다.

"무고한 백성이고 우리의 이웃이다! 따르라!"

누구도 더는 말리거나 머뭇거릴 수 없는 날카롭고 단호한 명이 었다. 벌써 비명 소리가 나는 곳으로 달려가는 공주의 뒤를 군사 셋이 따랐다. 신수라는 공주 곁에 바짝 붙었다.

아수라장에 피비린내가 번지고 있었다. 근육 우람한 쇠터 사내들이 만들던 병장기를 들고 거칠게 대항하고 있었지만 우악스러운 힘과 단련된 검의 대결이었다. 왜구는 대부분 키가 작고 덩치도 왜소한 데다 머리는 윗부분은 맨머리고 뒷부분만 머리카락을 남긴 기이한 행색이었다. 차림새도 알몸의 상반신에 치마를 입은 것인지 천을 두른 것인지 겨우 아랫도리만 가린 정도인데 동작이 크면 사타구니 사이에 두른 천이 보이기도 했다. 간혹 소매가 짧은, 허리 아래까지 내려온 윗옷을 걸친 자들도 있었는데 지휘자인 것으로 보였다. 그러나 검은 길고 날카로웠으며 칼질을 업으로 삼는 자들의 움직임은 날랬다. 여기저기서 쇠터 사내들이 붉은 피를 쏟으며 쓰러지고 자빠졌다.

"베라! 저들을 지켜라!"

왜구들 사이로 몸을 날린 상화의 검이 허공을 갈랐다. 하나, 둘, 셋…… 바람 앞의 낙엽처럼 왜구들이 쓰러졌다. 신수라도 공주의 곁을 지키며 검을 휘둘렀다. 쓰러지고 쓰러지는데도 왜구의 수는 늘어가고 있었다. 왜구들은 이제 다섯 신라 사람에게 공격을 집중하고, 쇠터 사내들은 접근하지 못하도록 소수가 위협만 해대는 형국이었다. 쇠터 사내들도 자신들이 상대가 되지 못한다는 것을 알아 이러지도 저러지도 못한 채 주춤거리기만 했다.

왜구의 수가 족히 50명은 넘었던 듯싶었다. 게다가 지휘자로 보이는 자들의 검술도 만만치 않았다. 수행군사 셋은 이미 깊지는 않아도 상처를 입어 피를 흘리고 있었다. 공주를 중심으로 반원을 지어 대치하고 있었는데 왜구는 아직도 30여 명이 남아 있어 위험했다. 더구나 이제는 왜구들도 침착하게 진陣을 형성하고 있어 깨지 않으면 오래 버티기 어려웠다. 신수라는 수행군사들에게 소리쳤다.

"잠깐 공주님을 호위하시오!"

무슨 뜻인가 상화가 고개를 돌리는 순간 신수라는 왜구의 진 한가운데로 짓쳐 들어갔다. 그제야 검을 쓰는 것이 신라나 왜와 다르다는 것을 알 수 있었다. 부드러운 듯하면서도 크고 거친, 그리고 아주 강한 내리침이었다. 그럼에도 휘두름과 거둠은 빠르고 가벼웠다. 깡―! 깡―! 그야말로 쇠가 부러지는 소리가 쩌렁쩌렁하게 울리면 칼을 막는 왜구의 어깻죽지까지 단번에 베어졌다. 그새 윗옷

걸친 왜구 둘과 맨몸의 왜구 하나가 나뒹굴었다. 진을 반으로 갈랐나 싶었는데 이제는 쇠터 사내들을 어르고 있는 왜구 쪽으로 방향을 틀어 돌진했다. 등을 보이고 있던 왜구 몇이 맥없이 꼬꾸라졌다.

"몇 사람씩 뭉쳐 대항하시오!"

쇠터 사내들에게 고함친 신수라는 다시 공주의 곁으로 돌아왔다.

진은 깨졌고 쇠터 사내들이 다시 가세하자 왜구 무리는 단번에 흔들렸다. 신수라를 필두로 수행군사들이 다시 검을 휘둘렀고 상화도 가세했다. 쇠터 사내들도 신수라의 말을 따라 서너 명씩 뭉쳐 왜구 하나를 공격하니 위력이 강했다. 주춤거리던 놈들이 윗옷 차림 왜구의 소리에 따라 등을 돌리기 시작했다.

와―! 쇠터 사내들이 고함 소리를 높이며 뒤를 쫓았다.

"우리 뒤를 따르시오!"

공주가 소리치며 앞으로 나섰다. 신수라는 공주를 앞서 검을 휘둘렀다. 무겁고 단호한 칼날에 등을 베인 왜구는 그대로 꼬꾸라지며 숨을 거뒀다. 앞장서 도망치던 윗옷 차림의 왜구가 활에 살을 재는 것이 보였다. 신수라가 본능적으로 공주를 가로막는데 화살이 허공을 갈랐다. 신수라는 공주를 안고 쓰러졌다. 날아온 화살이 신수라의 팔뚝에 박힌 것이었다.

"신수라 님!"

"공주님을 보호하시오!"

벌떡 일어나 팔뚝에 박힌 화살대를 분지른 신수라는 다시 왜구의 뒤를 쫓았다. 기세에 질린 윗옷 차림의 왜구는 이제 뒤도 돌아보지 않고 꽁무니를 뺐다.

"안 돼! 신수라 님을 보호하라!"

비명 같은 공주의 소리에 수행군사 둘이 달음박질쳐 신수라를
붙잡았다.

"더는 위험합니다!"

도망치는 적은 아직도 스물에 가까웠다. 신수라는 모조리 도륙하
고 싶었지만 더는 위험하다는 것을 깨닫고 걸음을 멈췄다.

"어쩌자고 그처럼 무모하십니까?"

화살촉을 제거하고 치료가 끝나자 공주는 질책이라도 하듯 타박
했다.

"송구합니다, 너무 화가 치밀어서 그만……."

"화살을 피하셔야지 대신 맞으면 어떡합니까."

"공주님을 호위하는 무사로서 당연한 일입니다."

"그냥 밀치면 될 것을……."

공주는 새삼스레 낯을 붉히며 고개를 돌렸다.

"왜구들이 다시 쳐들어오지 않겠습니까?"

"쇠를 약탈하려고 은밀하게 접근했던 모양인데 쇠터 사람들이
궁에 알렸으니 당장은 몰려들지 못할 겁니다. 쇠를 가져갈 우리 군
사들도 곧 도착할 것이고요."

"쇠터 사람들은 얼마나 상했습니까?"

"살림을 하던 여인네와 아이들이 다섯이나 죽었고 대장공도 둘
이나 죽었습니다. 크게 다친 대장공도 여럿 되고요."

공주의 눈에 눈물이 그렁했다.

"참으로 흉측하고 잔인한 놈들입니다."

신수라는 다시 한 번 치를 떨었다. 공주가 왜 그처럼 치를 떨며 왜구를 거론했는지 비로소 알 수 있었다.

12

광狂이 되는 사랑

그새 신라에서는 지진이 있었다. 다행히 왕궁은 별 피해가 없었지만 민가에서는 사람이 죽기도 했다. 복구에 많은 인력이 필요했지만 왜구와의 일을 들으신 왕께서 백여 명의 호위군사를 추가로 보내 귀환하는 중도에 만났다. 궁으로 들어가자 왕께서 친히 마중을 나오셨다. 두 팔을 활짝 벌려 공주를 안아본 왕께서는 여기저기를 살피셨다. 사랑이 그득하신 용안이었다.

"그래, 다친 데는 없느냐?"

"저는 괜찮습니다. 호위군사들과 신수라가 부상을 입었습니다."

"들었다."

왕께서는 공주 뒤에 시립한 신수라를 앞으로 오라 명하셨다.

"몸을 던져 화살로부터 공주를 지켰다고?"

"송구합니다. 그런 일이 없도록 조심해야 했습니다."

"아니다, 전후 사정을 들었다. 팔은 어떠하냐?"

"괜찮습니다, 거의 아물었습니다."

"공주의 목숨을 신세졌다. 소원이 무엇이냐?"

"당연히 할 일이었습니다."

"무용이 뛰어나다고 들었다. 너를 대아찬에 봉하고 장군의 직을 내리겠다."

대아찬大阿湌은 신라 17관등 중 5등의 관등이었고 진골의 골품이어야만 오를 수 있었으니 파격이었다. 유강과도 같은 관등의 직급이 되는 것이다.

"과분합니다, 전하. 거두어주십시오."

"그래도 여전히 공주를 호위하는 임무이니 더는 말 말라."

왕께서는 엄히 말씀하시고 호탕하게 웃으셨다.

"전하, 신수라의 상처를 살펴야 하니 이만 물러가겠습니다."

"어디서 살필 것이냐. 어의를 보내주마."

"우선은 소녀의 전각으로 모실 것입니다."

왕께서는 그리하라, 허락하셨다.

전각은 넓었지만 상화는 자신의 침실 옆방으로 신수라를 데려갔다. 어의가 다녀가고 신수라는 일부러 눈을 감았지만 상화는 여전히 곁을 지키고 있었다.

드나들던 시녀들도 물러나고 두 사람만 남은 공간이 되었다. 무엇을 하는지 상화는 숨소리조차 내지 않았지만 풍기는 향취는 은은했다. 꽃잎 띄운 물에 몸을 씻고 동백기름으로 머리를 단정히 했을 것이다. 얼굴에는 백분을, 입술에는 잇꽃紅花 연지를 바르지만 바른 듯 만 듯 연할 것이었다. 신라에서는 남녀노소 많은 이들이 향낭香囊을 지녔지만 공주는 그것을 멀리했다. 옷차림도 여느 궁중 여인과는 달리 화려하지 않은 단색의 질박한 천을 썼지만 그 단아함이 오히려 귀하게 보였다.

신수라는 문득 공주를 향한 자신의 눈길이 무심하지 않았음을 깨달았다. 무슨 생각인가! 하마터면 소스라쳐 자리를 박차고 일어날 뻔했다. 신수라는 무심코 얕은 신음을 내뱉으며 몸을 돌려 모로 누웠다.

"어디 불편하세요?"

상화의 음성에 신수라는 눈을 떠야 했다.

"아닙니다, 그만 나가서 쉬십시오."

"괜찮습니다. 개의치 말고 좀 더 주무십시오."

공주는 다시 탁자 위의 서책으로 눈길을 가져갔다. 신수라는 말을 더 할 수도 없고, 난처했다. 아무리 사양해도 도무지 들어주지 않는 고집이었다. 가야에서 신라로 오는 동안에도 잠시도 곁을 떠나려 하지 않았다. 호위를 하는 것이 아니라 보살핌을 받는 처지였다.

다시 눈을 감았지만 머릿속은 혼란했다. 이 감정의 정체가 무엇인지 도대체 알 수가 없었다. 이성은 또렷했다. 보리스와 니데지나, 아버지…… 잊으면 배신이 되는 이들이 두 눈에 선했고, 언제라도 떠나야 한다는 의지도 분명했다. 그런데 이상하게 심장의 고동은 빨라지고 입속은 타는 듯 갈라졌다. 혹여 숨소리는 가쁘지 않은지,

심장의 박동 소리가 북소리처럼 울리는 것은 아닌지…….

"유강입니다."

문밖의 소리에 신수라는 벌떡 일어나 앉았고, 공주는 담담했다.

"들어오십시오."

"공주마마, 무탈하시다니 다행입니다."

유강은 굴신으로 예를 표한 뒤 신수라에게 고개를 돌렸다.

"신수라 님 덕분입니다."

"대아찬에 봉해진 걸 축하하네, 신수라 장군."

공주의 말이 채 끝나기도 전에 인사를 건넸지만 유강의 음성은 냉랭했다.

"글쎄, 너무 과분한데……."

말을 맺을 수가 없었다. 웃음기라고는 한 점 없는 굳은 표정에 이글거리는 눈빛이었으니…….

"서라벌에는 언제 오신 건가요?"

다행히 공주가 유강을 돌아서게 했다.

"예, 지진 복구를 위해 실직주의 군사들을 인솔해 왔습니다."

"스승님과 실직주는 여전하고요?"

"예, 무탈하시고 하슬라주에 갔던 군사들도 모두 돌아왔습니다."

"잘되었습니다. 그럼 두 분이 말씀 나누십시오."

공주는 머뭇거림 없이 의자에서 일어나 방을 나갔다.

어색했다. 아니, 어색해하는 것은 신수라였고 유강은 어찌할 바를 몰라 안절부절못하는 기색이었다. 신수라는 더듬거리며 입을 열었다.

"고, 고생이 크겠네. 지진 피해가……."

신수라는 또 말을 맺지 못했고 천장에 눈길을 준 유강은 듣지 못한 듯 우두커니 서 있었다. 공기의 흐름마저 멎을 것 같은 긴장의 침묵을 깬 것은 유강이었다.

"무용이 대단하다……."

당장 검을 뽑아 칼끝을 겨눌 것 같은 눈빛이었다.

"무슨 그런……."

"나중에 보세."

차라리 그렇게라도 유강이 방을 나가준 것이 고마웠다. 신수라는 한숨마저 조심스럽게 뱉어내며 침대머리에 등을 기댔다. 오해다 무엇이다 할 것도 없는데 그처럼 난감한 상황을 고스란히 받아들이고 있었다니! 어이가 없으면서도 여전히 남아 있는 이상한 죄책감에 신수라는 세차게 고개를 가로저었다.

차라리 하늘이 무너진다 해도 그보다 더 아득하지는 않았을 것이다. 공주께서 무사하시고 신수라가 대아찬에 봉해졌다는 소식은 기쁨일 뿐이었다. 무엇보다 다시 공주를 마주할 수 있다는 사실만으로도 나는 듯 한달음에 달려갈 수 있었다. 그런데 공주의 전각에, 그것도 침실 바로 옆방이라니! 어의는 물러간 지 두 식경이 지났다는데 공주는 다소곳이 앉아 곁을 지키고, 신수라는 침상 위에서 공주를 향해 앉아 있는 그 낯설고도 익숙한 기운이라니.

오직 전령을 대하는 듯 인연은 완전하게 배제된 담담한 물음과
답변. 아, 언제 왔느냐 물었던가? 마치 오지 말아야 할 사람처럼 들
리던 그 청천벽력. 그러고는 냉정함이랄 것도 없이 등을 돌리던 그
무심함이라니…… 어느덧 10년도 전, 이 땅 신라에 발을 딛던 그날
부터 남매처럼, 벗처럼 지냈고, 어른이 되어가면서는 서로가 예를
갖췄지만 언제라도 마주하면서 따스한 눈길을 주고받았기에 약속
이라 믿었다. 이상한 기운을 느끼기는 했지만 변한 것이라 생각하
지는 않았다. 오히려 약속의 날이 다가오니 저절로 그리되는 것이
라 여겼다. 그러나 기어이 변했다. 의식적인 외면이었고 약속의 파
기였다. 아무리 생각해도 까닭은 오직 하나, 그뿐이었다.

축하의 말에는 질투가 배었고 칭찬의 말에는 증오가 담겼었다.
진실로 벗이라고, 언제 떠날지라도 영원히 잊지 않을 것이라 스스
로에게 다짐했다. 우정이, 신의가, 단 한 순간에 물거품이 되는 그
치졸함이라니! 그래도 침상 위의 그는 익숙했고, 당황의 빛도 역력
했다. 아니다, 익숙함이라니! 그럴 리 없다! 왕궁은 지켜보는 눈이
사방에 있고 숨소리조차도 감추지 못하는 곳이다. 작은 기미만 보
여도 살을 보태고 추측과 거짓을 더해 갖은 요설이 난무한다. 더구
나 정숙함으로 아름다움을 더욱 빛내 질시의 눈길을 적지 않게 받
는 공주가 아니던가. 금발의 요사함인가, 푸른 눈의 사기邪氣인가.
그런데 나는 또 이 무슨 졸렬함인가! 푸른 두 눈에는 언제나 먼 그
리움을 가득 담지 않았는가. 49명의 벗, 50필의 말 모두를 위해 서
러운 눈물을 흩뿌리던 사내가 아닌가. 미움과 증오, 자괴의 수치심

이 소용돌이처럼 일어 유강은 두 다리조차 가누기 힘들었다.

"장군, 뙤약볕이 뜨겁습니다."

부장의 말에 정신을 차렸지만 유강은 다리를 휘청거렸다.

"가시죠, 저기 그늘에 앉을 곳을 마련했습니다."

"되었소."

손사래는 쳤지만 유강은 부장의 어깨에 가슴을 의지해야 했다.

색주가였다. 분단장 연지에 향낭의 사향내가 어우러져 저절로 정신이 혼미할 지경이었다. 이 방 저 방에서 흘러나오는 음악 소리는 가슴을 벌떡거리게 했고 낭창낭창 가녀린 허리를 흔들며 치맛단 나풀거리는 애늙은이 젊은 여인의 교태는 뭇 사내들의 애간장을 녹이고도 남았다.

"이게 무슨 자린가?"

신수라는 한 상 가득히 차려놓고 술잔을 비우고 있는 유강을 걱정스러운 눈빛으로 바라봤다.

"지진 복구에 흠뻑 땀 흘린 나를 위로하는 술자리! 아니지, 공주마마를 구하고 대아찬이 되신 내 영원한 벗 신수라를 위한 축하연일세, 하하하!"

취한 듯 보였다. 서너 달이 지나도록 왕궁에는 얼굴 한번 비치지 않았지만 밤마다 술독에 빠져 있다는 소문은 들은 터였다. 공주에게도 그 소리가 전해지지 않을 리 없었지만 공주는 연일 대장간을 찾아가 늦도록 머무니 신수라도 찾아 나설 시간이 없었다. 초대의 기별이 온 것은 오후가 늦어서였다. 공주는 마치 기별이 올 것을 알기라도 한 것처럼 오늘은 종일 전각에서 머물렀다.

"언제 돌아가나?"

"이젠 자네까지 내 오고 감만 계산하는 모양이지? 그래, 내일 간다네, 실직주로! 자네 애마 벤투스가 누워 있는 곳으로!"

잊은 적은 없지만 막상 이름을 들으니 또 아팠다.

"왜, 벤투스를 잊기라도 했던 건가?"

무엇이 그를 이처럼 뒤틀리게 만들었는지 모르지 않았지만 구차한 변명은 오해를 더 키울 뿐일 것이었다.

"그만 일어나지, 취했네."

"어허, 무슨 소리! 축하의 자리고 이별의 자리인데 술 한잔 쳐주지도 않겠다는 건 또 무슨 마음인가?"

어쩔 수 없는 판이다. 신수라는 술병을 들어 유강의 잔을 채우고 자신의 잔에도 부었다.

유강은 내내 허우적거렸다. 말도, 정신도, 몸도, 모든 것이 허우적거렸다. 저러다가 끝내 헤쳐 나오지 못할까 불안할 지경이었다. 횡설수설, 좌충우돌, 웃다가 화를 내다가, 가물거리다가 또 버럭 화를 내다가…… 무슨 이야기인지 짐작은 할 수 있었다. 사랑이라는 말과 사랑을 모른다는 말을 반복했고, 잊겠다는 말과 잊을 수 없다는 말이 뒤섞였다. 그럼에도 신라와 충정을 말할 때는 정신이 또렷한 듯 보였고, 이사부 군주와 왜구를 말할 때는 형형한 눈빛으로 경애와 분노를 드러냈다. 그리고 마침내 말했다.

"신수라. 너와 검을 맞댄다면 지금 내 이 마음이면 반드시 널 벨 것이다! 그러나 너와 함께 전장을 누빈다면 내 주검은 네가 묻고, 네 죽음은 내가 묻을 것이다! 영원히 이 땅에서 산다면 모든 것을 받아들인다! 그러나 떠날 것이라면 내 가슴에 그리움만 남겨라, 부디!"

설핏 눈물이 비쳤던가. 유강은 고개부터 돌리며 자리에서 일어났다. 신수라는 따라 일어서지 않고 제자리에 붙박여 휘청거리며 멀어지는 유강의 뒷모습을 지켜만 보았다.

13

이별이 남긴 인연

　겨울이 깊어지자 왕께서 감모(감기)에 들어 자리에 누우셨다. 예순여섯에 즉위하여 12년째 재위하시니 일흔여덟의 어수였다. 왕께서는 옥양(玉陽, 왕의 성기)의 길이가 1자 5치(45센티미터)나 되어 일찍이 신붓감을 구하기 어려웠다. 각 지방에 사람을 보내 신붓감을 구했으나 쉽지가 않았다. 어느 날 모량부라는 마을을 지나는데 큰 개 두 마리가 북만 한 분糞 덩어리를 물고 가는 것이 보였다. 급히 그 분을 눈 사람을 수소문하니 모량부 상공이라는 자의 딸이라 했다. 찾아가서 보니 그 처녀의 키가 7자 5치(2미터 20센티미터)나 되었다. 신하들이 처녀를 입궁시켜 왕과 합궁케 하니 맞춤했다. 이에 비로 삼으니 박朴씨 연제부인延帝夫人이었다. 그처럼 기골 장대하시고 기운 넘치는 기상이었으나 세월 앞에는 장사 없는 모양이었다.

　"어허, 이제 나도 늙은 모양이구나."

왕께서는 쓸쓸한 미소를 지으셨다.

"그저 감모일 뿐입니다."

상화의 두 눈에 눈물이 글썽거렸다.

"아니다. 내가 살아야 얼마나 더 살겠느냐. 눈을 감기 전에 네가 짝을 짓는 걸 봐야 할 텐데……."

"소녀 걱정은 마시옵소서."

"마음에 담은 사내는 없느냐? 유강은 어찌 생각하느냐?"

"나라의 동량이 될 장군입니다."

완고한 거절이었다. 왕께서는 일찍부터 상화의 배필로 유강을 염두에 두고 계셨다. 그러나 상화가 싫다면 굳이 강요할 생각은 없으셨다.

"신수라를 염두에 두었더냐?"

"언젠가는 고국으로 돌아가실 분입니다."

왕의 용안이 휘둥그레졌다. 신수라를 마음에 담은 것으로 여기셨다. 그렇다고 또 다른 누군가 있는 눈치도 아니었다. 아니, 그럴 리 없었다.

"무슨 뜻이냐?"

"가야국이 신라와 하나 되는 날에 생각해볼 것입니다."

"뭐라? 하하하……!"

왕께서는 자리를 박차고 일어나 앉으며 기쁜 웃음을 크게 터트리셨다.

"내가 너의 갸륵한 뜻에 단박에 일어나 앉게 되는구나! 참으로

네 뜻이 가상하도다! 오냐, 내 어서 자리를 털고 일어나 가야를 경략하리라."

"아바마마, 피로써는 아니 되옵니다. 가야와 신라가 하나 되면 가야 사람은 신라의 백성이 되옵니다. 그들을 피로 정복해서는 영원히 원망하는 마음을 품을 것입니다. 그것은 진실로 하나 되는 것이 아니며 외려 신라의 명운에 두고두고 내부의 화근이 되옵니다. 마음으로 복속시켜야 하옵니다. 따뜻하게 품어야 하옵니다. 그래야 진정으로 신라의 백성이 되옵니다."

"뜻은 좋지만 그럴 방법이 없지 않으냐?"

왕께서도 진심으로 안타까운 눈빛이셨다.

"있사옵니다. 먼저는 신라가 강한 나라가 되어야 하옵니다. 그리 해야 가야의 왕이 머리를 조아리게 될 것입니다. 욕심으로 백성의 고달픔을 외면하는 자는 자신이 큰 두려움을 느껴야 먼저 무릎을 꿇는 법이옵니다. 지금은 화친하여 예물을 보내오고 있지만 신라의 힘이 약해지면 다시 돌아설 것이니 반드시 더 강해져야 하옵니다. 또 하나는 가야 백성의 마음을 얻는 것입니다. 그들은 끊이지 않는 전란과 왜구의 약탈에 피눈물을 흘립니다. 부모와 자식, 남편과 아내, 벗과 이웃, 양식과 재물을 잃고 흘리는 그 피눈물은 약한 나라에 대한 원망과 백성을 지켜주지 못하는 군주에 대한 미움이 담겨 있습니다. 그들의 눈물을 신라가 대신하여 닦아주는 것이 마음을 얻는 길입니다. 왜구로부터 자신들을 지켜주는 신라, 백성을 마음으로 보살피는 국왕. 그렇게 가야 사람의 마음을 얻으면 그들은 마음속으로 신라 사람이 되기를 원하는 바람이 가득해져 아무리 탐욕스러운 군주라도 따를 것입니다. 군주는 백성의 마음을 거스를 수 없기 때문입니다."

"실로 아름다운 마음이로다. 부처의 마음이로다. 참으로 비책이로다. 오냐, 내 네 뜻을 따를 것이다. 내 대에 이룰 수 없다면, 다음, 또 그다음 대에라도 반드시 그러한 뜻으로 가야를 품으라 이를 것이다."

왕께서는 크게 감복하시어 옥음이 떨리셨다.

지대로왕 재위 12년이 되는 해 초봄에 원각법사께서 입적했다. 아직 나라에서 불교를 공인하지는 않았지만 이미 많은 백성들이 불법을 따라왔던지라 법사의 다비례茶毘禮에는 적지 않은 신도들이 참석했다. 불교의 장례는 신라의 그것과는 사뭇 달랐다. 법사의 주검을 마른 장작 위에 올리고 그 주변을 다시 장작으로 높이 쌓은 뒤 불을 질렀다. 장작이 다 타는 동안 머리를 하얗게 민 사문들이 잿빛 장삼 차림에 손으로는 염주를 돌리고 입으로는 염불을 외며 그 주변을 돌았다. 뒤늦게 연락을 받고 온 상화도 멀찍이에서 합장한 채 눈물을 삭이고 있었다.

"저기 뭐하는 짓이고? 사람이 죽었으면 고마 땅속에 곱게 묻을 일이지 불을 싸지르면 우짜자는 기고, 쯧쯧……."

"그라게 말이따. 내는 마 더는 불법인가 뭔가 때려칠란다."

"참말로 흉하데이, 나도 고마 믿는 거 고만둘란다."

귀족 차림의 몇몇 사람은 그렇게 말하고 휑하니 돌아섰다. 잠시 망설이다가 뒤늦게 혀를 차거나 고개를 갸우뚱거리며 슬며시 떠나는 사람들도 있었다.

"그래도 불에 태우는 건 사문들이고 일반 신도들은 땅에 묻어도 된다 카더라."

"그래? 그라마 우리캉은 상관없는 일이네."

"그란데 와 불을 싸지른다 카드노?"

"자세히는 모르겠다만서도 허물어진 육신을 미련 없이 버리고 떠난다는 뜻이라 카드라."

"뭐든 집착하지 않겠다는 말이구마."

"그런갑더라. 그란데 큰 사문은 몸 안에 사린가 뭔가 하는 보석이 있어가 불태우고 나모 그걸 수습한다 카든데."

"치아라 마! 사람 몸 안에 우에 보석이 있단 말이고? 팬시리 사람들한테 그럴듯하게 보일라 카는 수작이제!"

설왕설래가 끊이지 않았다. 그렇다는 이야기는 전해 들었어도 실제로 보는 것은 다른 백성들처럼 상화도 처음이었다. 문득 활활 타오르는 불꽃 주위를 서러운 눈물을 흘리며 돌고 있는 열 살 남짓한 어린아이가 눈에 띄었다. 허름한 차림에 머리를 깎지는 않았지만 손에 염주를 돌리며 염불을 외는 데 막힘이 없었다. 상화는 법사를 수발하던 공양주를 손짓으로 불렀다.

"저기, 어린아이도 사문입니까?"

"아직은 아입니더. 이번에 원각법사님이 동쪽에서 오시며 데려왔다 아입니꺼. 부모가 없어가 다른 사문이 거다다 불법과 글을 가르칠는데 총명하기가 이를 데 없다 캅디더. 글찮아도 공주마마가 오시면 인사시키가 왕궁에서 거두기를 부탁해본다 켔습니더. 뭐, 불법이 깊다든가 카면서요."

"제게 좀 데려올 수 있을까요?"

"그카지요, 아직 사문도 아인데 빠지도 될낍니더."

어쩐지 인연이 느껴졌다.

공양주를 따라온 소년은 눈빛만으로도 총명함이 느껴졌다.

"인사드리거라, 공주마마시다."

"법사님으로부터 말씀 들었습니다. 이차돈이라 하옵니다."

의젓했고, 목소리는 어린아이답게 맑았으나 차분했다.

"성은 무엇이고 몇 살이나 먹었느냐?"

부끄러운 듯 잠깐 두 눈이 흔들렸던 이차돈은 다시 차분하게 대답했다.

"성은 박가인데 몇 살인지는 모르옵니다."

"일찌기 부모님을 여의가 잘 모른다 켔심니더, 원각법사님께서."

"알았다, 아무 상관없다. 그래, 글을 익혔다고?"

"예, 어려서부터 사문께서 가르쳐주셨습니다."

"법사님께서 왕궁으로 보내겠다고 하시더냐?"

"장담할 수 없다 하셨습니다."

왕궁이라는 말에도 흔들림이 없었다. 그랬다고 대답할 수도 있었을 텐데 기특했다. 어쩌면 저 어린 나이에 벌써 무욕을 깨닫고 집착에서 벗어난 것인지도 모를 일이었다.

"불법은 무엇을 가르치더냐?"

"자비와 해탈이었습니다."

"해탈은 무엇이더냐?"

"욕심과 번뇌에서 벗어나 자유로운 것이라 배웠습니다."

"해탈하였느냐?"

"어찌 그렇다 말할 수 있겠습니까. 끝없이 배우며 끊어내는 것이라 여깁니다."

"죽음은 어찌 생각하느냐?"

"연연하지 않습니다. 다만 이 땅에 불법을 펼 수 있다면……"

상화는 가슴이 다 서늘했다.

"알았다. 넌 오늘 나를 따라 왕궁으로 가자."

"그곳에서 제가 무엇을 합니까?"

"원종 왕자님을 모시거라. 나이도 어리시지만 요즘 건강이 좋지 않으시구나. 너와 함께 불법을 논하면 마음이 편안해 강건하실 수 있을 것 같구나."

"왕자님도 불법을 믿으십니까?"

"믿는 마음이 깊으시다."

"성심을 다해 모시겠습니다."

상화는 원각법사께서 신라에 베푸시는 마지막 선물이라는 생각이 들어 다시 한 번 다비장을 향해 깊이 허리를 숙였다.

"와, 참말로 보석이 나왔다!"

"진짜다! 사리라 카는 기 진짜로 나왔다!"

여기저기서 탄성이 터지며 사람들이 들썩거렸다. 모든 것이 타서 한 줌의 재가 되고, 몇 조각 뼈마디만 남은 그 안에 오색의 영롱한 사리들이 보석처럼 반짝반짝 빛을 내고 있었으니 놀라는 것도 무리는 아니었다. 상화는 다시 한 번 합장으로 작별하고 이차돈을 앞세워 산을 내려갔다.

<u>14</u>

재회

신수라에게 실직주를 다녀오라는 명이 내려졌다. 왕명이었지만 공주의 뜻이 담긴 것이었다. 유강을 마주하면 몹시 불편할 것이 불 보듯 훤했지만 차라리 이렇게라도 얼굴을 마주해 부대끼며 어색함과 갈등을 풀 수 있기를, 신수라는 바랐다.

역시나 신수라를 맞은 유강은 단번에 표정이 굳어져 풀리지 않았다. 이사부도 둘의 사이가 예전과는 다른 것이 상화 공주 때문이라는 것을 짐작할 수 있었다. 그렇지만 이사부인들 뭐라 개입할 방법은 없었다.

"그래, 무슨 일로 온 것인가?"

"실직주에서 군주님의 명을 받아 군무를 돌보라 명하셨습니다."

"언제까지?"

"그에 대한 특별한 명은 없었습니다."

뛰어난 장수 한 사람이 더 늘어난 것이야 든든한 일이지만 또래 두 장군의 사이가 서먹한 것은 오히려 군령에 문제를 일으킬 수도 있는 일이었다. 또한 신수라는 생김새도 다른 이국인이니 여타 장수나 군졸들은 유강을 더 따르겠지만, 신수라 또한 대아찬에 장군의 직에 있으니 군기 문란의 시작이 될 수 있는 노릇이었다. 이사부는 두 장군의 일을 나누는 방법을 생각해보았지만 그도 선뜻 떠오르지 않았다. 고민에 빠져 입을 다문 이사부에게 신수라가 말했다.

"군주님, 기왕 실직주에 왔으니 유강 장군과 함께 벤투스가 묻힌 곳을 돌아보았으면 합니다. 허락해주십시오."

"자네 애마였는데 내가 왜?"

이사부보다 먼저 유강이 냉랭하게 말했다.

"어디인지 찾지를 못할 것 같아서 그러네. 도와주게."

신수라에게 무슨 다른 생각이 있는 듯싶었다. 이사부는 기꺼이 허락했다.

"그렇게 하여라. 너희 둘은 예전에도 함께 어울렸으니 오늘 저녁에는 회포도 풀고."

명이니 거절할 도리가 없었다. 유강은 마지못해 일어났지만 신수라는 이사부를 향해 심장한 미소를 지어 보였다.

유강은 앞서 말을 달려 신수라를 피했다. 신수라도 묵묵히 뒤를 따를 뿐 말을 걸지는 않았다. 공주를 향한 유강의 사랑이 얼마나 깊은지 너무도 잘 알았다. 사랑이 깊어 생긴 오해가 말 몇 마디에 풀어질 리 없었다. 그래서 신수라는 자신이 할 수 있는 방법으로 최선의 진심을 보이고, 그래도 오해를 풀지 않는다면 어쩔 수 없는 노릇이라 여겼다. 어차피 이국인으로서 이만큼 베풀어준 은혜만 해도 목숨을 바쳐도 보답하지 못할 터인데 설령 오해라 한들 감수하지 못하고 억울해할 자격은 없었다. 오히려 장군이 아니라 병졸로서 유강의 명을 수행하기를 자청해 증오를 덜 수 있다면 그렇게라도 할 생각이었다.

벤투스의 무덤 위로 상쾌한 바람이 부드럽게 지나가고 있었다. 누가 돌보아주었는지 파란 잔디는 가지런했고, 6월의 반짝거리는 햇살은 차디찬 겨울 바닷가에서의 죽음을 달래주기에 충분했다. 유강은 멀찍이 떨어져서 바다를 향해 등을 돌린 채 말이 없었다. 신수라는 먼저 신라의 예에 따라 주변에 술 몇 잔을 부어주고 양팔을 펼쳐 무덤을 끌어안았다. 저절로 보리스가 생각나고 별이 된 벗들의 얼굴이 하나씩 떠올랐다. 북받치는 그리움에 눈물을 참을 수 없었다.

"벗들이여, 서러워 말라. 이 씬스라로프, 반드시 옛 땅으로 돌아가 롭의 왕국을 다시 세울 것이다. 그때는 왕궁 벽마다 너희의 이름을 새기고, 너희의 초상을 그려 영원히 귀감으로 삼을 것을 약속한다. 다시 설 내 나라, 너희들의 나라, 우리의 나라는 빼앗고 죽여서 힘을 내세우는 나라가 아니라 품어 안고, 관용의 너그러움으로 믿음을 얻어 서역 많은 나라들의 존경을 받는 나라가 될 것이다. 내게 이런 큰 깨우침을 주기 위해, 우리의 옛 백성들이 다시는 피 흘리지 않는 나라에서 편히 살게 하기 위해 너희들이 별이 된 것임을 내 알았다. 기필코 돌아갈 것이니 기다리라. 너희를 버리고 나 혼자서 기쁨과 영화를 누리지 않을 것이다. 한시도 너희를 잊은 적이 없으니 쓸쓸해 하지 말라. 너희가 기쁨의 웃음을 지을 때까지, 어떤 행복도 누리지 않을 것임을 맹세한다. 벗들이여! 보리스! 벤투스! 듬성이! 퀸투스! 하마! 블라키! 키릴! 조반나……!"

한 사람, 또 한 사람, 한 마리, 또 한 마리. 신수라는 기억을 더듬어 아흔아홉 서러운 별들의 이름을 목청껏 소리쳐 불렀다. 눈물이 범벅이 되고, 흐느낌은 통곡이 되어갔다. 어느 사람의 이름을 부르면서는 미소를 지었고, 어떤 말의 이름을 부르면서는 벤투스의 무덤을 쓰다듬으며.

새삼스레 서러운 통곡의 까닭을 유강은 알았다. 길이 설다는 핑계로 냉랭한 자신을 동행한 이유도 알았다. 부끄러웠다. 벗이었는데, 사랑에 눈이 멀어 오해하고 미워했으니 장군의 자격도 없고, 장부의 모습도 아니었다. 명색 불법을 믿는 이로서 자비심은커녕 평상심도 지켜내지 못했다. 공주는 그런 그릇을 안 것일까. 신수라 때문이 아니어도 이미 오래전부터 거리를 두려 하지 않았던가. 그걸 모르지 않았으면서도 제 마음을 속이다가 기어이는 벗을 서럽게 하였다니. 차마 미안하다는 말조차 할 수 없었다. 어깨를 두드려 위로할 수도 없었다. 유강은 제 말 등에 실린 꾸러미를 뒤져 무 몇 개를 꺼내 말없이 벤투스의 무덤 앞에 가지런히 놓고 안장에 올라 무덤 곁을 떠났다. 지나가는 걸음이라도 있으면 언제나 벤투스의 무덤 앞에 놓아주던 무였다.

이사부는 마음이 놓였다. 벤투스라는 말의 무덤에 다녀온 뒤로 신수라를 대하는 유강의 눈빛이 달라진 것이었다. 비록 며칠이 지 난 아직까지 데면데면하기는 해도 그것은 어색함이지 갈등이 아니 었다. 이사부는 술상을 차리도록 명하고 두 사람을 불렀다.

처음에는 어색하던 두 사람도 이사부가 말을 붙여 입을 열게 하 자 역시나 이내 저희끼리 말을 섞기 시작했다.

"군주님께서는 우산국을 정벌할 계책을 찾으셨습니까?"

신수라의 물음에 이사부는 다시 어두운 낯빛을 했다.

"아직 마땅한 계책을 찾지 못했네. 그래, 서역에서는 전쟁을 어떻 게 하나?"

신수라는 문득 떠오르는 이야기가 있었다.

"크게 다를 건 없습니다만, 전해오는 재미있는 이야기가 하나 있 습니다. 아주 오랜 옛적에 트로이라는 나라와 그리스라는 나라가 반목하고 있었습니다. 마침내 그리스에서 군사를 일으켜 트로이 를 점령하러 원정에 나섰습니다. 전쟁은 10년 동안이나 계속되었 지만 성을 사이에 둔 공방은 끝이 나지 않았습니다. 이에 그리스의 장군이 꾀를 내었습니다. 커다란 목마를 만들어 그 안에 병사를 숨 긴 뒤 성 앞에 버려두고 철수하는 속임수였지요. 적이 철수하자 트 로이 군사들은 목마를 성안에 끌어다놓고 승리의 축배를 들었습니 다. 모두가 술에 취해 곯아떨어지자 목마 안에 숨어 있던 병사들이 비밀스럽게 만들어둔 문을 열고 나와 기다리고 있던 그리스 병사 들에게 성문을 열어주고 기습하여 승리로 전쟁을 끝냈다는 이야기입니다."

"하하, 그 재미있는 이야기로구나. 그것이 실재하는 전쟁 이야기
더냐?"

"너무 오래전의 이야기라 사실인지는 알 수 없습니다."

"재미있는 사람들이구나. 그런 생각의 이야기를 전하다니."

"그렇지만 우산국 정벌에 원용하기는 어려울 것 같습니다. 그들
은 우리가 상륙하면 아마 곧바로 거친 산속으로 숨어버린 뒤 우리
를 기습으로 괴롭힐 것입니다."

유강이 나섰지만 신수라를 무시하거나 폄훼하려는 뜻은 아니
었다.

"나도 같은 생각이다."

"저도 원용되리라 생각해 말씀드린 것은 아닙니다."

"알고 있네. 자네가 황당한 말을 한다는 게 아니라 우산국 사정
과 맞지 않다는 뜻이었네."

굳이 설명하는 유강의 속을 알았기에 신수라도 웃음을 지었다.

"알았네. 그런데 우산국은 도대체 어떤 나라인가?"

"화산으로 생긴 섬인데 산이 높고 깊어 말을 타고도 쉽게 오르내
리기가 어려운 지형이네. 지금 그곳은 우해왕이라는 자가 다스리
는데 장대한 체격에 힘은 장사인 데다 짐승을 닮은 용모로 사람을
공포에 떨게 한다네. 신라 남쪽 거칠산군에서 맑은 날이면 눈으로
도 볼 수 있는 대마도對馬島라는 섬이 있는데, 일찍이 우해왕이 그
곳으로 쳐들어가 대마도 군주의 딸인 풍미녀를 데려와 왕비로 삼

을 정도로 해상전술에 능한 자이지. 그런데 이자들이 왜구의 소굴이다시피 한 대마도와 손을 잡고 서라벌 가까이까지 약탈에 나서기도 하니 이제는 정벌하지 않을 도리가 없네."

거칠산군居漆山郡은 지금의 부산광역시였다. 이사부가 유강의 말을 받았다.

"더 큰 문제는 왜구가 우산국을 발판으로 삼으면 신라의 경도인 서라벌이 불안하다는 것이다. 한 나라의 경도가 불안해서야 어떻게 다른 일에 전력을 다할 수 있겠느냐, 쯧쯧."

"진작 정벌에 나서지 않으시고요?"

신수라의 질문에 유강은 외면했지만 이사부는 서슴없이 대답했다.

"내가 두 번이나 정벌에 나섰지만 실패하고 말았다네. 우리 신라 군은 아직 해전에 익숙지 못해서이지. 그래서 군선 건조에 박차를 가했네만 그것만으로는 또 실패할 수 있어. 해전에서만 이기면 뭐하나, 산으로 숨어들면 군사의 발만 묶이지."

패전을 부끄러워하며 감추려는 것이 아니라 거울로 삼으려는 당당함이었다. 이사부 군주 역시 신수라나 유강에 비해 나이는 크게 많지는 않았으나 그릇의 크기는 자신들로서는 감히 비할 바가 아니었다.

장수와 병졸 모두 뛰어난 용사였다. 연일 실직주 앞바다에 띄워 놓은 군선 위에서 전술을 연마하느라 굵은 땀방울을 흘렸는데 특히 궁술은 궁수 모두가 백 발을 쏘면 백 발이 다 과녁을 꿰뚫었다. 게다가 나라에 대한 충성심과 윗사람에 대한 복종심이 강해 군율은 엄정했고 사기는 드높았다. 신수라와 유강은 서로 대항군의 장수가 되어 실전을 방불케 하는 훈련으로 여러 차례 승패를 가려보았지만 딱 절반의 승리와 패배를 나누었을 뿐이다. 그때마다 패자는 승자에게 술을 샀고, 어느새 두 사람 사이의 서먹함은 지워지고 없었다.

오늘도 훈련을 마치고 이사부에게 성과를 보고하는데 서라벌에서 파발이 도착했다.

"무슨 일이냐?"

"신수라 장군은 급히 서라벌로 돌아오시라는 명입니다."

모두가 갑작스런 명이 의아했다. 먼저 나선 것은 유강이었다.

"왜, 무슨 까닭으로?"

"서역국 상인 중에 신수라 장군과 같은 말을 쓰는 사람이 있다는 전갈입니다."

신수라는 불에 덴 듯 자리를 박차고 일어섰다.

"사실이냐?"

"예, 공주님께서 분명히 확인했다고 하셨습니다."

"군주님, 지금 곧바로 서라벌로 출발하겠습니다."

"내일 날이 밝은 뒤 출발하는 게 좋지 않겠느냐?"

"마음이 급합니다. 허락하여주십시오."

그 심정을 모르지 않겠기에 이사부는 더 붙잡지 않았다.

"알겠다, 그리하라. 파발로 온 군사는 피로할 테니, 유강 네가 길을 잘 아는 군사 한 사람을 선발해 함께 출발하도록 처분하라."

신수라는 허둥지둥 군례를 마치고 황급히 밖으로 나갔다.

유강은 그 뒤를 쫓으며 벌써 밀려드는 서운함에 가슴이 저릿했다. 제 나라 말을 하는 사람이라는 한마디에 신수라는 북받치는 기운을 어쩔 줄 몰라 했다. 금세 두 눈에는 눈물이 그렁했고, 벌겋게 달아오르는 낯빛은 희열이기도 하고 참았던 설움이기도 했을 것이다. 얼마나 그리웠을까, 얼마나 가슴 졸이며 찾아 헤맸을까. 그 깊숙이 감춰둔 마음을 알아채지 못하고…… 죄책감마저 일었다.

옷가지 몇 점이 담긴 보퉁이가 관아 방 안에 있었지만 신수라는 그저 바람을 불러 나는 듯 말 등 위에 오를 뿐이었다. 지닌 것이라고는 오직 장검 한 자루. 이 땅에 올 때 황금보검 한 자루를 지녔던 그 모습 그대로이니 참으로 표표한 행보가 아닌가. 아, 다른 바람 한 필이 여전히 동행인 것이 그나마 위로라 할까.

유강은 바람의 고삐를 낚아채 신수라의 출발을 가로막았다.

"아무리 급해도 잠시만 기다리게. 여차 밤길을 잃게 되면 더 더뎌져. 군사 둘에게 준비를 서둘라 일렀으니 잠시면 될 걸세."

그제야 신수라도 자신이 단 한 번 오고 간 익숙지 않은 길임을 깨달았다.

"고맙네."

"군주님의 명일세."

"아니, 그 무."

뜻밖의 말을 알아듣지 못해 유강은 두 눈을 끔뻑였다.

"벤투스 무덤에 놓아준 그 무 말일세. 여러 차례 주었던 모양이더군."

유강은 낯을 붉혔다.

"가엾지 않은가. 자네 친구이기도 하고."

신수라는 말에서 내려와 유강의 어깨를 껴안았다.

"혹시 떠나게 되더라도 자네를 잊지 못할 걸세."

"그냥 떠나겠다고?"

신수라는 대답 대신 껴안은 유강의 어깨를 손바닥으로 다독거렸다. 어쩌면 영원한 이별인지도 몰랐다. 이별을 실감하자 유강의 눈자위가 촉촉이 젖어들기 시작했다.

2부

15

왕자의 슬픔

　밤을 도와 달렸다. 희부연 여명의 뒤끝에 동쪽 바다에서 붉은 태양이 치솟아 오르는 기운을 느낄 무렵 신수라는 서라벌 왕궁에 이르렀다. 말 등에서 뛰어내려 바람의 턱을 한번 쓰다듬어준 신수라는 공주의 전각을 향해 달음박질쳤다.

　상화는 벌써 옷차림을 단정히 하여 전각 뜰을 거닐고 있었다. 허겁지겁 달려온 신수라를 향해 상화는 푸근한 미소를 보였다.

　"공주님!"

　"밤길을 달려오실 줄 알았습니다. 먼저 씻으시고 옷을 갈아입으세요."

　"어딥니까? 당장 찾아보겠습니다."

　"먼저 신수라 님의 지금 행색을 살펴보세요. 만일 백성이라면 왕자님의 지금 행색에 얼마나 마음 아프겠습니까. 그들도 아직은 잠자리에 있을 것이고요."

침착한 상화의 말에 신수라는 비로소 먼지투성이인 자신의 행색을 인식했다.

"한 시진(두 시간)쯤 후에 출발할 테니 조반도 드시고 마음을 편히 하세요."

"뭐라고, 들은 말은 없습니까?"

"저야 그쪽 사정을 잘 모르니 말만으로는 소통하기가 어려웠습니다. 다만 신수라 님과 같은 말을 쓰는 건 분명했고, 여러 성들 간에 전쟁이 치열하다는 이야기만 들었습니다."

그럴 것이었다. 왕국이라고는 하나 방대한 영토를 체계적으로 통치하는 것은 아니었다. 높게 성벽으로 둘러싼 성을 중심으로 왕국을 자처하기도 하지만 성 밖의 백성은 그저 힘센 자의 눈치를 보며 이 성의 백성도 되고, 저 성의 백성도 되는 것이었다. 그래도 말이 같으면 구체적인 사정을 알 것이라는 생각에 공중에 뜬 신수라의 마음은 가라앉지 않았다.

신수라는 초원을 달렸던 그때의 옷을 꺼내 차려입었다. 양털실로 짠 푸른색 긴팔 셔츠, 어린 사슴 가죽을 무두질해서 만든 갈색 바지, 순록 가죽으로 만들어 어깨부터 허리 아래까지를 두껍게 보호하는 붉은색의 덧옷, 소가죽으로 만든 폭이 넓은 검은색 벨트, 역시 소가죽으로 만든 무릎까지 올라오는 갈색 장화. 어깨에 걸쳐 묶어 등 뒤를 폭넓게 가리다가 밤에는 뉘인 몸을 덮어 담요로 쓸 수 있는 위엄의 붉은 망토와 가죽 장갑은 어디선가 잃어버렸다. 그러나 풍성한 금발머리와 이마를 질끈 묶은 실크로 만든 금빛 머리끈은 씬스라로프의 신분을 알아보게 해줄 것이었다. 황금보검을 허리춤에 가로로 걸쳐 차면 더욱 또렷하겠지만 이미 스스로 왕께 바친 것을 다시 돌려달라고 할 수는 없는 일이었다.

어떤 소식에도 흔들리지 않으리라 수십 번을 더 다짐하며 신수라는 든든히 배를 채우고 공주의 전각으로 향했다.

"늠름하십니다. 왕자님의 백성이라면 진정으로 기뻐하며 무릎을 꿇을 것입니다."

그렇게 말해놓고도 무엇인가 빠졌다고 생각하던 상화가 짧은 탄성을 뱉었다.

"황금보검이 빠졌습니다! 잠시만 기다리세요, 전하께 다녀오겠습니다."

그러나 신수라는 손사래를 쳤다.

"아직은 아닙니다. 만일 롭성의 백성이 아니라면 제가 너무 비루해질 것 같습니다. 저희 백성이라면 그때 황금보검을 빌려 저를 확인토록 하겠습니다."

상화도 그 말에 동의했다. 서역의 자세한 사정을 몰라도 자신이 들은 바로는 씬스라로프와 직접 연결된다고 단정 지을 수 없었던 것이다.

"그렇게 하십시오. 실망도, 절망도 모두 희망의 씨앗이 될 수 있고 끝이 될 수도 있습니다. 모든 건 사람의 마음에서 비롯됩니다."

"예, 이미 마음의 준비를 다 했습니다."

격정을 다잡은 신수라의 담담함에 상화는 가볍게 발걸음을 뗐다.

아직 이른 시간임에도 시전은 벌써 들썩거리기 시작하고 있었다. 그러나 신수라는 오늘따라 느리기만 한 앞선 공주의 발걸음이 답답할 뿐이었다. 한참을 걸어들어가 공주의 발걸음이 멈춘 곳은 시전 깊숙한 곳에 있는 객점이었다. 이미 사정을 들은 듯 문을 열어준 객점 주인은 준비해둔 자리를 권하고 곧장 이층으로 뛰어올라갔다.

신수라는 목이 타는 듯 찻잔을 들어 연신 목을 축였다. 상화는 그런 신수라를 말없이 지켜보기만 했다.

객점 주인을 따라 내려오는 사내 둘의 복장은 자신들의 그것이 아니었다. 신수라는 잠깐 실망의 빛을 드러냈지만 금세 감추었다.

"저와 같은 말을 쓴다고 들었습니다. 어느 왕국의 백성입니까?"

사내들이 의자에 앉자 신수라는 서둘러 물었다.

"저희가 말을 아는 것은 교역을 위해 익힌 것이고 모국은 그쪽이 아닙니다."

왕방울 눈에 턱수염이 없는 사내의 대답에 신수라는 실망을 감추지 못했다. 그러나 실낱같은 소식이라도 들을 수 있으면, 하고 다시 기대했다.

"혹시 롭성에 대해 들으신 바가 있는지요?"

"롭? 롭이라……?"

마주한 사내가 고개를 갸웃거리자 신수라는 옆의 사내에게 눈길을 돌렸다. 고불고불한 턱수염이 짙은 사내는 신수라의 눈길을 받자 고개를 숙여 보였다.

"신분이 귀한 분이신 것 같습니다."

"롭성의 왕자였습니다."

곱슬 수염의 사내가 옆의 사내를 돌아봤다.

"몇 해 전, 큰 바다를 끼고 북쪽으로 교역을 나갔다가 돌아오는 길에 들어본 이름 아닌가?"

그의 말에 왕방울 눈 사내가 손바닥으로 탁자를 내리쳤다.

"맞다! 그래요, 롭성! 직접 가지는 않았지만 들어는 봤어요."

신수라는 목이 타는 것 같았다. 마른 침을 삼키는 신수라의 모습에 상화는 찻잔에 차를 부었다.

"무슨, 무슨 이야기를 들었습니까? 롭성은 어떻게……."

왕방울 눈의 사내가 께름칙한 표정이 되었다.

"괜찮습니다, 무슨 이야기라도……."

잠깐 망설이던 사내가 어쩔 수 없다는 듯 다시 입술을 뗐다.

"그게 벌써 서너 해 전입니다만 그쪽은 여전히 전쟁이 치열했습니다. 저희는 그때 더 북쪽으로 교역을 나갔다가 돌아오는 길이었는데, 떠도는 롭성의 백성이라는 사람들을 만나 전장을 비켜갈 수 있는 길잡이로 쓴 적이 있습니다."

"몇 사람이나? 아니, 뭐라고 하던가요? 롭성은? 아니, 행색은?"

사내가 안타까운 눈빛으로 찻잔을 들어 목을 적시는 동안에도 신수라는 그에게서 눈길을 떼지 못한 채 연신 마른 침을 삼켰다.

"롭성은 채 이틀을 견디지 못했다고 하더군요. 왕자는 앞서 몸을 피했고, 왕께서는 백성들과 여인들을 지하통로로 피신시켰지만 상대의 기세가 워낙 거칠어 그리 많은 사람이 빠져나오지는 못했다고 들었습니다. 성안에서 적을 막던 군사들은 거의 도륙이 되었고요."

"국왕은 어찌되었다고 합니까!"

그것은 물음이 아니라 절망의 비명이었다. 신수라의 처절한 고함 소리에 왕방울 눈 사내는 마치 제가 적이었기라도 한 듯 기함해 두 팔을 허공에 휘저었다.

"어이구, 전 그저 듣기만, 듣기만 한 겁니다."

"마지막에 살아서 빠져나온 군사도 몇은 있었다고 들었습니다. 군사들이야 당연히 왕을 끝까지 지켰겠지요."

곱슬 수염의 사내가 대신 나서 대답했다.

"정말이오? 정녕 진실이오?"

"아, 예. 맞습니다. 길잡이 하던 사람들도 왕께서 살아 있기를 기대했으니……."

"예, 롭성 사람들도 왕을 만날 기대로 멀리 떠나지 못한 것이라고 분명히 말했습니다. 물론 그 사람들도 확실히 보거나 들은 것은 아닌 것 같았지만……."

신수라는 절망으로 고개를 떨어트리고 말았다. 그러나 실오라기 같은 희망이지만 그 희망이나마 놓고 싶지 않았기에 더는 묻지 않았다.

공주는 품속에서 은덩어리 몇 개를 꺼내 두 상인에게 건넸다. 상인들은 함빡 입이 벌어져 슬금슬금 이층으로 향했다.

생각하고 싶지 않아 손가락을 꼽지 않았지만 따져보면 떠나온 지 벌써 5년이 다 되어가고 있었다. 상인들은 서너 해 전의 일을 전해주었다. 그들이 지나올 때도 여전히 전쟁은 지속되고 있었다니 아마 지금도 여전할, 어쩌면 더욱 치열할지도 모를 일이었다. 드문드문 저마다의 성을 쌓고, 상징의 문장(紋帳)을 만들어 왕국을 자처하다가 더 강력한 성의 국왕에게는 성주로 고개를 숙이기도 했다. 그러다가 힘을 기르고 빌미가 생기면 여지없이 쳐들어가 도륙하는 무력의 세계. 그런 세계에 백여 년 전, 동쪽으로부터 거대한 모래폭풍처럼 밀려와 서쪽 대륙 전체를 휩쓴 것은 훈족(Hun族)이라는, 이곳 신라인과 같은 생김새의 말과 활에 익숙한 사람들이었다. 그들의 태풍은 서쪽 세상 전체에 대이동을 유발했고, 기어이 살아남은 민족들은 다시 저마다 성을 쌓고 왕국을 넓히기에 여념이 없었다. 잔인함을 체험했기에 더욱 잔인해졌고, 그것만이 성을 지키고 영토를 넓힐 수 있었기에 침략과 전쟁은 더욱 끊이지 않았다.

부왕이 살아 있다면 그래도 몸을 의탁할 다른 성주를 찾을 수 있을 터였다. 무엇보다 위기를 느끼는 성일수록 그런 성주들의 의탁이 힘이 되는 까닭이었다. 그렇게라도 살아 있어 기별을 전해준다면 당장이라도 달려가겠건만…… 신수라는 안타까움과 슬픔에 시름시름 말라갔다. 상화는 그런 신수라를 그저 지켜볼 뿐이었다. 스스로 떨치고 일어나지 않으면 일어나도 일어난 것이 아니기 때문이었다.

16

사자탈

신라에서는 제2대 유리(儒理, 재위 24~57년)왕 시절부터 '가배嘉俳'라는 이름의 놀이가 있어왔다. 7월 16일부터 8월 14일까지 아낙들을 두 편으로 나누어 밤낮으로 길쌈을 하게 한 다음 그 많고 적음으로 승부를 가름했다. 다음 날인 8월 15일, 한 해 중에 가장 밝고 큰 보름달이 휘영청 떠오르면 진 편은 이긴 편에게 음식을 내고 춤과 노래로 즐기는 축제였다. 이때 진 편은 탄식하는 어조로 회소곡會蘇曲이라는 노래를 불렀는데 매우 슬프고 아름다웠다. 처음에는 궁중의 놀이로 시작했으나 이제는 마을마다 풍농제豊農祭로 한바탕 축제를 즐겼다.

담 너머에서 들려오던 아름다운 회소곡이 끝나자 한바탕 박수와 아낙들의 웃음소리가 이어졌고, 다시 노래가 시작됐다.

"군주님, 놀이패가 이제 곧 시작합니다."

유강의 소리에 이사부는 서책을 덮고 자리에서 일어났다. 시끌 벅적한 놀이를 즐기지는 않았지만 군주로서 백성들의 축제에 너무 무심하면 그들이 눈치를 보게 된다는 유강의 건의가 있었다. 이에 놀이패의 공연 때 자리를 함께하기로 한 터였다.

북, 뿔나발, 피리, 요고(腰鼓, 장구와 유사한 타악기), 훈(塤, 도기에 구멍을 내 입으로 부는 악기) 등이 어우러진 음악 소리는 흥겨웠고, 놀이패의 춤꾼들은 각양각색의 복색에 어떤 이는 머리에 쓴 모자에 끈을 달아 돌리고, 어떤 이는 재주를 넘고, 어떤 이는 덩실덩실 춤을 추는 등 풍년제의 밤을 달구기에 더없었다.

이사부 군주의 입가에도 웃음이 그득했다. 아슬아슬한 재주에는 일부러 큰 탄성을 냈고, 흥겨운 춤사위에는 유쾌한 웃음을 터트렸다. 모두가 백성들이 더욱 흥겹게 놀 수 있도록 하려는 배려에서였다. 여기저기 술잔이 돌기도 해 한창 열기가 달아오르자 큰 북소리가 울렸다.

"이제 탈놀이가 시작되려는 모양입니다."

유강의 말에 이사부는 크게 고개를 끄덕거렸다.

탈놀이는 용 모양의 탈을 만들어 여러 사람이 그 안에 들어가 꿈틀거리는 용의 움직임을 흉내 내는 용 놀이를 시작으로, 말이며 학이며 여러 짐승의 탈이 등장하여 원을 그리면서 돌았다. 흥에 벅찬 어떤 이는 그 짐승 탈 무리 속에 끼어들어 흥겹게 어깨를 들썩였고, 어린아이들은 그 무서운 형상에 놀라 제 어미 품으로 파고들거나 울음을 터트리기도 했다.

아까부터 한 짐승의 탈을 유심히 쫓고 있던 이사부 장군이 유강을 돌아봤다.

"지난번 신수라가 말한 트로인가 뭔가 하는 나라의 목마 말이다."

"예, 갑자기 그건 무슨 연유로……?"

"저 놈은 어떠냐? 저기, 말 뒤에 있는 짐승 말이다."

영문을 몰라 어리둥절하면서도 유강은 이사부의 말에 따라 말 뒤를 따르는 짐승 탈을 보았다. 사자였다.

"사자 말씀입니까?"

"그래, 사자. 그놈 참 흉악하게 생겼구나."

"예, 저놈은 원래 무서운 형상으로 불법의 수호자 중에 하나이기도 합니다."

대답은 했지만 유강은 이사부의 의도가 무엇인지 몰라 다음 말을 기다렸다.

"저 사자가 입에서 불을 뿜고 화살을 쏘면 어떨까?"

이건 또 무슨 황당한 이야기인가. 유강은 그저 황망한 눈으로 바라볼 뿐이었다. 이사부는 빙그레 웃음부터 지었다.

"이제 우리는 군선도 충분하고 군사들의 해전 역량도 나무랄 데 없다. 이쯤이면 다시 바다에서 우산국 군선에 패하지는 않으리라 보는데 너는 어찌 생각하느냐?"

"이를 말씀입니까. 그를 위해 여러 해를 애써온 바입니다. 반드시 승리할 것입니다."

"그런데 문제는 울릉섬의 지형이야. 바다에서의 싸움이 여의치 않으면 험한 산속으로 숨어들 텐데, 너는 복안이 있느냐?"

그것은 이사부도 여태 마땅한 계책을 세우지 못하고 있는 일이었다. 유강은 대답하지 못했다.

"트로이인가 뭔가의 목마처럼 큰 사자를 나무로 여러 개 만들어 뱃전에 세울 수 있도록 해보아라. 내부에 병사를 숨기기는 하되 섬에 들여보내는 것이 아니라 목각사자 안에서 화살을 쏘고 불을 뿜게 하려는 것이다."

유강은 비로소 이사부의 계책을 알 것 같아 크게 감복했다.

"알겠습니다, 지금 당장 설계에 들어가겠습니다."

"허허, 군주가 너무 무심하면 백성들이 눈치를 본다고 한 건 네가 아니었더냐. 과연 백성들은 저렇게 놀이를 하면서도 군주에게 가르침을 주는구나. 서둘지 말고 사자탈을 눈여겨보거라. 저기 놀라서 우는 아이도 보고. 그러면 어떤 형상이라야 더 큰 두려움을 줄 수 있는지를 알아내는 데 도움이 될 터이니."

그래서 백성을 무지렁이로 여기는 군주는 아무것도 이룰 수 없는 법이었다. 백성은 가장 힘이 없지만 또한 가장 힘이 크기도 한 존재였다. 백성은 가장 어리석지만 세상의 모든 흐름과 이치를 아는 이들이었다. 메마르거나 진창이거나 어둡거나 춥거나, 천지사방 곳곳 어디라도 백성은 깃들어 있고 눈과 귀를 열어두어 보고 듣기 때문이었다. 그들은 모든 것을 안다. 아름답고 어여쁜 것은 물론이고 구리고 더럽고 추한 것까지 어느 하나 빠트리지 않고. 그러나 그들은 말하지 않는다. 그저 마음에 담고 가슴에 품어 스스로 위로하고 삭이며 묵묵히 무지렁이처럼 살아간다. 다만 기다릴 뿐이었다. 자신들의 웃음과 눈물, 손짓 발짓에 스며 있는 한과 설움을 밝은 눈으로 알아채 넓은 가슴을 열어줄 이를. 그런 이를 일러 미륵이라고도 하고 신인神人이라고도 한다. 이미 이 신라 땅에는 반백 년 전 알에서 태어난 이가 있어 나라를 세웠으니 바로 그런 이가 신인인 것이다.

생각보다 쉽지 않았다. 특히 어려운 것은 사람이 목각사자 안에서 활을 쏘고 불을 토해내게 하는 것이었다. 아가리를 크게 하고 사람이 여럿 들어갈 수 있도록 여러 그림을 그려보았지만 저마다 흠이 있고 부족함이 드러났다.

설계도를 들여다보던 이사부는 고개를 가로저었다.

"사람이 많이 들어가는 것으로 문제를 해결할 수는 없다. 목각사자는 살아 있는 사자처럼 보여야 한다. 목각사자 외부에 다른 장식을 이용해 나무로 만든 형상이 아님을 위장해도 그건 그저 바람에 날리는 깃털일 뿐이다. 사자탈춤을 보면 사자가 두 발을 번쩍 들기고 하고 엉덩이를 실룩거려 꼬리를 흔들기도 하니, 탈임을 뻔히 알면서도 어떤 아낙네는 진저리를 치고 아이들은 울음을 터트리는 것이 아니더냐. 그처럼 움직임이 자유스럽지 않더라도 멀리 떨어진 해변에서 볼 때 살아 날뛸 것 같은 두려움에 의심을 주어서는 아니 된다."

"더 연구하겠습니다."

유강이 물러나자 이사부는 다시 깊은 생각에 빠졌다. 목각사자가 완성된 다음의 전법도 특별한 것이어야 했다. 우산국의 그들이 두려움에 그저 산속으로 숨어들게 해서는 목각사자는 아무런 소용이 없었다. 울릉섬은 배를 정박할 수 있는 포구가 한 곳뿐인 데다, 접안 시설은 좁고 파도가 거칠어 큰 배는 멀리 바다 위에 정박시켜 두고 작은 배로 드나들었다. 그러니 많은 군사를 숨길 만한 큰 형상은 트로이의 목마든 목각사자든 하선이 어려웠고, 산 위에서 하선 과정을 지켜본다면 아무리 어리석은 자들이라도 금방 이상한 낌새를 챌 것이었다. 또 울릉섬의 포구는 해변의 모래사장과 평지라야 관아 마당 정도의 넓이였고, 그 뒤로는 곧바로 각시봉 가파른 산길이었다. 눈속임으로 하선에 성공하더라도 기껏 몇 개의 형상이나 둘 수 있을 뿐이고, 만일 화공이라도 당한다면 좁은 공간에서 몰살당하기 십상이었다. 길이 있다면 오직 사람의 마음을 이용하는 길뿐이었다.

본디 우산국 우해왕은 가히 1만에 이르는 울릉섬 주민을 다스리기에 충분한 용맹과 지략을 갖춘 사람이었다. 비록 옳고 그름에 대한 판단이 달라 수시로 왜구와 손을 잡기도 하고 포구를 빌려주기도 하지만, 백성들의 생계에 부족한 것들을 왜구를 통해 얻거나 신라 땅을 범한 노략질로 채워주니 모두가 잘 따를 수밖에. 그러던 이가 대마도에서 풍미녀를 데려온 뒤로부터는 그녀에게 빠져 백성의 삶을 돌보지 않았다. 또 별님이라는 딸을 얻은 뒤로 점차 학정의 도가 심해지다가 풍미녀가 죽자 술에 빠져 난폭해지니 이제 백성들은 속으로 그를 원망했다. 그의 용맹을 자극해 산속으로 숨지 않게 하고, 백성의 마음을 얻어 우해왕의 명을 따르지 않게 하는 책략이어야 했다.

유강이 들어와 설계도를 바쳤다.

"모든 문제를 해결했습니다, 군주."

이사부는 찬찬히 설계도를 들여다봤다. 목각사자는 몸통을 세 조각으로 나누어 튼튼한 가죽 끈으로 연결했는데 그 길이가 느슨하여 움직임이 자유로웠다. 목각사자 안에 들어가는 사람은 셋으로 최소화했는데, 맨 앞의 사람은 사자 아가리를 열고 닫으며 머리의 움직임을 주관했고, 다른 두 사람은 나란히 몸통의 중간과 엉덩이를 맡아 움직임을 주관하게 했다.

"불은 어떻게 뿜어낼 것이냐?"

"머리를 주관하는 자가 아가리를 열 때 동관銅管으로 만든 원통을 앞으로 내밉니다. 원통은 목각사자 배 아래까지 연결했는데 뱃전에 몸을 숨긴 군사들이 동관 끝에 기름불을 넣은 다음 강하게 풀무질하여 불꽃이 멀리까지 뿜어질 수 있게 합니다. 실제 실험해보았는데 좁은 관을 타던 불덩이가 갑자기 관 밖으로 나오면 넓게 퍼져 그 불꽃의 위용이 자못 위협적입니다. 또한 풀무질이 강할수록 멀리까지 퍼지니 바닷바람까지 업으면 서너 장(丈, 성인 남자 키 길이 정도)은 족히 내뻗을 것입니다."

"좋구나! 그럼 화살은 어찌할 요량이냐?"

162

"어차피 뱃전에서만 활을 쏠 것이니 궁수가 목각사자 머리 아래쪽에 숨으면 발각되지 않을 것입니다. 또한 위협이 목적이지 실제 살상을 하자는 것은 아니니 뱃전에 엎드려 조준하지 않아도 효과는 충분히 얻을 수 있을 듯합니다. 게다가 사자 아가리에서 불이 뿜어져 나올 때 화살이 함께 날아간다면 그 공포는 더할 것으로 사료됩니다."

"궁수는 몇이나 배치할 생각이더냐?"

"둘만 배치할 것입니다."

"겨우 둘을?"

이사부가 고개를 가로젓자 유강이 다른 설계도를 내밀었다.

설계도의 활은 뱃전에 고정된 것으로 한꺼번에 10여 발의 화살을 장착해 쏠 수 있도록 돼 있었다.

"이 또한 실험해보았는데 고정된 활은 보통의 경우보다 몇 배 더 강한 힘으로 당길 수 있어 한꺼번에 여러 발을 쏠 수 있는 데다 그 사거리 또한 훨씬 더 길었습니다. 마땅히 큰 두려움을 느낄 것입니다."

"기특하구나, 이런 생각을 다 하다니. 좋다. 설계도에 따라 어서 제작을 서둘도록 하라. 목각사자가 다 만들어지고 그에 따른 훈련이 끝나면 내 즉시 국왕께 상주하여 우산국 정벌의 윤허를 받을 것이다."

"그런데……."

말을 꺼내려던 유강이 머뭇거렸다.

"뭐냐? 군략을 짜는데 지위의 고하로 머뭇거림이 있어서는 아니 된다. 의심나는 부분이 있으면 기탄없이 말하라. 내 옳은 생각이라면 기꺼이 받아들일 것이다."

"다름이 아니라 우산국 군사와 백성이 두려움에 떤 나머지 산속으로 도망쳐 숨어든다면……."

"하하하! 그 일이라면 마음 놓아라. 내 따로 생각해둔 바가 있다."

유강은 이사부의 호탕한 웃음에 마음을 놓았다. 전쟁에 임하며 두려움을 품지도 않았지만 더구나 자만심에 빠져 방심하는 경우가 결코 없는 사람이었다. 그런 대장군이 저처럼 장담한다면 분명 특별한 계책이 마련된 것이었다.

17

정신의 세계

그새 원종 왕자의 건강은 눈에 띄게 좋아졌다. 왕자는 부왕을 닮아 키가 7척(210센티미터)이나 되는 장대한 체격이었지만 무武보다는 문文을 좋아했는데 근자에 들어 병치레가 잦았다. 그러나 만병의 근원은 마음에 있는지라 비슷한 또래의 이차돈과 벗처럼 불법 이야기를 나누며 평상심을 되찾아갔다.

왕궁이란 본디 엄하고 본심을 드러내기 어려운 곳이었다. 직분이 높으면 높을수록 더욱 그랬다. 어수 높고 옥체 미령한 국왕의 뒤를 이을 왕자에 이르러서야 더 말해 무엇할까. 왕의 도리와 다스림의 지엄함, 나라를 부강하게 만드는 일을 귀가 닳도록 말하는데 그 결말은 모두 왕실과 왕족, 귀족의 신분과 부를 지키는 것이었다. 백성의 배고픔과 그들의 따뜻함을 위한 계책을 말해주는 이는 누구도 없었다. 그에 관해 물으면 가난은 나라님도 구할 수 없다는 해괴한 대답이나 내놓았다. 불법에 관해 물으면 왕자가 들어서는 아니 될 요설이며, 백성이 그를 믿는 것은 내세를 의지해 현생을 견디려는 것이니 그것으로 위안을 삼으면 될 일이라 말했다.

아무리 말해도 들어주는 이 없고, 먼저 마음을 터놓아도 굳게 닫아건 문을 여는 이 없으니 마음의 병이 깊어갔다. 그럴 때 상화 공주가 데려온 이차돈은 한 번 마음을 닫아건 적조차 없는 듯 맑음으로 가득했다. 일찍 부모를 여읜 부박한 삶은 어린 눈에도 세상의 슬픔이 부조리에 기인한 것임을 알아챘으나 원망과 증오를 품기 전에 불법과의 인연이 닿아 자비로움으로 세상을 구제하고자 했다. 이차돈은 어림의 용기가 아니라 불법의 무심으로 대답에 거리낌이 없었고 왕자가 알지 못하는 세상 밖의 일을 세세히 알았다. 왕자가 번뇌의 눈물을 흘리면 스스로 마음을 씻도록 기다릴 줄 알았고, 분노에 치를 떨면 자비를 말했다. 왕자는 이차돈을 스승이며 벗이라 여겨 언제나 곁에 두었으니 날마다 새로워졌다.

"훗날 왕이 되시면 무엇부터 하시렵니까?"

"먼저는 병부兵部를 설치하여 왕권을 강화하겠으며 부실한 성을 보수하거나 새로이 축성하여 나라의 방비를 튼튼히 할 것입니다."

"다음으로는 무엇을 하시렵니까?"

"율령律令을 반포하여 관리와 백성을 다스림에 근거가 분명하게 하고, 백관의 공복公服과 주자(朱紫, 복장의 색깔)를 정해 위와 아래의 질서를 명백히 할 것입니다. 또한 멀리 양나라는 물론이고 가야와도 우의를 돈독히 하여 나라 밖의 우환을 미리 제거할 것입니다."

상화는 밀려드는 실망감에 서운한 마음을 떨칠 수 없었다. 이차
돈에 의해서가 아니라 스스로 이미 깊은 불심을 품고 있는 왕자였
다. 그런데 불법에 관한 이야기는 한마디도 없었으니.

"불법은 어찌하시렵니까?"

미소를 머금는가 싶던 왕자는 불현듯 의지 굳은 강인한 눈빛으
로 당당하게 말을 이었다.

"그 모든 것이 불법을 바로 펼치기 위한 준비입니다. 자신들의
이익을 지키기 위해서라면 이전투구를 일삼다가도 금세 똘똘 뭉쳐
왕실을 위협하는 짓도 서슴지 않는 자들이 귀족입니다. 미리 대비
하지 않고서는 결코 불법을 공인하기 어려울 것입니다. 그렇지만
그들도 신라의 사람이니 피를 흘려서도 아니 될 일입니다. 그래서
법을 바로 세우고 왕실의 위엄을 엄히 하려는 뜻입니다."

참으로 의젓하고 엄숙하지 않은가. 상화는 하마터면 눈물을 흘리
기까지 할 뻔했다.

"이제 저는 왕자님을 믿고 오직 불법을 공부하는 데에만 전력을
기울여도 될 듯합니다."

"아닙니다. 불교를 공인하더라도 어떻게 불법으로 신라를 더 강
한 나라로 만들 것인지는 알지 못합니다. 누이께서 저를 도와주셔
야 합니다."

"저도 그에 대해서는 풍류를 어렴풋이 화두로 잡고 있는 정도입
니다."

"풍류라…… 예, 저도 깊이 고민해보겠으니 누이께서도 떠오르

는 것이 있으면 기탄없이 말씀해주세요. 함께 머리를 맞대면 수월하지 않겠습니까."

"그러겠습니다."

상화는 어린 왕자에게 진심으로 공손히 머리를 숙였다.

신수라도 어느덧 번민을 털어낸 듯했다. 본디 말수가 적은 데다 웃음도 흔하지는 않았지만 그간 여러 차례 서역 상인들의 시전을 돌아보았는데도 가슴 졸이는 기색은 보이지 않았다. 왕자의 전각에서 나온 상화가 다시 시전으로 길을 잡은 것은 혹여 아직 번민이 남았더라도 부딪쳐 이겨내라는 생각에서였다.

"풍류는 무엇입니까?"

상화는 신수라의 입에서 다시 질문이 나온 것에 한결 마음이 놓였다. 궁금함이 생기는 것은 어두운 마음을 다스린 뒤의 일일 테니.

"서역에서는 백성들을 어찌 다스립니까?"

그렇게 되물은 것은 그간 궁금했지만 신수라의 입장을 생각해 삼갔던 것이었다. 신수라는 망설임 없이 입을 열었다.

"설핏 말씀드렸듯이 성을 중심으로 안팎의 백성을 다스리는 것이 기본입니다. 땅은 성주의 소유이기에 농사를 짓는 백성들은 곡물로 그 세를 냅니다. 주로 밀농사를 지으며 빵을 주식으로 삼습니다. 그밖의 장인들은 자신들의 기능으로 여러 가지 필요한 것들을 생산해 성주에게 바치기도 하고 판매하기도 합니다."

"부족한 물품들은 없습니까?"

"환경이 달라 얻을 수 없는 것도 있고, 기술이 없어 생산하지 못하는 것도 있으니 말할 것도 없지요."

"그런 부족하거나 없는 것들은 어떻게 충당합니까?"

신수라는 잠깐 민망한 빛을 띠었지만 이내 대답했다.

"다른 성이나 나라로 쳐들어가 빼앗아 옵니다. 특히 바다에 면한 일부 나라는 대규모로 선단을 꾸려 다른 나라와 전쟁을 치르고 재화를 빼앗아 오기도 합니다."

"왜구와 다를 바 없군요?"

"부끄럽지만 그렇습니다. 다만 다른 것이 있다면 빼앗아 온 재화로 성주나 왕의 배만 불리는 것이 아니라 먼저는 전쟁에 나섰던 전사를 시작으로 백성들에게 고루 나누어주어 삶을 꾸리게 한다는 것입니다. 그러니 백성들은 성주에게 충성하고 사내들은 전쟁에 따라나서는 것이지요. 또 전쟁에 임해서는 성주를 비롯한 귀족의 사내들은 모두 참가하며, 전장에서도 그들이 먼저 용맹하게 앞장서니 존경을 받습니다. 또 그렇게 축적된 재화가 많으면 크게 교역을 일으킬 수 있으니 성과 나라가 날로 부강할 수 있습니다."

"전쟁은 어떻게 하나요?"

"적의 사내는 무조건 죽이는 것을 원칙으로 삼고 여자는 데려옵니다. 포로로 잡아온 사내나 여인들은 대개 노예로 삼는데 개중에는 노예시장에 내다 파는 경우도 있습니다."

상화는 눈살을 찌푸렸다. 신라의 서역 시전에서도 노예를 데려와 매매를 시도한 적이 있었지만 나라에서 법으로 금하였다.

"귀족의 자제들은 어떻게 가르칩니까?"

"성주나 국왕이 현인들을 모셔 아들들을 위주로 가르치기도 하지만 그리 체계적이지는 않고 대부분은 검술, 창술, 궁술, 마술 등의 무예를 연마합니다."

"힘을 우선으로 하는군요."

"그렇습니다."

"아까 풍류를 물으셨지요?"

"예, 특히 남녀를 가리지 않고 심신을 단련케 한다는 것이 놀라웠고, 그것을 어떻게 불교와 합할지도 궁금합니다."

상화는 신수라가 여전히 미련을 가지고 있다는 것을 깨달았다. 자신의 왕국으로 돌아가 새롭게 나라를 세울 때는 이전과는 달리 하겠다는 생각일 것이었다. 나쁘지 않은 일이었다. 동과 서, 어디가 되었든 적이라고 무조건 목을 베고, 특히 사람이 사람을 물건처럼 사고파는 짓은 결코 있어서는 아니 되는 일이었다. 그러나 상화는 어쩐지 신수라에게 그런 기회가 찾아오지 않을 것 같은 생각에 안타까움이 깊었다.

"풍류는 아주 오래전부터 내려오던 신라의 전통인데 귀족의 자제나 총명하고 재주가 뛰어난 사람으로 남녀의 구분 없이 어울려 도의로써 몸을 닦고, 노래와 춤으로 서로 즐기며, 명산대천을 두루 찾아 호연지기를 기르는 것입니다. 도의로 몸을 닦는다 함은 작게는 집안에 들어서는 부모에게 효도하고, 나라에 임해서는 충성을 다하며, 선과 악을 구분하여 행실의 기준으로 삼으라는 것이니 사람의 목숨을 귀히 여기라는 뜻은 불법과도 일치합니다. 노래와 춤으로 즐기는 것은 남녀 간의 음행을 말하는 것이 아니라 하늘의 신령과 교통하기 위한 수단으로, 아름답고 장엄하니 이로써 만백성의 기준이 되는 것입니다. 명산대천을 두루 찾는 것 또한 모든 사물에는 생명이 깃들어 있으니 특히 명산대천에 임재한 신령과 교제함과 더불어 호연지기浩然之氣, 즉 사람의 마음에 있는 넓고 크고 올바른 기운을 더욱 기르라는 것입니다. 무예를 연마하는 것 또한 그러한 마음을 바탕으로 해야 한다는 것이고요.”

　신수라는 묵묵히 고개를 끄덕였다. 사람 사는 이치는 어디라도 비슷하지만 무엇을 더 귀히 여기느냐에 따라서는 그처럼 달라지기도 한다는 것을 새삼 깨달았다. 눈에 보이는 재화에 중점을 두는 것과 눈에 보이지 않는 정신을 중점에 두는 차이일 것이었다. 어느 것이 옳고 그른지를 가릴 수는 없지만 천신만고를 겪으며 신라까지 오는 동안에 만난 적들은 재화를 빼앗거나 자신들의 재화를 빼앗길까 두려워 시비를 걸어온, 모두 다르지 않은 사람들이었다. 신수라는 그때마다 뭔가 시작부터 잘못되었다는 허망함 같은 것을 느꼈었다. 어쩌면 부왕이 한번 가본 적도 없는 먼 나라로 등을 떠민 것은 당신께서도 전해 들은 이야기에 새로운 꿈을 꾸었기 때문인지도 모를 일이었다.

　“불교와 같은 종교는 따로 없습니까?”

　“예수라는 하나님의 아들을 믿고 십자가를 상징으로 삼는 종교가 있다는 이야기를 들었지만 자세히 알지는 못합니다.”

"그럼 무엇을 믿나요?"

"하늘을 비롯한 많은 신비로운 것을 두려워해 빌기도 하지만 불교와 같이 깊은 이론을 갖춘 종교는 아니니 뭐라 말하기 어렵습니다."

시전을 둘러보던 상화가 한 점포에서 은으로 만든 십자가를 들어 보였다.

"이것이 그 예수를 믿는 종교가 성행한 나라에서 들어온 것입니다."

자세히 들여다보니 한 사람이 십자가에 못 박힌 채 죽어 있었다.

"교리를 아십니까?"

"그저 물건만 들어왔고 교리는 듣지 못했습니다. 서쪽에도 여러 종교가 있는 듯싶습니다. 저것들이 모두 종교의 상징을 담은 물품들인데, 불이 그려져 있거나 독수리 날개를 단 사람이 있는 것은 배화교(拜火敎, 조로아스터교)인데 불을 숭배한다고 합니다. 또 저기 손이 여럿 달린 여인의 형상은 천축국의 힌두교라는 종교를 나타내는 형상입니다. 불교는 천축국 북쪽 어느 왕국의 왕자가 깨달음을 얻어 비롯되었다고 합니다."

신수라는 귀로는 공주의 말을 들으면서도 눈길은 제 눈에 익숙한 옛 물품을 찾기에 바빴다. 시전에는 여러 색깔의 반짝거리고 투명한 유리잔이며, 금이나 은에 여러 보석을 아로새긴 진기한 것들이 넘쳐났지만 그것들은 눈에 익었다 해도 교역으로 구해 사용한 것이지 롭이나 인근의 성에서 생산하는 것들은 아니었다.

왕궁으로 돌아오자 국왕의 부름이 있었다는 전언이 들려왔다. 상화는 신수라를 대동해 왕을 찾아갔다.

"아바마마, 무슨 일이십니까?"

상화를 맞는 왕의 얼굴에 기쁨의 빛이 가득했다.

"마침내 실직주 군주 이찬 이사부가 우산국 정벌 준비를 모두 끝냈다며 출전의 허락을 원하는 상주를 올려왔다."

"어찌 결정하셨나이까?"

"신라의 여러 귀족들과 신하 모두가 기뻐해 이사부를 하슬라주 군주로 삼고 대장군으로 봉해 정벌에 나서라 윤허하기로 하였다."

"경하드립니다, 아바마마. 그런데 소녀는 어찌 부르셨나이까?"

"허허, 신수라 장군을 우산국 정벌에 참전시키려 하는데 네 뜻은 어떠하냐?"

상화가 돌아보자 신수라는 벌써 한쪽 무릎을 꿇고 있었다.

"명을 따르겠습니다."

"반드시 신수라 장군이 가야 할 까닭이 있는지요?"

상화의 질문에 왕께서는 너털웃음을 터트리셨다.

"하하, 이사부의 상주문에 신수라가 서역 어느 나라의 전법을 들려주었는데 그게 큰 도움이 되었다고 하더구나."

신수라는 트로이의 목마를 떠올렸다.

"알겠습니다. 채비를 갖춰 내일이라도 떠날 수 있도록 조처하겠사옵니다."

상화는 기쁜 마음으로 머리를 조아렸다.

"그래, 한번 힘껏 무용을 세워보아라!"

왕께서도 흡족한 웃음을 지으시며 친히 신수라의 어깨를 다독거려주시었다.

18

대장군 이사부

아침 일찍 신수라를 찾아온 상화는 서역 옷으로 차려입은 그에게 투구와 철갑옷 한 벌을 내밀었다.

"아닙니다, 저는 이 차림이 더 편합니다."

"그러실 테지요. 그러나 신수라 님의 이번 출전은 신라의 장군으로 출전하는 것입니다. 휘하의 장수나 군사들과 하나가 되려면 신라의 예를 따르는 것이 좋을 것입니다."

신수라는 낯빛을 붉혔다. 미처 거기까지 생각이 미치지 못했던 것이다.

"생각이 짧았습니다, 송구합니다."

상화는 고개를 가로저었다.

"괜찮습니다. 언젠가 이런 날이 오면 드리려고 제가 직접 대장공에게 의뢰해 만든 갑옷입니다. 부디 몸성히 전공을 세우십시오."

철갑옷을 건네받은 신수라는 깊이 고개를 숙였다. 갑옷은 제작에 짧지 않은 시간이 걸리는데 공주께서 미리 이같이 준비했다는 것에 가슴이 뭉클했다.

상화는 다시 직사각으로 곱게 접은 금색 천을 내밀었다.

"머리띠입니다. 아무래도 신수라 님의 신분을 나타내는 상징인 듯싶은데 지난번에 보니 너무 낡아서 만들어봤습니다."

엉겁결에 머리띠를 받은 신수라가 그것을 펼치자 한쪽 끝에 도톰하게 불거진 부분이 있었다. 자세히 들여다보니 같은 금색 명주실로 말 한 마리가 곱게 수놓아져 있는 게 아닌가. 힘차게 앞발굽을 하늘로 치켜든 그것은 벤투스의 형상임에 틀림없었다.

상화는 부끄러운 듯 고개를 돌리며 다소곳이 말했다.

"어젯밤 문득 생각나 급히 준비하느라 제 옷고름을 떼어냈습니다. 장군님의 이번 원정이 무탈하시기를 빕니다."

신수라는 고마움과 감동에 어찌할 바를 몰랐다. 연정을 초월한 사람이었으니 연모의 뜻은 아닐 것이었다. 그렇더라도 신수라의 입장에서는 가슴이 벅차오르지 않을 수 없었다.

"달리는 더 생각지 마십시오. 벤투스가 씬스라로프 님을 지키지 않았다면 오늘 신수라 님도 없었기에 수호신이 되어달라는 기원을 담았을 뿐입니다."

금색 천에 같은 색의 실을 사용한 것은 눈에 띄지 않게 마음의 기원을 담으려는 뜻이었으리라. 신수라는 일부러 더 환하게 웃음을 지었다.

"마치 벤투스가 제 곁을 지키는 듯합니다. 반드시 공을 세우고 탈 없이 돌아오겠습니다."

상화는 다시 담담한 표정이 되어 궁문으로 향하는 신수라의 뒤를 따랐다.

신수라는 궁문 앞에서 다시 한 번 공주에게 예를 올리고 또 다른 벤투스, 바람의 등 위에 올랐다. 바람도 주인의 출정을 아는지 기운찬 울음소리를 내지른 뒤 발굽을 내디뎠다. 상화는 궁문 앞에서 일군의 군사들이 눈에서 멀어질 때까지 두 손을 합장한 채 배웅했다.

대장군 이사부는 벌써 갑옷을 차려입고 국왕의 윤허를 기다리고 있었다. 마침내 신수라 장군이 왕명을 지니고 도착하자 크게 반겼다.

"어서 오게!"

"노고가 많으셨습니다. 왕께서 출정을 윤허하셨습니다."

신수라는 왕의 어찰을 이사부에게 바쳤다. 윤허의 어찰을 읽은 이사부는 자리를 떨치고 일어섰다.

"자, 이제 군선이 집결한 곳으로 가세."

이사부 대장군이 앞장서 말을 달려간 곳은 실직주에서 하슬라주로 향하는 도중의 바닷가였다. 해안선이 육지 쪽으로 깊숙이 파고들어 천연적으로 만들어진 둥그런 만灣이었다. 만은 그 넓이가 끝이 보이지 않는 호수 같았지만 파도는 잔잔하고, 가까운 바다에서도 그 안을 살필 수 없어 적의 눈에 띄지 않게 전선을 갈무리하기에 맞춤했다. 그 넓은 만을 빼곡하게 메운 크고 작은 군선은 백 척을 훨씬 더 넘을 것 같았다. 각 군선은 큰 것과 작은 것으로 구분되었는데 작은 군선도 그 길이가 100자(약 30미터)를 넘었고, 큰 군선은 200자에 가까운 것도 있었다.

대장군이 도착하자 유강은 장수를 비롯한 군사를 정렬하고 군례를 올렸다.

"대장군, 모든 준비를 끝냈습니다! 출전의 명을 내려주십시오!"

충—! 용—! 충, 성, 용, 맹! 충—! 용—! 충, 성, 용, 맹! ……하늘을 가를 듯 군사들의 우레와 같은 함성이 멈추지 않았다. 마침내 이 사부는 한쪽 손을 들어 함성을 멈추게 하고 우렁찬 음성으로 입을 열었다.

"모든 장수와 군사들은 들으라! 마침내 오늘, 신라의 대왕께서 우리에게 우산국 정벌의 명을 내리셨도다. 우산국은 이미 오래전부터 우리 신라를 침탈하고 노략질하는 금수의 짓을 해왔다. 하여 신라는 수차례 경고하였으나 근자에는 더하여 왜구와 손을 잡고 도적의 행실을 멈추지 않고 있다. 이것이 오늘 우산국을 정벌하려는 첫 번째 까닭이다! 또한 본디 동쪽의 바다는 신라의 것이었으니 울릉섬의 백성 또한 신라의 백성이거늘, 감히 나라를 참칭하는 불충에 이르렀으니 그를 벌하는 것이 두 번째 까닭이다. 세 번째 까닭은 고구려와 국경을 맞댄 신라에 있어, 울릉섬이 고구려나 왜구의 발판이 된다면 나라의 안위를 장담할 수 없으니 오늘 정벌하여 신라의 천년을 편안케 하려 함이다!"

충—! 용—! 충, 성, 용, 맹! 충—! 용—! 충, 성, 용, 맹! 군사들의 우렁찬 호응에 이사부는 다시 한 팔을 들어 올려 멈추게 했다.

"모든 장수와 군사들은 들으라! 신라의 군사는 전장에 임하여 두려워하거나 물러서지 않는다! 죽음이 눈앞일지라도 망설이지 않으며, 오직 나라에 대한 충성으로 임한다! 신라의 군사는 전장에 임하여 재물을 약탈하거나 부녀자를 능욕하지 않는다! 맞서는 적에게는 단호하되 항복하거나 어린 자의 목을 베지 않는다! 신라의 군율은 지엄하며 군사는 죽음으로 따른다!"

충一! 용一! 충, 성, 용, 맹! 충一! 용一! 충, 성, 용, 맹! 다시 한 번 우렁찬 호응이 이어진 뒤 대장군은 승선을 명했다.

"장수와 군사들은 즉시 군선에 승선하여 출전의 명을 기다리라!"

우렁찬 복명과 함께 도열한 군사들이 대와 오를 엄정히 하여 각각의 군선으로 줄지어 올랐다. 참으로 장관인지라 모두의 가슴이 서늘하고 뻐근했다.

비로소 유강은 신수라에게 다가와 덥석 어깨를 껴안았다.

"잘 왔네! 이번에야말로 자네의 무용을 보겠구먼."

신수라가 서역 상인과의 만남에서 크게 실망했다는 이야기는 이미 전해 들었지만 굳이 아픈 상처를 건드릴 필요는 없을 듯싶었다.

"나야말로 자네의 무용이 궁금하네."

"허허, 신라의 갑옷이 아주 잘 어울리는걸."

유강은 무심히 신수라의 갑옷을 살폈다.

"신라의 장수로 신명을 다할 걸세."

오랜만의 해후를 나눈 두 사람은 이사부 대장군 앞에 다른 장수들과 함께 도열했다.

"출전은 언제입니까?"

"이제 곧 서풍이 불어오면, 그때 출전할 것이다."

매년 4월에서 6월 사이에는 동쪽 바다에 서풍이 불어왔다. 그 바람을 돛에 실어 익숙한 해로를 따라가면, 하루 반나절이면 울릉섬 앞바다까지 닿을 수도 있었다. 대장군은 각각의 장수들에게 신수라를 인사시키고 승선을 지시했다.

"장수들도 모두 각자의 군선에 승선하여 대기하라. 유강과 신수라 장군은 나와 같이 승선한다."

"명을 받습니다!"

장수들도 일사불란하게 각자의 군선으로 향했다.

"신수라 장군은 해전을 치러본 적이 있는가?"

"바다와 접해 있지 않았기에 본 적조차 없습니다."

"파도가 거칠어 멀미를 하지 않을까 걱정이구나."

"말을 타는 사람은 멀미를 하지 않습니다, 대장군."

대장군의 염려에 유강이 나서 대답했다.

대장군의 지휘선은 그 길이가 200자에 가까웠다. 각각의 군선에는 30명에서 50명의 군사가 나누어 탔으며 지휘선에는 70여 명의 군사가 승선했다. 배 아래쪽에는 별도로 노를 젓는 군사가 있었다.

배는 유선형으로 날렵했으며 바람을 실을 돛은 앞뒤로 두 개가 나란히 세워져 있었고, 신라의 군선임을 밝히는 군기軍旗는 질서정 연하게 늘어서 위용을 과시할 준비를 끝냈다. 각각의 배에는 창과 화살 등 무기를 비롯하여 군사들이 먹을 군량과 물이 넉넉히 실렸 다. 특별한 것은 각각의 뱃머리에 한 마리씩 실려 있는 목각의 사자 였다. 사람 키 한 길 남짓한 높이에 여러 색의 천과 실로 맹수 흉내 를 낸 목각사자는 그 형상이 제법 으스스했다.

"이 목각사자는 뭔가?"

신수라의 질문에 유강은 빙긋이 웃기부터 했다.

"대장군님이 자네 목마 이야기를 들으신 뒤 사자탈춤을 보시다 가 계책을 생각해내 만들라 명하셨네."

"저건 사람도 몇 못 들어갈 것 같은데 어찌하시려고?"

"글쎄, 아직 그에 관한 자세한 명은 없으셨네. 두고 보게."

말과 달리 웃음을 머금은 것으로 보아 유강은 시침을 떼는 것이 틀림없었다. 해전도 처음이지만 기상천외의 계책이 펼쳐질 것 같 아 신수라는 내심 기대가 커져갔다.

마침내 서쪽 산맥으로부터 불어온 바람에 군기가 펄럭거리기 시 작했다. 모든 군선에서 술렁임이 일며 군사들이 바쁘게 움직였다. 대장군은 구름의 흐름과 바람의 세기를 잔뜩 신경 곤두세워 유심 히 살폈다.

군사들이 미리 준비해둔 주먹밥으로 요기를 하고 목을 적신 뒤 인 정오 무렵, 마침내 큰 바람이 일기 시작하자 대장군이 명했다.

"출전하라!"

"출전! 출전이다! 돛을 올려라!"

복명과 함께 지휘선의 큰 북소리가 만을 가로질러 울려 퍼졌다.

백 척이 넘는 군선이 일제히 돛을 올리자 금세 하늘이 누렇게 가려졌고 그 기세는 장엄하기 이를 데 없었다. 제일 먼저 만을 빠져나온 지휘선은 동남쪽으로 방향을 잡아 선단을 이끌었다.

"노를 저어라!"

대장군의 명 한마디가 북소리의 신호로 전파되자 전체 군선은 일사불란하게 노를 저어 속도를 높였다. 바람이 거세지면 노를 거두어 병졸을 쉬게 했고, 다시 바람이 잦아들거나 방향을 달리할 때는 노를 젓게 했다. 맑은 날이면 육지에서도 눈으로 볼 수 있다지만 아직 울릉섬의 모습은 눈에 들어오지 않았다. 그래도 이미 익혀둔 해로를 따르면 어두운 밤이라 할지라도 크게 벗어나 길을 잃지는 않는다고 했다.

긴 장검을 허리에 차고 뱃전에 우뚝 서 있는 대장군 이사부의 뒷모습에서는 늠름한 기상이 넘쳐났다. 좌우를 지키는 신수라와 유강도 장군의 풍모가 당당했으나 특히 금발머리를 바람에 펄럭이는 신수라의 모습은 아름답기까지 했다.

19

우산국 우해왕

우해왕은 깊은 잠에 빠져 있었다. 풍미녀를 잃은 뒤로는 날마다 술에 빠져 살았는데 오늘도 새벽녘까지 술상을 물리지 않다가 한시진쯤 전에서야 잠자리에 들었다. 코고는 소리에 방 안이 들썩거릴 정도이니 아직도 용력은 '우산국 바다 왕'이라는 이름에 걸맞았다. 그러나 이치를 판단하는 총기는 구름에 가려진 하늘처럼 흐려졌고, 우락부락한 외모처럼 가뜩이나 우악스럽던 성정은 이제는 아이의 울음소리가 귀에 거슬려도 불같이 화를 내며 고함치도록 거칠어졌다. 우산국 백성들의 마음 깊은 곳에 점점 불만이 쌓여가고 있었지만 그래도 여전히 그를 왕으로 섬기며 따랐다.

"적이다! 신라 군사가 쳐들어왔다!"

악몽을 꾸는지 잔뜩 찌푸려진 얼굴로 꿈속을 헤매는 우해왕의 귀에는 무슨 소리인지 그저 아련했다.

"주군, 신라군이 쳐들어왔습니다! 어서 일어나십시오!"

침상 곁까지 달려온 시종의 다급한 음성이 귀에 들어오자 우해왕은 벌떡 자리를 박차고 일어났다.

"칼, 내 칼!"

얼결에도 칼부터 찾아 드니 역시 왕은 왕이었다. 풍미녀를 데려올 때 대마도주로부터 선물받아 패용하는 묵직한 환도를 한 손에 움켜쥔 우해왕은 다른 한 손으로 흘러내리는 허리춤을 추스르며 구르듯이 언덕을 한달음에 내려와 바닷가로 달렸다.

해변에는 벌써 우해왕의 군사 한 무리가 칼이며 창이며, 저마다의 병장기를 손에 쥐고 운집했으나 대와 오를 지은 것이 아니라 뒤섞인 군중이었다.

"뭐냐!"

"주군, 저길 보십시오!"

장수 하나가 가리키는 바다 쪽을 향해 두 눈을 끔뻑거리던 우해왕은 손가락으로 눈가에 묻은 눈곱을 떼고서도 잠시 더 눈을 비빈 뒤에야 시야가 열렸다. 비로소 그의 두 눈이 휘둥그레 커졌다.

"저, 저 신라 놈의 새끼들 뭐하는 거야?"

바다를 메울 듯 백여 척이 넘는 군선이 우산국 군선 조금 뒤쪽에 나란히 늘어선 채 위용을 과시하고 있었다. 그러나 위용만 과시할 뿐 화살 사거리에 드는 우산국 군선에조차 아무런 공격을 가하지 않고 있었다.

울릉섬은 포구도 좁을 뿐 아니라 여기저기 바닷속에 숨어 있는

암초가 많아 큰 배가 드나들기에 위험이 컸다. 그래서 앞바다에 익숙한 그들조차 외해에 군선을 정박시켜두고 작은 쪽배로 군사와 물자를 이동하고 나르는 터였다.

"신라 군선이 밤을 도와 새벽녘에 도달해 뒤늦게 발견한 모양입니다."

"올빼미 같은 놈들! 우리 군선에서 경계 서던 놈들은?"

"새벽녘이라 방심하고 잠에 들었는지……."

장수가 우물쭈물 말끝을 흐리자 우해왕은 벽력같은 고함을 내질렀다.

"이런 빌어먹을 놈의 새끼들! 모조리 목을 벨 테다! 야, 물!"

목이 타는지 물을 찾자 쫓아온 시종이 윗도리부터 내밀었다.

"물! 물!"

윗도리를 받아 걸치는 우해왕의 몸통은 근육과 상처로 뒤덮여 그냥 보는 것만으로도 섬뜩할 지경이었다. 시종이 다시 건네는 물그릇을 단숨에 비운 우해왕은 팔뚝으로 쓱 입가를 문지르고 옷깃도 여미지 않은 채 비릿한 웃음을 흘렸다.

"찢어죽일 놈의 새끼들! 그래, 어디 한번 들어오려면 와보라지!"

"어찌할까요?"

"뭘 어찌해! 제놈들 전선이 백 척이면 뭐하고 천 척이면 뭣할 테냐. 어차피 한 대도 배를 대지는 못할 테니, 쪽배로 들어오는 족족 화살로 심장을 뚫고 목을 베면 될 일을!"

딴은 그랬다. 그러나 한 번도 본 적 없는 대규모 선단의 정연한 위용에, 이미 지도자에게서 마음이 떠난 백성과 군사들은 잔뜩 겁먹은 얼굴을 펴지 않았다.

　아직도 부연 여명 속에 구름을 중턱에 걸치고 우뚝 솟아오른 울릉섬의 최고봉(성인봉)은 신비한 기운을 가득 품어 보는 이의 가슴을 저절로 서늘하게 했다. 바로 눈앞에 정박한 우산국 전선의 군사들은 대적도 하선도 못 한 채 어찌할 바를 몰라 우왕좌왕했고, 멀리 해변에 늘어선 군사들은 엄정한 군기라고는 찾아볼 수 없는 오합지졸의 형세였다. 반면 신라군은 울릉섬 앞바다에 닻을 내리기 전에 이미 모든 군사의 배까지 든든하게 채우고 전열을 가다듬었으니 자신감이 넘쳐났고 군세는 번듯했다.

　지휘선 뱃전의 대장군 이사부는 미동도 없이 무엇인가를 기다리고 있었다. 신수라는 궁금했으나 신라군 진영 전체의 침묵이 너무도 고요해 마른 침을 삼키기도 조심스러웠다.

　동쪽 바다 끝에서 붉은 기운이 서서히 번지더니 천지사방에 점차 밝은 기운이 퍼지기 시작했다. 그런 뒤에는 한순간 갑자기, 펄펄 끓는 불길 같은 붉은 태양이 바닷물을 뚫고 올라오듯 불쑥 치솟았다. 아, 그 장엄함이라니! 드디어 바다 위에는 갈매기를 비롯한 여러 바닷새의 힘찬 날갯짓이 시작되었고, 사방은 눈이 부시도록 환해 천 리 바깥도 한눈에 들어올 것 같은 새 세상이 펼쳐졌다.

　멀리 해안가에서 갑작스레 웅성거리는 기운이 느껴지는 순간, 대장군 이사부의 입이 열렸다.

"운이 좋았다. 천지신령과 신라 조상님들의 보살핌 덕분이리라."

해류와 바람이 맞춤해 여명이 밀려들기 직전의 깊은 어둠 속에서 배를 정박할 수 있었던 것과 구름이 두텁지 않아 밝은 햇빛에 멀리까지도 시야가 열린 것을 두고 하는 말이었다.

대장군이 오른팔을 허공으로 올렸다가 빠르게 내리자 지휘선의 장수는 힘차게 북을 한 번 두드렸다. 신라 선단 전체 군사의 움직임이 날렵한 가운데 각 군선마다 준비한 불화로를 꺼내 화살 끝에 불을 붙였다.

대장군의 팔이 한 번 더 허공을 가르자 장수는 북을 두 번 두드렸다. 준비한 불화살이 일제히 허공을 갈라 우산국 전선으로 날아들자 순식간에 비명 소리가 사방으로 번졌다.

또다시 대장군의 팔이 허공에 치켜졌다 내려오자 장수는 북채를 세 번 휘둘렀다. 그러나 이번에는 아무런 변화가 없었다. 다만 뱃전에 엎드린 군사들만 조심스레 바빴다. 허둥지둥 화살이라도 맞받아 쏘려다가 다시 울리는 북소리에 기함하던 우산국 군사들이 오히려 어리둥절했다.

마침내 네 번의 북소리가 대장군의 신호로 울려 퍼지자 전대미문의 기이한 일이 벌어져 뭇사람을 놀라게 했다. 까닭 모르게 뱃전을 지키고만 있던 낯설고 무시무시한 짐승의 입에서 천지를 태울 듯한 화염이 뿜어져 나오는 게 아닌가. 그뿐인가. 화염의 검은 연기 사이로 날아오는 화살도 분명 그 짐승의 입에서 나오는 것인데 한 발이 아니라 한꺼번에 10여 발이 쏟아지니 혼비백산 기절초풍하여, 불타는 전선의 군사들은 그저 앞다투어 바닷물 속으로 뛰어들기에 바빴다.

"저게 뭐냐! 으악, 악귀다! 불귀신이다!"

이미 사방이 밝아져 적선을 또렷이 볼 수 있을 때부터 뱃전에 버티고 서 있는 기이한 짐승의 모습에 기가 질려 있었다. 그런데 그 흉악스러운 짐승의 입에서 불이며 화살이 쏟아져 나오니 백성은 물론이고 군사들까지 산을 향해 돌아서 냅다 뛸 기미였다.

"멈춰라! 한 발이라도 물러나는 놈은 내가 모조리 목을 벨 테다!"

우해왕이 쩌렁쩌렁한 고함과 함께 묵직한 환도를 허공에 휘두르자 군사는 물론이고 백성들까지 흠칫 놀라 제자리에 멈춰 섰다.

"악귀든 불귀신이든, 울릉섬에 발길을 들여놓을 놈은 없다! 들어서는 족족 내가 벨 것이다!"

그제야 장수들도 칼을 뽑아들고 군사와 백성을 어르기는 했지만 그들의 얼굴 또한 창백하게 질려 있기는 마찬가지였다.

신라군 군선 짐승의 입에서는 여전히 화염과 화살이 토해지고 있었고, 물에 뛰어든 군사들이 헤엄쳐 해변에 도달할 때에는 이미 우산국 군선 대부분은 검은 연기와 함께 바다 밑으로 가라앉고 있었다.

"무시무시합니다! 화살을 한 번에 열 발도 더 쏩니다!"

"분명히 털 있는 짐승인데 불을 뿜으면서도 제 몸에는 불이 붙지 않습니다! 쇠로 된 털입니다, 쇠털!"

"불을 뿜을 때 그 울음소리는 얼마나 무시무시하던지……."

물에 빠진 생쥐 꼴로 해변에 올라선 군사들은 넋이 나가 제멋대로 지껄이고 있었다. 일부러 거짓말을 하는 것이 아니라 혼비백산한 정신에 바닷새의 날갯짓, 구름의 그림자, 바람에 흔들리는 검은 화염이 모두 제각각의 환각을 만든 것이었다.

"불을 내뿜다가 펄쩍 뛰어오르면 단번에 열 길도 더 날아오른 것 같습니다!"

"이놈이 어디 헛소리를!"

묵직한 환도를 뽑은 우해왕은 군사의 목을 단칼에 베어버렸다. 넋이 나갔던 군사의 머리는 허공을 날아 다시 바닷물 속으로 빠졌고 잘린 목덜미에서는 시뻘건 피가 분수처럼 뿜어졌다. 군사와 백성 모두가 치를 떨며 고개를 돌렸다.

"모두 거짓말이다! 보았지 않느냐! 저 짐승은 움직이지 않는다! 헛것을 본 것이다!"

우해왕이 길길이 날뛰는 순간, 군사와 백성들은 또 일제히 비명과 고함을 내질렀다.

"아니다! 움직인다!"

"으악, 이리로 날아오려 한다!"

우해왕이 돌아보니 과연 뱃전의 기이한 짐승들이 꿈틀꿈틀 요동치고 있었는데 마치 단숨에 섬 안으로 날아들 기세였다. 그래도 우해왕은 환도를 휘두르며 두 눈을 부릅뜨고 고함쳐 군사와 백성의 동요를 억눌렀다.

이사부 대장군은 이번에는 양팔을 넓게 펼쳤다 내렸다. 장수가 북채를 빠르게 두 번 휘둘러 소리가 울리자, 전선의 군사 모두는 각각의 뱃전에 정렬해 입가로 두 손을 가져갔다. 소리칠 준비를 하는 것이었다.

둥—! 둥—! 둥—! 세 번째 북소리를 신호로 한소리가 된 함성이 천지를 쩌렁쩌렁 울렸다.

"우해왕은 들어라! 지금 즉시 창과 칼을 거두고 항복하지 않으면 이 사나운 짐승을 놓아 너희를 모두 짓밟아 죽일 것이다!"

함성이 끝나자 금방이라도 날아갈 듯 목각사자가 온몸을 들썩거리는 그 위용이 자못 위협적이었다.

"우해왕은 들어라……!"

그렇게 두 번 더 소리쳐 뜻을 명백히 알린 뒤 다시 북을 울리자 함성이 바뀌었다.

"이제 사자使者를 보낼 테니 정중히 맞아 너의 생각을 밝히라!"

대장군 이사부는 유강에게 턱짓을 했다. 미리 짜 맞추었던 듯 유강은 하선을 준비했다. 신수라가 나섰다.

"대장군, 소장이 가겠습니다!"

갑작스러운 말에 이사부는 눈살을 찌푸렸다.

"계책은 어긋남이 없어야 한다!"

그래도 차마 '공이 세우고 싶더냐?'는 말은 내뱉지 않았다.

"저를 믿어주십시오."

신수라는 서둘러 투구와 철갑옷을 벗더니 씬스라로프의 옷을 차려입었다. 과연 신라 사람이 아님을 누구라도 알 수 있었다.

"저 목각사자는 삼한 땅의 짐승이 아닙니다. 소장이 저들에게 사자로 가서 멀리 서역에서 데려온 것이라고 위협하면 더욱 두려움에 떨 것입니다."

이사부는 잠시 생각하는 기색이었지만 여전히 고개를 가로저었다.

"그 말에도 일리는 있지만 내 진정 바라는 바는 다른 것이다."

"잘 알고 있습니다. 그저 승리하는 것이 목적이 아니라 무고한 백성과 군사의 피를 보지 않고 스스로 승복하게 하려는 뜻이지 않습니까?"

이사부는 신수라가 그런 이치까지 깨달았다는 것이 기특했지만 내색하지는 않았다.

"공을 탐해서가 아닙니다. 사자가 실패하면 목각사자는 아무런 소용이 없게 됩니다."

그르지 않은 말이었다. 이사부는 결심한 듯 신수라에게 물었다.

"저자들은 이전에도 사자를 죽인 적이 있다."

"이미 신라에 진 빚이 크옵고, 지금 저는 신라 사람입니다."

이사부가 유강을 돌아봤다.

"대장군, 함께 가겠습니다."

"좋다, 두 장군은 함께 가서 반드시 적을 복종케 하라!"

벌떡 일어선 신수라는 품 안에서 금색 머리띠를 꺼내 이마를 질끈 묶었다.

"제가 이 머리띠를 풀어 흔들면 목각사자가 두 발을 높이 치켜들어 마치 금방 날아오를 것 같은 기세를 보여주십시오.”

“알았다, 좋은 계책이다.”

신수라와 유강은 배에서 내려 작은 쪽배로 옮겨 탔다.

겁에 질려 사색이 된 백성과 군사들은 여전히 우해왕의 기세에 눌려 이러지도 저러지도 못한 채 해변에 퍼질러 있거나 망연히 서 있었다.

“저기 사자라고 달랑 두 놈이 오는 모양입니다.”

장수의 보고에 우해왕은 고개를 돌려 두 눈을 치켜떴다.

“이놈들, 모래밭에 발을 딛는 순간 내 손수 목을 날려주리라!”

“주군, 사자는 아니 됩니다. 이미 전에도 사자의 목을 벤 적이 있어 오늘 일이 이리 되었습니다. 부디 자중하십시오!”

“무슨 소리! 그깟 짐승 놈 올 테면 오라지! 이 울릉섬의 산세면 제아무리 날랜 짐승이라 해도 우리 화살을 피하지 못해!”

우해왕의 강경함을 장수 하나가 거들고 나섰다.

“그렇습니다, 지레 겁먹을 거 없습니다.”

“그래도 사자의 말을 들어보고 우리 뜻을 전하는 게…….”

“이런 장수란 자가!”

“뭐야! 자넨 저기 겁에 질려 있는 우리 백성들이 눈에 들어오지도 않는가!”

갑론을박이 이어지는 동안 우해왕은 생각에 잠겼다. 사자를 참한 것은 결코 옳은 일이 아니었다. 몇 해 전까지만 해도 왜구는 수시로 우산국 이곳저곳에 상륙하여 약탈하고 내빼던 도적떼였다. 대마도 정벌에 나선 것도 그 때문이었다. 그런데 대마도주란 자의 달콤한 혀와 풍미녀의 아름다움에 취해 그만 꿈속에 빠져들었던 것이다. 이제는 일장춘몽이 되어버렸어도 풍미녀에 대한 그리움은 여전했지만 밀려드는 후회 역시 자신이 감당할 몫이었다.

그새 쪽배에서 내린 두 사람이 해변에 발을 딛고 있었다. 강경한 대응을 주장하던 장수들이 번쩍 칼을 뽑아들고 우르르 몰려갔다. 사자를 맞던 장수들은 우해왕을 향해 다급한 눈길을 보냈고, 몰려가는 장수들을 뒤따르려고 칼을 드는 군사도 있었다. 우해왕은 번쩍 한 팔을 들어 뒤따르려는 군사들을 제지했다. 달려간 장수는 열이었다. 둘이서 열을 감당하지 못할 정도라면 그리 두려워할 적수는 아니라는 생각이었다.

"멈춰라! 신라 놈들이 어디 우산국에 발을 디디는가!"

맨 앞에 달려간 장수가 번쩍 칼을 쳐드는 순간 신수라의 검이 힘차게 허공을 갈랐다. 쩍―! 하는 소리와 함께 장수는 치켜든 칼과 함께 어깻죽지가 몸뚱이에서 갈라져 모랫바닥 위에 떨어졌다. 뒤따르던 아홉의 장수가 흠칫 제자리에 멈춰 섰다.

"신수라!"

"봐라, 적의 대장이 우리를 지켜보고 있다. 여기서 밀리면 그대로 끝이다."

유강도 그제는 신수라의 곁에 나란히 섰다. 그러나 신수라는 미처 숨 돌릴 틈도 없이 그대로 짓쳐 들어갔다.

"진을 형성하면 시간이 걸린다!"

아홉의 장수가 막 짜려던 진의 한가운데를 가르며 신수라의 검이 높이 치켜졌다.

쨍―! 검이 비명 소리를 내며 부딪쳤지만 신수라의 검날은 그대로 장수의 목으로 밀고 들어갔다. 흐억―, 맥없는 소리와 함께 목이 굴러떨어져 모래 위를 굴렀다.

우해왕의 눈빛이 반짝거렸다. 칼은 분명 양면에 날을 세운 검劍인데 한 날의 도刀를 쓰듯 했고, 허공에서 내려올 때는 새털처럼 가벼운 듯한데 상대의 칼과 부딪칠 때에는 전신의 힘이 실리는 것 같았다. 신라인과 왜구들에게서는 찾아볼 수 없는 검법이었다.

셋, 넷, 다섯, 여섯, 일곱. 딱 그만큼을 베는 데 두 번 칼을 휘두른 건 두 차례 뿐이었다. 나머지 셋은 뒤쪽의 신라 장수가 베었는데 둘 다 숨소리조차 고요했다. 우해왕은 자신의 환도를 들고 느릿느릿 발길을 떼었다. 그래도 군주인지라 어쩔 수 없이 따르는 장수들이 있으니 군사들도 칼을 뺐다.

"머리띠."

적을 베는 데 집중해 생각을 접은 신수라를 유강이 깨우쳤다. 신수라는 재빨리 머리띠를 풀어 크게 흔들었다.

으악―! 우해왕의 뒷전에서 놀란 비명 소리가 크게 울렸다. 금방이라도 날아오를 듯 두 발을 치켜세우는 신라 뱃전의 사자는 진실로 두려웠고, 우해왕까지 멈칫하게 했다.

"나는 멀리 서쪽에서 온 썬스라로프다! 지금은 신라 장군 신수라

196

이다만 저 짐승들은 내가 데려온 사자다. 내 손짓 한 번이면 당장 물을 뛰어넘어 달려올 것이다!"

벌써 붉은 피로 전신을 적셔 악귀의 형상인 신수라가 다시 금색 머리띠를 휘두르자 사자는 또 길길이 날뛰었다.

"주군, 살려주십시오!"

"어찌 짐승의 밥이 되라 하십니까!"

"주군, 어쩔 수 없습니다!"

"백성을 생각하십시오, 주군!"

백성의 통곡을 시작으로 군사들까지 애원의 눈물을 흘리자 우해왕도 어쩔 수 없었다. 그가 맥없이 칼을 아래로 내리자 따르던 군사들도 칼을 칼집에 넣으며 슬금슬금 뒤로 물러섰다. 그래도 우해왕은 신수라라는 자와 한번 겨루고 싶었다. 바람에 휘날리는 금빛 머리카락, 붉은 피를 뒤집어쓰고서도 귀한 빛을 감추지 못하는 형형한 아름다움, 생전 처음 보는 기이한 복장……

유강이 앞으로 나섰다.

"우해왕은 들으시오. 우리가 원하는 것은 살육으로 얻는 승리와 영토가 아니오. 우산국의 백성이 신라의 백성이 되기를 원한다면 받아들이려 함이오. 신라 또한 우산국의 백성이 신라의 백성이 되기를 원하오. 진실로 백성을 사랑하는 군주라면 백성을 위협해 피 흘리기를 원할 것이 아니라 그 백성의 뜻을 따라야 할 것이오. 그것이 곧 아비의 마음이고 어미의 마음이니, 군주가 부모 된 마음을 버리거나 잊는다면 그 자식 되는 백성에게는 피눈물의 고통만 따를 뿐이오. 자, 우해왕께서는 우리 이사부 대장군을 맞아 지엄한 신라 국왕의 뜻을 들을 것이오?"

"흐흑, 군주님……."

"살려주십시오."

"저에겐 아직 핏덩이가 둘이나 있습니다, 군주님……."

여기저기서 터져 나오던 백성들의 흐느낌은 이내 통곡이 되었다. 넋이 빠진 얼굴로 물끄러미 신수라를 바라보던 우해왕은 맥 빠진 웃음을 흘리며 입을 열었다.

"그쪽 금발머리 장군은 신라에는 무슨 연유로 왔소?"

"드는 사람 막지 않고 나가는 사람 붙잡지 않는 자유와 자비의 나라라기에 잠시 몸을 의탁하러 왔소."

덤덤한 신수라의 대답에 우해왕은 풀썩 먼지 같은 웃음을 날리고 환도를 칼집에 넣었다. 유강은 바다를 향해 크게 손을 흔들었다.

창검과 기치가 자못 장엄하게 늘어선 군막 앞에 대장군 이사부가 섰다. 그 좌우에는 신수라와 유강을 비롯한 장군들이 한발 떨어져 날개처럼 늘어섰다. 군막 옆 해변의 좌우에는 제각기 창과 검, 활로 무장한 군사들이 대와 오에 흐트러짐 없이 줄지어 도열하니 그 기세는 가히 짐승과 초목을 떨게 했다. 맞은편, 무장을 해제한 채 줄지어 무릎을 꿇은 우산국 군사들 뒤로는 제법 높은 바위 위에 아직도 환도를 버리지 않은 우해왕이 걸터앉아 있었다. 우산국의 백성들은 그보다 더 떨어진 오르막 아래에서 저마다 어린 자식을 품에 안거나 늙은 부모를 부축한 채 낙담과 한숨의 눈물을 짓고 있었다.

"우해왕에게 묻노라! 진실로 나라를 들어 신라에 항복하겠느냐?"

이사부의 쩌렁쩌렁한 목소리에도 우해왕은 허탈하기는 하지만 두렵지 않은 태도로 말을 받았다.

"먼저 묻겠다. 내 백성을 신라의 백성으로 받아 차별 없이 대하고, 원하는 자는 울릉섬에서 대를 이어 살도록 약속하겠나?"

"신라 국왕의 이름으로 약속한다!"

"신라 국왕 만세! 신라 만세⋯⋯!"

안심한 백성들의 환호가 한참 동안이나 계속되었다. 우해왕은 씁쓸한 웃음을 짓다가 환호 소리가 잦아들자 다시 말을 이었다.

"나를 따르던 군사들은 어찌할 것이냐?"

"그간의 죄를 따지면 모두 중벌에 처해야 마땅하나 이제 신라의 백성이 되었으니 불문에 부치겠다. 또한 그들에게는 현재의 직을 유지하여 이 울릉섬과 더 동쪽의 독섬을 외적으로부터, 특히 왜구가 다시는 얼씬거리지 못하도록 방비할 것을 명한다. 다만, 마지막까지 칼을 놓지 않았던 장수는 그 직을 면하고 서라벌로 압송한다. 그러나 특별한 생업의 기술이 없어 계속 군무에 종사코자 하는 자는 군사로서 신라군에 편입할 수 있을 것이다."

독섬의 '독'은 울릉섬의 방언으로 돌을 칭하여 돌섬의 뜻이니, 오늘날의 독도이다. 돌섬은 예로부터 울릉섬의 백성들이 고기잡이를 나갔다가 풍랑을 만나면 잠시 피신하기도 하는, 울릉에 딸린 섬이었다.

우해왕은 바위에 걸터앉은 채 부하들을 내려다보며 웃음인지 울음인지 모를 소리를 흘렸다.

"흐흐흐, 이놈들아 군사라도 감지덕지해라! 생선 비린내는 모자라도 신라에서 너희의 배는 곯리지 않을 거다."

"주군! 흐흑…….."

눈물을 쏟는 장수들은 모두 압송할 대상이었다.

"누구를 새 군주로 삼을 것이냐?"

이어진 우해왕의 물음에 이사부는 백성들을 향해 눈길을 돌렸다.

"너희 중에 누가 가장 신망이 높더냐?"

백성들은 서로의 눈치를 살폈지만 결국은 나이 지긋한 노인에게로 눈길이 모아졌다.

"그대의 이름을 말하시오."

지목당한 노인이 엉거주춤 일어섰다.

"저는 그저 석술이라 부릅니다."

"좋은 이름이오. 오늘부터 여기 울릉섬을 우산도라 칭하고 석술을 그 군주로 삼는다. 우산도의 군사들은 석술의 명을 받들어 방비의 군무에 만전을 기하라!"

"청이 하나…… 있사옵니다, 대장군."

석술은 두려움에 어깨를 바들바들 떨면서도 고개를 들었다.

"무슨 청이냐?"

200

"우해왕께는 아직 젖먹이인 어린 딸이 있습니다. 이 섬의 아낙들에게 젖동냥이라도 해서 정성껏 키우고, 장성한 뒤에는 아비의 일을 말하지 않을 것이니 허락하여주십시오."

이사부는 크게 감복하여 고개를 끄덕였다.

"군주의 뜻이 참으로 가상하오. 그 의리를 높이 사 허락할 것이니 잘 키우도록 하시오."

힐끗 돌아보니 우해왕의 두 눈에서 굵은 눈물방울이 흘러내리고 있었다. 석술은 무릎을 꿇고 크게 절을 했다.

"은혜에 보답하고자 해마다 우산도의 특산물을 공물로 나라에 바치겠나이다."

"더 물을 것이 있느냐?"

이사부의 말에 우해왕은 벗어두었던 투구를 들고 느릿느릿 일어섰다.

"너는 본디 용렬하지 않은 군주였으나 대마도주에 회유되어 옳고 그름을 분별하지 못하고 왜구와 한통속이 되었다. 그 죄가 작지 않아 서라벌로 압송하여 죄를 물을 것이다. 그러나 너는 군주로서 나라를 들어 바쳤으니 우리 국왕께서 목숨을 거두지는 않을 것이다."

우해왕은 손을 들어 대장군 이사부의 말을 막았다.

"번거롭고 구차하다! 내 우산국의 왕으로서 잠시 실덕하였다만 우리 백성을 아끼는 마음 여전하고 울릉섬에 대한 사랑 또한 깊다. 저 뱃전 불사자의 위용이 자못 거창하니 저 짐승들로 하여금 영원히 이 울릉섬을 지키게 해다오."

"그리할 것이다."

선선한 이사부의 대답에 우해왕은 한번 크게 너털웃음을 웃고 투구를 힘껏 바다를 향해 내던진 뒤 자신의 몸도 홀연히 던졌다.

우산국의 백성과 군사들은 모두 바다를 향해 절하며 통곡했다. 대장군 이사부가 적장을 향해 정중히 군례를 올리자 신라의 군사들도 뒤따랐다.

이사부 대장군은 우산국을 떠나기 전 우해왕의 소원을 들어주고자 목각사자를 모두 바다에 띄웠다. 훗날 울릉섬의 사람들은 목각사자와 우해왕의 투구를 향해 하늘에서 뇌성벽력이 떨어지더니 사자바위와 투구봉이 되었다는 이야기를 전했다.

20

대마도

"이사부 대장군 만세! 대장군 만세! 신라군 만세……!"

개선의 행렬을 맞는 서라벌의 백성은 기쁨을 감추지 못하며 신라군과 이사부 대장군을 칭송했다. 그러나 환호성이 커지면 커지는 만큼 질시하는 이도 있었으니 이른바 귀족과 토호들이었다.

"아직 새파란 놈한테 무슨 대장군이야."

"그나마 어려서 정치를 모르니 다행이지."

"암, 더 크면 무슨 짓을 저지를지 모르니 이쯤에서……."

신수라도 이런 환호성을 들어본 기억이 있었지만 벌써 너무 아득한 기억이 되어버린 것 같았다. 아마도 지난번 서역 상인과의 만남 뒤부터일 것이었다. 바다도 배도 처음이었던 신수라는 비로소 생긴 의문에 진작부터 골몰해 있었다.

"신수라 장군, 자넨 무슨 생각을 그리 골똘히 하고 있나?"

"생각은 무슨? 이 함성에 무슨 생각을 하겠나."

유강의 소리에 정신을 차린 신수라가 시침을 뗐다.

"하하, 하긴 그래. 자네 공이 컸으니 아마 왕께서 큰 상을 내리실 걸세."

"공은 무슨……."

고개를 돌리려던 신수라는 다시 유강에게 눈길을 맞췄다.

"유강 장군, 서라벌에는 포구가 어디 있나?"

"뭐? 이 사람, 서라벌에 무슨 포구가 있어."

"그렇지? 그럼 서역……."

"아, 저기 상화 공주님이 궁 밖까지 마중 나와 계시는군."

상화의 모습이 보이자 유강은 오직 그녀에게 눈길을 고정한 채 허리와 어깨를 펴고 한껏 늠름한 자세를 했다.

조당에는 각급의 귀족과 신하들이 그 관등과 직위에 따라 나란히 도열했다. 황금빛 옥좌 위에는 눈부신 금관을 쓴 왕께서 근엄하게 자리했고, 좌우로는 왕비와 왕자, 상화를 비롯한 여러 공주가 시종들과 나란히 시립했다. 좌우로 늘어선 귀족과 신하들 가운데에는 신수라, 유강 등 정벌에 나섰던 여러 장수들이 한쪽 무릎을 꿇고 있었고, 그들의 맨 앞에서는 대장군 이사부가 의연히 서서 전과를 보고했다.

긴 보고가 끝나자 왕께서 크게 치하하신 뒤 일일이 포상을 내리셨다. 포상의 대부분은 관등과 직위를 높이거나 식읍과 노비를 하사하는 것이었다. 신수라의 차례였다.

"신수라 장군이 그처럼 큰 공을 세울 줄 내 몰랐도다. 너에게 왕궁 가까운 곳에 집과 더불어……."

"전하, 감히 송구하오나 소장은 지금 기거하는 곳이 있는 데다 가족도 없으니 따로 집을 하사하시면 폐가가 되어 죄를 지을까 두렵습니다."

왕의 말씀을 가로막으니 잠시 용안이 어두워지셨으나 말을 듣고 보니 일리가 있었다.

"그렇구나. 그럼 내가 무엇을 내리면 좋겠느냐?"

"전하, 신수라 장군은 소녀가 필요한 것을 알아 조처토록 하겠나이다."

상화가 나서자 왕께서는 이번에도 고개를 끄덕이셨다.

"장수에게 갑옷은 한 몸이거늘 그것으로 포상이 되겠느냐? 공주는 더 후하게 보살피도록 하여라."

왕의 농 같은 말씀에 조당에는 잠시 웃음이 돌았다.

"이제 대장군 이찬 이사부의 포상만 남았구나."

"소장, 그 전에 먼저 아뢰올 말씀이 있습니다!"

또 감히 왕의 말씀을 막는 것인데도 왕께서는 잠깐의 어두운 기색도 비치지 않으셨다.

"그리하라."

"이제 울릉섬을 정벌하여 독섬을 비롯한 동쪽 바다는 편안케 하였으나 여전히 왜구의 준동을 걱정하지 않을 수 없습니다. 그것은 남쪽 대마도가 왜구의 발판이 되고 있는 까닭입니다. 대마도는 거칠산군에서 맑은 날이면 눈으로 볼 수 있을 만큼, 울릉섬보다 더 가까워 예로부터 신라의 섬으로 여겼습니다. 또한 그들도 신라에 의지해 살며 신라의 백성 됨을 진실로 기쁘게 생각했습니다. 기근이 들면 곡식을 얻어갔고, 생활에 필요한 여러 물산을 신라 땅에서 가져갔으며, 사람이 살아가는 이치와 도리, 예법까지 모두 그러한 까닭입니다. 비록 왜와도 통교한다지만 그들과의 바닷길은 멀고, 아무런 도움도 받는 바 없으니 오직 교역일 뿐입니다. 그러나 근자에 들어 우리 신라가 그들에게 관심을 소홀히 하는 사이 왜의 군사들이 수시로 드나드니 그 위세에 눌려 눈치를 살피는 실정입니다. 더하여 이제는 그들이 스스로 도둑이 되기도 하고, 왜구에게 길을 내주고 길잡이가 되기도 하니 그냥 두어서는 실로 깊은 화근이 될 것입니다."

조당에 술렁이는 기미가 있었으나 이사부는 개의치 않고 더욱 힘을 주어 말을 이었다.

"전하를 비롯한 왕공 귀족 모두가 아는 바와 같이 신라는 아주 오랫동안 왜구의 침탈에 인명과 재물 등 여러 크나큰 피해를 입었고, 그런 피해가 앞으로도 끊이지 않을 것은 불 보듯 자명한 일입니다. 이제 그 뿌리를 제거하여 남쪽 바다 역시 편안케 하심이 옳을 것이니 대마도를 정벌하여 복속하고 신라의 군사로 방비하면 감히 왜구가 얼씬거리지 못할 것입니다. 하오니 소장에게 지금 대마도 정벌의 명을 내려주소서."

"불가합니다!"

귀족 중의 한 사람이 소리치자 금세 조당이 술렁거리기 시작했다. 그러나 왕께서도 단호했다.

"더 들어보도록 하시오! 아직 대장군의 말이 끝나지 않았잖소!"

왕의 말씀이 지엄하시니 귀족들도 어쩔 수 없이 소란을 멈췄다. 이사부는 다시 말을 이었다.

"우리의 군사들은 이번 정벌을 통해 해전에 익숙해졌으며, 단 한 사람도 상하지 않고 승전해 지금 그 사기는 하늘을 찌를 듯 높습니다. 또한 우산국 정벌에는 불과 몇 백 발의 화살을 사용한 것뿐이니 군선과 장비도 그대로입니다. 명을 내리시면 즉시 출정할 수 있사오며 한 번의 전투로 뜻을 이룰 수 있습니다. 윤허하여주십시오!"

"불가합니다! 대마도를 어찌 우산도에 비하겠습니까!"

"그러합니다, 이번에는 계책이 통했어도 더는 속임수가 통하지 않을 것입니다!"

"우선은 전쟁에 지친 병사들을 쉬게 하고 다음을 기약하소서!"

그러나 이사부도 물러서려 하지 않았다.

"지금 신라는 국왕께서 즉위하신 이후로 오랫동안 전란 없이 평온하여 마땅히 작은 정벌전을 치르기에 충분한 국력입니다. 이런 호기를 버리고 다시 우환을 겪는다면 두고두고 후회할 것이며 자손만대 부끄러울 것입니다. 부디 통촉하옵소서!"

"역대로 수많은 신라의 명장들이 있었습니다! 지금 이사부의 발언은 그들을 모독하는 것이옵니다!"

"젊은 혈기일 뿐입니다! 윤허하셔서는 아니 되옵니다!"

신라는 본디 6부 부족 연맹으로 시작한 나라로서 각 부족의 귀족들로 구성되는 화백和白회의를 운영했다. 이들 진골 이상의 귀족들로 구성된 화백회의는 만장일치제를 채택했는데, 중요한 국사는 물론이고 때로 국왕의 선출을 결정하여 왕권을 견제하기도 했지만 장애가 되기도 했다. 그러니 귀족의 치열한 반대 속에 오직 왕명만으로 대마도 정벌을 결정하면 뒤에 다른 일에서 무슨 곤란을 겪을지 모를 일이었다.

왕께서 두 손을 내저으셨는데 피로한 기색이 완연하였다.

"알았소, 그만들 하시오. 대마도 정벌의 논의는 차후로 미룰 것이니 그리 아시오."

이를 위해 미리 대장군 이사부를 불러 숙의하기까지 했지만 결국은 뜻을 이루지 못한 것이었다.

『삼국사기』 등 실재하는 기록을 살펴보면 다음과 같다.

이사부 장군은 앞에서 본 대로 지증왕 15년이던 512년, 울릉도 정벌 이후 역사에서 사라진다. 장군이 다시 등장한 것은 진흥왕(眞興王, 재위 540~576년)조로, 541년(왕 2년) 지금의 국방부장관 격인 병부령兵部令이 되면서이다. 실로 화려하면서도 갑작스러운 29년 만의 재등장인 것이었다.

이후 장군은 545년(왕 6년) 왕에게 건의해 『국사國史』를 편찬케 하는가 하면, 550년(왕 11년) 고구려와 백제의 도살성(道薩城, 지금의 단양)과 금현(金峴, 지금의 제천)성을 빼앗는 등 신라가 한강 유역을 차지하는 데 크게 기여하였다. 562년(왕 23년)에는 대가야大伽倻의 반란을 정벌하고 멸망시켜 신라 삼국통일의 기반을 다졌으나, 그로부터는 영원히 역사에서 사라졌다.

이사부 장군의 죽음에 관한 기록은 없다. 처음 역사에 등장하고 사라진 동안의 기간은 실직주의 군주가 되던 505년부터 562년까지이니 47년간이다. 실직주는 군, 현보다 큰 행정단위였으니 그의 신분이 아무리 진골이었어도 20대 중반은 넘어서 부임했을 것임을 짐작할 수 있다. 결국 이사부 대장군은 70년 이상의 삶을 산 셈이다. 가장 궁금한 것은 지증왕의 원자로 대를 이은 법흥왕조 27년 내내, 왜 그는 홀연히 역사에서 사라진 것일까 하는 점이다. 참으로 안타까운 노릇이라 아니 할 수 없다.

실로 오랜만에 상화 공주와 마주하는 자리임에도 유강은 치밀어 오르는 울화를 삭이지 못해 연신 식식거렸다.

"이럴 수는 없습니다. 대장군님 말씀에 어디 그른 점이 있었습니까? 도대체 귀족들은 왜 대마도 정벌을 반대하는 겁니까?"

"고정하세요. 다수 귀족의 뜻이 그러하니 어찌하겠습니까."

"귀족, 귀족, 그놈의 귀족! 참으로 신라의 화근입니다."

상화는 주변을 살피며 목소리를 낮추라는 시늉을 해 보였다.

"말씀이 과하십니다. 벌써 술에 취하기라도 하신 겁니까."

"저 또한 진골의 신분입니다만 대부분 귀족들의 횡포는 부끄럽기 짝이 없습니다. 그들이야말로 토호가 아니고 무엇입니까. 저마다 지역을 기반으로 사병私兵의 숫자가 많게는 수천에 이르기도 해 숫제 드러내놓고 왕실을 위협할 정도입니다. 조정에 들어와서도 자신의 이익을 위해 서로가 이합집산할 뿐 도무지 나라의 장래는 눈곱만큼도 생각하지 않는 자들이니 어찌 화근이라 아니할 수 있습니까. 나라가 있어야 귀족도 있고 대신도 있는 것인데 해도 너무합니다."

유강은 분통이 터지는지 또 벌컥 술잔을 비우고 이야기를 이었다.

"생각이 있는 이들이라면 대마도를 그리 가벼이 여길 수는 없는 일입니다. 대마도를 온전한 신라의 땅으로 만들면 왜구는 감히 신라나 가야 땅을 침탈하려 들지 못할 것입니다. 왜국 조정의 전선이나 교역 상선이 아니라면 대마도를 거치지 않고서는 삼한의 땅에 쉽사리 발 디디기 어렵기 때문입니다. 생각해보면 그런 침탈의 배후에는 최소한 왜국 조정의 묵인이 있다고 봐야 합니다. 제 백성을 제대로 보살피지 못하는 까닭이겠지요. 대마도주는 그런 삼한과 왜국 사이에서 교역의 이익을 보려는 것이고요. 더 걱정인 것은 지금은 왜국이 우리 신라와 가야, 백제 등에서 많은 것을 배우고 얻어갈 것이 있으니 머리 숙이고 교통하지만, 언제라도 제 힘이 커지고 우리에게 내분이라도 생기면 반드시 큰 도적질을 하려 들 것입니다."

"유강 장군님의 큰 생각은 옳습니다. 그러나 대마도 정벌은 큰 전쟁이 될 테니 군사가 크게 상할까 염려하는 귀족들도 있습니다."

신수라는 공주의 말이 유강의 흥분을 가라앉히려는 뜻이라 생각했다.

"아닙니다. 사실 대마도에서 나오는 왜구는 왜구가 아니라 그저 배를 타고 온 도둑이라고 하는 게 맞을 정도로 큰 세력이 못 됩니다. 오죽했으면 백 리 남짓한 땅에 기껏 1만 정도의 백성들을 거느린 우산국 우해왕의 군사에 벌벌 떨고 아끼는 딸을 내줬겠습니까. 그들이 왜구가 되는 것은 왜국에서 건너온 진짜 왜구 놈들의 앞잡이, 길잡이 노릇을 할 때입니다. 그러니 우리 신라의 정예군이 닥치면 그들은 한순간에 항복하고 말 겁니다. 또 거리로 보더라도 대마도에서 왜국 가장 가까운 땅까지가 신라와의 그것보다 세 배나 됩니다. 아마 대마도 백성 중에서도 다수는 신라의 백성이 되기를 원할 것입니다. 그런데도 귀족이란 작자들은 반대, 예, 무조건 반대를 위한 반대를 하는 형상이니!"

주먹으로 탁자를 내리치는 유강의 비분강개는 깊은 사정을 모르는 신수라까지 고개를 끄덕이게 했다. 그러나 상화는 여전히 차분했다.

"귀족들이 그럴수록 왕권이 탄탄해야 합니다. 탄탄한 왕권은 백성의 마음에서 나오는 것이고요."

유강은 거슴츠레한 눈으로 잠깐 공주를 바라보다 맥없는 웃음을 흘렸다.

"왕권…… 그렇군요. 왕권이 있었군요, 왕권. 예, 잘 알았습니다."

그러고는 유강은 벌떡 자리에서 일어섰다.

"소장은 내일 대장군을 뵈어야 하기에 먼저 일어나겠습니다."

"함께 가시지요. 집까지 바래다드리겠습니다."

"아닙니다. 속이, 복장이 터질 것 같아서 좀 걷기라도……."

유강은 걸음을 휘청거리며 멀어졌고, 상화는 안타까운 기색을 비칠 뿐이었다.

"장군님은 어찌 생각하십니까?"

"뭘 말입니까?"

"유강 장군님 말씀에 대해서요."

신수라는 뭔가 이상한 기운, 더구나 마지막의 왕권이라는 말에 달라지던 유강의 태도가 떠올라 조심스러웠다.

"대마도를 복속하는 것은 신라의 장래를 위해서도 반드시 필요한 일인 것 같다는 생각입니다."

"그거야 당연한 말씀이지요."

"지금 신라의 군세나, 특히 군사들의 사기로 보아서는 승전도 큰 무리 없이 거둘 수 있을 것 같고요."

"그렇지만……."

상화는 말을 맺지 않았다. 전에 없던 일이었다. 뭔가 할 말이 있음에도 말머리를 찾지 못해 머뭇거리는 것이었다.

"나라와 사람, 어느 쪽을 더 우선으로 삼느냐는 문제 같다는 생각도 들었습니다."

신수라로서는 나름 어렵게 찾아낸 말머리였다.

"서쪽 나라들은 어떤 것을 우선으로 삼습니까?"

"모두 같다고 할 수는 없겠지요. 남쪽의 로마라는 나라에 대해서 들은 적이 있는데 그곳에서는 고대에 일반 백성들이 자신들의 지도자를 선출하기도 했답니다. 그러나 결국은 황제의 나라가 되고 말지요. 부왕께서도 백성을 아끼는 마음은 깊었지만…… 나라가 없으면 백성도 없다는 것은 어디나 마찬가지일 듯합니다."

"그렇습니다, 사람이 아무리 귀하고 소중해도 나라가 없으면 백성도 없는 것이지요. 그래서 나라는 부강해야 하고, 나라의 지도자인 국왕의 왕권은 강해야 하며, 백성을 보살피는 어버이로서의 국왕은 자비로워야 합니다. 지금 신라는 그 세 가지 중에서 자비로운 마음을 품은 이가 강한 왕권을 만드는 것이 우선입니다. 그래야 귀족들의 발호를 막을 수 있기 때문입니다."

"어떤 분이 자비로운 분인지 어떻게 장담할 수 있겠습니까. 서쪽 나라들에서조차 처음에는 따뜻한 마음으로 백성을 보살피다가도 오래지 않아 오직 자신의 권력에 취하는 경우가 대부분입니다."

"그래서 불심이 필요한 것이지요."

단호함을 자제한 상화의 억양에서 신수라는 어렴풋하나마 속내를 읽을 수 있었다.

정치, 공주는 정치를 하고 있는 것이었다. 자신의 꿈, 가야국 백성들을 신라의 백성으로 만들어 편하게 하고, 외적으로부터 침략당하지 않는 강한 신라를 만들되 자비로운 국왕이 이끄는. 그 꿈을 위한 정치, 세속과 불법이 어우러진 정치. 그러나 언뜻 생각해도 쉽지는 않을 것 같았다.

말 머리를 나란히 해 왕궁으로 돌아가던 도중 상화는 다시 조심스럽게 말을 꺼냈다.

"사병을 유지하려면 많은 비용이 드는데 귀족들이 어떻게 재물은 마련하는지 아십니까?"

"글쎄요, 제가 그걸 어떻게……."

"기본적인 것은 자신들이 소유한 땅에서 생산되는 산물입니다. 하지만 그런 곡물로는 매점매석에 가격 담합까지 해도 울타리 안에서라는 규모의 한계가 있습니다. 또 백성의 원망이라는 위험한 비수를 안기도 하고요. 그래서 보다 큰 재물을 만들려면 다른 나라와의 교역이 필요합니다. 서쪽으로부터 들어온 물건과 왜국이나 양나라, 혹은 북쪽으로부터 들여온 물건을 서로 사가도록 해 큰 이익을 남기는 것이지요. 서라벌 서역 시전도 그런 귀족들의 창구이지만 대마도는 공식적으로 할 수 없는 은밀한 것들까지 거래하는 창구가 되는 것이고요."

"은밀하다면 무엇을 말씀하시는 것인지요?"

공주는 차마 말할 수 없다는 듯 고개를 돌렸다.

결국 귀족들은 자신들의 이익을 위해 불법적인 짓까지 자행한다는 뜻이었다. 어쩌면 노예나 무기와 같은, 법으로 금하고 나라에 해가 될 것들까지 교역의 대상으로 삼는지 모를 일이었다. 대마도는 그런 불법의 거래를 위해 필요한 장소였으니 신라의 엄한 관장 아래 드는 것을 귀족들로서 결코 받아들일 수 없을 테고.

어쨌거나 무슨 까닭인지 오늘은 특별히 공주의 말이 길었다. 더구나 묻지 않은 말을 자청해서 이토록 많이 하는 경우는 아직 한 번도 없었다. 다른 속내가 있는 듯했지만 신수라로서는 알 수 없는 일이었다.

"서라벌 서역 시전에 들어오는 물건들을 내리는 포구는 어디에 있습니까?"

조심스러운 신수라의 물음에 상화는 기다렸다는 듯 답했다.

"내일 포구까지 안내할 길잡이와 함께 채비해드릴 테니 직접 가보십시오. 기왕 서라벌을 벗어나시는 걸음이니 달포쯤 두루 돌아보셔도 좋을 것입니다."

뜻밖인 상화의 제안이 신수라는 그저 기쁘고 고마울 뿐이었다.

21

귀족이란 자들

대장군 이사부는 지대로왕을 독대하고 있었다. 그러나 왕께서는 이미 늙고 병이 깊은 데다 어제 조당 회의에서 어심을 상하시고 더욱 상심하여, 겨우 침상에 등을 기대어 앉으실 정도였다.

"전하, 옥체를 강건히 하소서."

이사부는 푸석한 용안을 뵙자 저절로 약해지는 마음을 어쩌지 못했다.

"널 보기 부끄럽구나. 그토록 약속하여 대업을 맡기고서도……."

"어서 옥체를 강건히 하시어 명을 내려주십시오. 대마도를 정벌하는 데 그리 오랜 시간이 걸리지는 않을 것입니다. 기필코 승전보를 올리겠나이다."

"내가 널 믿지 못해서가 아님을 어이 모르느냐. 귀족들이 저리 반대하니 어쩌겠느냐."

"전하, 전하는 지엄하신 이 나라의 국왕이십니다."

왕께서는 쓸쓸한 웃음을 지으셨다.

"그것도 내가 강건할 때의 이야기다. 이렇게 늙고 병드니 귀족들이 다시 고개를 쳐드는 것이다."

이사부의 두 눈에 눈물이 그렁했다. 장대한 골격의 강건한 용체로 사방을 호령하던 왕이셨다. 고구려, 백제와 어깨를 나란히 하려면 동쪽과 남쪽 바다의 근심을 없애야 하고 가야를 병합해야 한다는 웅대한 꿈도 품으셨다. 그리하여 신임하는 자신에게 은밀히 하명하여 먼저 우산국을 정벌토록 하신 것인데 시간을 너무 지체했다. 그래도 자신은 우산국에 이어 대마도를 마저 정벌하려는 계획으로 전선의 건조를 늘린 것인데 이처럼 귀족들의 거센 반대에 부딪칠 줄이야.

"전하, 왕자마마도 계시옵니다. 무엇이 두려워 그들의 눈치를 보시옵니까."

"원종의 나이 아직 어린 데다 문약하니 귀족들의 움직임이 심상치 않구나. 내 언제 어찌될 줄 모르는데 저들과 각을 세워서는……."

왕의 고민이 거기까지 미친 줄은 정녕 몰랐다. 이사부는 불같은 기상으로 두 눈을 부라렸다.

"어떤 놈들입니까? 소장이 당장에 쓸어버리겠습니다!"

"소리를 낮추어라. 궁에는 듣는 귀와 보는 눈이 많다."

"비록 저들의 사병이 적지 않다고 하나 지금 신라 군사의 사기는 하늘을 찌르고, 전하에 대한 충성심은 당장이라도 목숨을 내놓을 만큼 군건합니다. 무엇을 두려워하십니까."

"어허, 그렇게 용맹만으로 나라를 다스릴 수 있다면 힘센 자가 왕이 되면 될 것이지 왜 번거롭게 하겠느냐. 힘으로만 겨루면 결국은 모두가 죽는 길이기에 번거롭더라도 정치라는 것을 하는 것이다."

"귀족 중에서 가장 주동 되는 세력만 쓸어버리면 다른 자들은 눈치를 볼 것입니다."

왕께서는 절레절레 고개부터 저으셨다.

"그들은 가진 것이 많은 이들이다, 쉽사리 놓아버릴 수 없을 만큼 많이 말이다. 그들이 필요에 따라 손을 잡는 것도 바로 가진 것을 지키려는 데 배가 맞기 때문이다. 나라의 힘으로도 어찌할 수 없는 까닭이다."

"그럼 모조리 쓸어버리겠습니다. 결코 지지 않을 것입니다."

"그래서? 그렇게 해서 백성의 피로 산천을 적신 다음에 무엇을 얻을 수 있다는 것이냐! 얻은들, 그 권력은 또 얼마나 갈 것 같으냐!"

왕께서 노기를 띠시니 비로소 이사부도 깨우침이 있었다. 나라의 군사가 용맹하고, 왕의 옥체가 강건하신 날에도 그들을 위압하지 않고 다독이며 모르는 척 눈감아 져주신 까닭이었다.

왕께서 노기를 누그러트리고 다시 말씀을 이으셨다.

"귀족들이 너를 주목하고 있다. 너무 강하고 힘이 크면 내 뒤를 이을 왕을 억누를 것이라 여김이다."

이사부는 기함했다. 억지도 그런 억지가 없었다.

"전하, 무고입니다. 억울하옵니다. 어찌 제가 그런 마음을 품겠습니까. 저에게는 오직 신라를 위하는 마음뿐이며, 국왕에 대한 충성의 결심을 한순간도 소홀히 한 적이 없사옵니다."

"네 그런 마음을 나야 모르지 않는다만, 백성의 사랑까지 한 몸에 받는 너는 그들에게 이미 너무 두려운 존재이다. 왕을 위압해 네 뜻대로 하리라 의심하면 네게 위압되지 않을 강건한 이로……."

왕께서는 차마 말을 맺지 못하셨다.

"전하……."

머리를 바닥에 찧으며 눈물을 쏟을 뿐인 이사부에게 왕께서 처연한 옥음을 내리셨다.

"변방의 국경을 살피며 때를 기다려라. 휘하의 장수들도 그 쓰임새에 따라 임지를 달리하고."

대장군은 명을 따르겠나이다, 말하고는 다리를 제대로 가누지 못해 휘청거리며 겨우 일어났다. 오직 나라와 국왕만 생각했을 뿐 진골의 신분도, 백성의 환호성도, 승전의 위세도 염두에 둔 적이 없었다. 왕께서는 정치라 말씀하셨지만 그것은 정치가 아니라 왕실과 나라에 대한 협박이었고 백성에 대한 도적질이었다. 당장에 휩쓸어 도륙하고 싶었지만 왕의 말씀처럼 백성의 피로 산천을 물들게 할 수는 없는 노릇이었다.

"내 더 일찍이 자식을 얻어 강건하게 키울 수 있었더라면……."

물러나는 대장군의 등 뒤로 왕의 쓸쓸한 독백이 들려왔다. 양물이 너무도 커 배필을 구하기 어려웠던 왕이셨다.

이른 아침부터 대장군의 처소를 찾아와 기다리고 있던 유강에게는 청천벽력 같은 소리였다.

"대장군, 어찌 대마도 정벌의 대업을 이리 쉽게 접으려는 것입니까?"

"자네도 어제 보았지 않는가. 귀족들이 저처럼 반발하니 왕께서도 어찌할 수 없다 하시네."

"아니 됩니다. 어찌 품은 대업의 뜻인데 눈앞에서 포기하다니요."

"다시 때를 기다리세. 그리고 나는 잠시 하슬라주로 돌아갔다가 변방의 국경을 돌아볼 테니 자네는 서라벌에 남아 왕궁을 호위하게. 신수라 장군이야 전처럼 공주마마를 호위할 테고, 또……."

유강은 두 눈이 휘둥그레졌다. 인사를 말하시는 것인데 장수들을 모두 뿔뿔이 흩어놓는 것이 아닌가. 실직주 군주로 부임한 뒤로 꼬박 7년 동안 강훈련을 거듭해 키운 장수들이었다. 그들의 충성과 복종은 나라보다 대장군이 먼저였다. 그런 장수들을 뿔뿔이 흩어 놓고 변방을 돌겠다는 것은 더 이상 대업의 꿈을 꾸지 않겠다는 뜻에 다름 아니었다.

"그게 무슨 말씀이십니까? 변방을 도시겠다니요?"

"대마도는 뒷날로 미뤄두세. 고구려와 백제가 지금은 조용하지만 언제 또 어떻게 나올지 모르니 미리 대비하는 것도 필요한 일이네."

"대장군, 무슨 일이 있으셨던 겁니까? 전하를 배알하고 오신 게 아닙니까!"

유강의 두 눈에서 불덩어리가 쏟아져 나올 것 같았다.

이사부는 생각을 바꾸었다. 어차피 얼버무려서 될 일이 아니었다. 하나같이 혈기 왕성한 이삼십 대의 장수들이었고 왜구에 대한 분노가 뼛속까지 사무친 이들이었다. 유강을 제외하고는 처음부터 해전을 염두에 두고 선발한 장수와 군사들이었으니 바닷가 출신이 많았고, 그렇지 않더라도 왜구의 침탈로 부모형제를 잃거나 다친 이들의 자식 혹은 그들의 형제가 대부분이었기 때문이다. 그런 이들의 분노와 의기를 명과 군율로만 덮어서는 불신을 불러 충성의 마음을 흩트리기 십상이었다. 수긍할 수 있는 명분을 찾아야 했다.

"국왕께서는 고령이시고 옥체 미령하시다. 옥좌에 변동이 있을 때 많은 군사가 제자리에서 버티고 있지 않으면 국경을 맞대고 있는 나라에서 딴마음을 품을 수 있다. 게다가 대마도는 울릉도와는 비교할 수 없이 큰 섬이어서 자칫 전쟁이 오래갈 수도 있는 일이다. 만약 그러한 전쟁 중에 나라에 큰일이라도 생긴다면 백성 된 도리로서 군사들의 사기 또한 영향을 받을 것임이 분명하다. 한번 정벌에 나서 이루지 못하면 대마도는 우리를 적으로 여겨 경계하며 왜국과 더욱 가까워질 것이니 다시 도모하기는 더욱 어렵다. 그래서 신중하려는 것이니 더 이상 거론하지 말라."

목소리는 낮았어도 억양은 단호했다. 그래도 유강은 다시 입을 열었다.

"그렇다고 애써 단련한 장수들을 여기저기 흩어놓을 까닭이 무엇입니까? 그들이라도 지금처럼 함께하여 다음을 준비하도록 두십시오, 대장군."

이사부인들 왜 그런 생각이 없겠는가. 그러나 이미 두려워하고 의심하기 시작한 귀족들이니, 뭉쳐 있으면 더욱 의심을 키워 반드시 그냥 두려 하지 않을 터이므로 여차하면 장수들의 신상에까지 영향이 있을 것은 명약관화했다. 더욱 염려되는 것은 그런 정쟁의 사특함이 장수들 내부의 분란까지 일으키려 들 테니, 그것만은 막아야 했다.

"왕의 우환을 어찌 일일이 장수들에게 알리겠나. 그리되면 고구려와 백제에 알려지는 것도 금방일 것이다. 또한 이미 단련된 장수들이니 나라 곳곳에 흩어져 다른 군사들도 훈련시켜 강군으로 만드는 것이 다음을 준비하는 옳은 방책임을 왜 생각하지 못하는가. 따르게, 명일세."

명이라면 따를 수밖에 없는 일이었다. 그러나 유강은 여전히 뭔가 께름칙했다. 아무리 고령에 병환이 있다고 해도 어제 알현한 왕의 용태는 당장 변고가 일어날 정도는 아니었다.

신수라를 찾아간 유강은 또 한 번 어리둥절했다. 어제까지 아무런 이야기도 없던 신수라가 아침 일찍 상화 공주의 배려로 사포(絲浦, 지금의 울산광역시 반구대 일대) 포구로 길을 나섰다는 것이다. 유강이 대장군의 처소에서 나와 곧바로 신수라를 찾은 것은 그와 함께 다른 장수들을 움직여 대장군을 다시 한 번 설득하려는 생각에서였다. 이번 우산국 정벌에서 보여준 그의 기지와 무용은 서역에서 온 이방인이었음에도 모든 장수와 군사들을 탄복하게 했고, 그에 의한 신망은 단번에 장수들의 중심이 되게 했다.

유강은 다시 발길을 돌려 상화 공주를 찾아갔다.

"신수라 장군은 무슨 일로 사포에 보내셨는지요?"

"제가 보낸 것이 아니라 롭성의 소식을 아는 서역 상인을 찾아보려고 가신 겁니다."

"그렇더라도 어제까지 아무런 말이 없었는데 이렇게 갑자기 나선 건······?"

"바다를 모르셨던 분이라 이번 우산국 정벌을 치르면서 큰 포구에 대해 생각하신 모양입니다. 어젯밤 불쑥 경주의 포구를 묻기에 말씀드렸더니 당장 가보겠다고 하시더군요."

그러고 보니 서라벌에 들어올 때 마상에서 자신에게도 비슷한 질문을 한 기억이 떠올랐다.

"그렇다고 당장 아침에 길을 나섰다는 것입니까?"

"그 마음이 오죽하겠습니까. 그래서 제가 서역 시전에서 길잡이를 찾아 딸려 보냈습니다."

유강은 고개를 끄덕였다. 충분히 이해할 수 있는 일이었다.

"한담이나 나누시려고 신수라 장군을 찾으시는 것은 아닌 듯싶습니다, 무슨 급한 일이라도 있으신 겁니까?"

상화의 물음에 유강은 깊은 한숨부터 내쉬었다.

"대장군께서도 대마도 정벌을 미루자고 하십니다. 그래서 신수라 장군과 함께 장수들을 움직여 다시 건의를 드리려고요."

223

상화는 기다렸다는 듯 말을 받았다.

"그러지 마십시오. 대장군님을 괴롭히는 일이 될 뿐입니다."

"괴롭히다니, 무슨 뜻입니까?"

"귀족들 중에는 대마도주와 관계가 깊은 분들이 적지 않습니다. 장군님도 어렴풋이는 아시겠지만 거래를 빌미로 뒷돈을 받는 분들도 있고요. 그런 분들이니 결코 물러서지 않을 것입니다."

"왕명을 내리시면 될 일이 아닙니까?"

"아바마마께서도 귀족들과 등을 져가며 명을 내리기는 어렵습니다. 무엇보다 이익과 관련된 일이기에 두고두고 불화의 근원이 될 수 있습니다."

"도대체 귀족이란 자들은 얼마나 가져야 직성이 풀린답니까. 그들에게는 나라보다 자신들의 이익이 우선이랍니까. 참으로 한심한 자들입니다."

"아시는 것처럼 신라는 귀족의 나라입니다. 육부의 연맹에서 시작된 나라가 아닙니까. 그러니 왕권을 내놓는 대신 다른 무엇이라도 챙겨야 할 텐데 재물만 한 게 없다고 생각하는 것이지요. 그래서 왕권이 더 강해져야 한다는 것입니다."

상화의 말에 유강은 접어두었던 생각이 떠올랐다.

"왕자님을 물고 늘어지는 겁니까?"

이번에는 상화의 입에서 한숨이 새나왔다. 털어놓고 말해도 될 사람이었고, 그래야 멈출 성품이었다.

"어쩔 수 없군요, 예, 왕자님의 불심을 경계하고 있습니다."

"뭐라고요? 아니 불심이 무슨 대수라고요?"

"평등이라는 말부터 귀족들로서는 마뜩찮은 모양입니다. 그런데 왕자님께서는 불심이 깊으시니 경계할밖에요. 아바마마께서도 선택할 폭이 좁습니다. 그러니 장군님도 더는 나서지 마십시오. 대장군님까지 경계하는 그들이니 너무 강하시면 누구라도 의심하고 눈엣가시로 여길 그들입니다. 우선은 자중하시고 왕자님이 강건하실 때까지 기다리는 게 옳을 듯합니다."

이사부 대장군만이 아니라 자신도, 다른 장수들도 그리될 수 있다는 뜻이었다. 유강은 비로소 대장군이 왜 그처럼 단호했는지 알 수 있었다.

나라보다 제 이익을 우선으로 여겨 온갖 구실로 대업마저 망치려는 자들이니 참으로 파렴치하고 속 좁았다. 나라가 강성해지면 교역에서든 무엇이든 그만큼 이익도 더 커질 것임을 왜 모르는 것인지. 아니다, 그들은 몰라서가 아니라 현상의 권력을 지키려 함이다. 맞다, 재물은 권력이다. 나라를 다스리는 데도 힘보다는 재물이 더 긴요했다. 아무리 큰 힘이라 해도 그것을 유지할 재물이 뒷받침되지 않으면 어느 순간 무기력해지기에 말이다. 그러나 아무리 재물이 힘의 원천이고 권력이라 해도, 가장 큰 힘과 권력은 백성의 마음에 있는 것이었다. 백성의 마음이 움직여 하나 되는 힘으로 만들어지는 권력이야말로 재물의 권력은 꿈조차 꿀 수 없는 크고 영원한 것이니, 그래서 백성의 마음을 어루만지는 평등과 자비를 보물로 삼으려 함인데⋯⋯ 속 좁은 자들, 치졸한 자들, 눈앞의 것에

만 연연하는 무지한 자들. 그래서 기어이는 나라를 망쳐 모든 것을
한꺼번에 잃고 후회할 자들이 재물에 의지하고 재물만 믿는 자들
이다.

22

사포 포구

　사포는 신라에서 가장 오래되고 가장 큰 포구로 이미 멀리 서역에까지 잘 알려져 있었다. 그곳은 큰 만을 이루어 외해의 거친 파도에도 비교적 잔잔한 데다 수심이 깊어 큰 배를 대기에 맞춤했다. 그러한 천혜의 조건은 이미 신라 이전 아득한 옛날부터 고기잡이를 발달케 해 산기슭 큰 바위에는 각종 사냥과 함께 고래잡이 그림이 암각화로 남아 있기도 했다.

　사포로 향하는 신수라의 마음은 기대와 두려움으로 설레고도 떨렸다. 공주의 말에 따르면 서라벌 서역 시전은 귀족과 경도의 백성들을 위해 선별한 물품들을 가져와 여는 것이고, 사포 포구에는 여러 나라의 상인들이 모여 직접 교역하기도 하는 국제적인 포구였기에 훨씬 더 많은 사람들을 만날 수 있을 것이라 했다. 한편 생각하면 진작 알려주지 않은 것에 원망의 마음이 일기도 했지만 자신이 바다를 알지 못해 묻지 않은 것이니 누구를 탓할 일은 아니었다. 무엇보다 이번에는 소식을 아는 누군가를 만날 수 있을지에 대한 기대가 있는 반면, 만약 듣고 싶지 않은 소식을 듣게 되면 어쩌나 하는 두려움 탓에 다른 것은 깊이 생각할 겨를이 없었다.

말 머리를 나란히 한 길잡이는 이제 열댓 살이나 될까 싶은 소년이었다.

"얼마나 더 가야 할까?"

신수라가 처음으로 입을 열자 소년은 기다렸다는 듯 환한 웃음부터 지어 보였다.

"초저녁에는 도착할 낍니더. 너무 걱정 마이소, 내사 눈 감고도 찾아가니까네 해가 떨어져도 괜안십더."

"……."

신수라가 대답이 없자 소년은 잠시 망설이다가 이번에는 제가 먼저 입을 열었다.

"신수라 장군님 소문은 서라벌뿐만 아이라 사포에도 자자할 낍니더. 이번에 우산국 글마들 때리잡는데 엄청시리 공을 세웠다 카데예?"

"공은 무슨, 대장군님이 훌륭하셨다."

"그런데 서역에서는 우리 신라를 뭐라 캅니꺼?"

밝은 소년의 천진한 질문에 신수라도 긴장이 풀어졌다.

"황금나라라고 한다."

"황금나라라꼬요? 우리 신라에 황금이 그리 많나……?"

잠시 고개를 갸웃거리던 소년이 피식 웃었다.

"그라고 보이 황금이 많기는 합니더. 보이소, 당장 여 장군님 말 방울에도 금이 들어갔다 아입니꺼."

듣고 보니 그랬다. 신수라는 고개를 끄덕여주었다.

"넌 아직 어린데도 말을 잘 타는구나."

"우리 신라 사람들은 마카 다 잘 탑니더. 활도 잘 쏘고요."

"활 솜씨는 나도 보았다. 그럼 일찍부터 배우는 것이냐?"

"아입니더, 배운다 그칼 것도 없이 저절로 잘 타지고 잘 쏘아집니더. 말캉 엄청시리 친하고요."

"저절로?"

"하모요. 어른들 말씀이 아주 옛날에 북쪽에서 말을 타고 내려와가 그런다 캅디더."

"북쪽에서?"

"야아, 아니, 예. 이제사 전해오던 이야기도 가물거리가 확실히 말해주는 사람은 없지만서도 다들 그리 믿고 있심니더."

가능한 일이었다. 말과 활에 익숙해 서역을 휩쓴 사람들도 소년이 말하는 북쪽에서 온 사람들이었으니 남쪽으론들 내려오지 못할 까닭이 없었다. 신수라는 소년이 새삼 총명하다는 생각이 들었다.

"신라는 여러 나라에서 마음대로 들락거리던데 거기에 간자가 끼어 있으면 나라에 해가 되지 않겠느냐?"

소년은 피식 헛웃음부터 흘렸다.

"문을 꽁꽁 걸어 잠굿는다꼬 들러올 간자가 못 들어옵니꺼? 아입니더. 간자는 우에라도 들어옵니더. 그럴 바에야 문을 활짝 열어나 삐면 마음 놓고 들락거리다가 우리한테 도움 되는 소리도 흘린다 아입니꺼. 또 여러 사람이 들락거리마 그 사람들이 주워들어가 전해주는 이야기가 더 많은데 뭐할라꼬 잠굿겠습니꺼. 이거저거 무섭다꼬 문 걸어 잠굿는 건 고마 겁쟁이들이나 하는 짓입니더. 사포가 눈으로 보믄 알낍니더만 문을 열어가 사람이 마이 들락거리마 돈도 마이 남습니다만, 사람도 마이 남습니더. 신라가 좋다꼬 고마 눌러앉은 사람들도 억수로 많십니더."

"혼인도 하고?"

"하모요. 얼굴 색깔 틀리다꼬 뭐 별나게 다른 게 있습니꺼. 다 똑같은 사람인데요."

"넌 몇 살이냐?"

"열다섯입니더."

놀라웠다. 겨우 열다섯 살의 나이에 세상을 보는 눈이 그처럼 열려 있다니. 아니, 어쩌면 저 어린 소년도 아는 것을 모르는 어른들이 바보였다. '길을 여는 자는 흥하고 성을 쌓는 자는 망한다'던 상화 공주의 말이 더욱 실감됐다.

"너는 언제부터 시전의 일을 했느냐?"

"아주 쪼깬할 때부터 보니까네 너무 재미있어가 종일토록 점포에서 놀았다 아입니꺼. 다른 말을 배우는 것도 재밌고요."

"점포 주인이 부친이시냐?"

"아아, 아니, 예."

'야아'를 '예'로 고치는 아이의 노력이 재미있었다.

"왜 왕궁의 말과 백성의 말이 다른 것이냐?"

"본래는 여 말이 이란데 왕궁이나 나랏일 보는 사람들은 달리 말합디더. 뭐 그게 더 품위 있다꼬 생각하는 모양인데 그랄수도 있는 기지요. 그케도 알아듣는 데는 마카 문제없심더."

신수라는 저절로 밝은 웃음이 터져 나왔다. 대범하고 너그러운 소년이었다. 아니, 신라 사람 모두가 그런 모양이었다.

해가 지고 제법 어두워져서야 사포에 닿았다. 문을 지키는 군사에게도 소년이 먼저 나섰는데 모두들 잘 아는 모양새였다. 소년은 신수라를 관청으로 데려갔다. 관장으로 보이는 사내는 소년이 건네주는 공주의 서찰을 읽고서 깜짝 놀라는 시늉을 했다.

"어이쿠, 이거 신수라 장군님을 이렇게 뵙는군요. 이곳 관리를 책임지고 있는 박도수입니다."

신수라도 고개를 숙여 예를 표했다.

"신수라입니다."

"장군의 무용은 이곳 사포에서도 모두 잘 알고 있습니다. 먼 길을 오셨는데 제가 술을 대접하겠습니다."

"아닙니다. 오늘은 그냥 쉬도록 하겠습니다."

"허긴, 먼 길을 오셨으니……."

나이 지긋해 보이는 관장은 서운한 표정이기는 했어도 선선히 숙소로 안내했다.

잠이 오지 않았다. 눈앞에 그려지는 부왕과 어머니, 니데지나 그리고 보리스…… 이제는 꿈조차 꾸지 않았다. 아니, 눈을 뜨면 꿈을 꾼 것은 같았으니 찾아오지 않는 것인지도 모를 일이었다. 그새 모두가 잊어버릴 만큼 시간이 흐른 것인지, 아니면 자신도 모르게 잊은 것인지, 그도 아니면 모두가 별이 되어…… 섬뜩했다. 생각조차 하고 싶지 않은 일이었다.

아직 해도 채 밝지 않은 희부연 기운 속에 벌써 문밖이 부산스러웠다. 교역을 하는 상인들이라 부지런한 모양이다 생각하며 신수라도 뒤척이기만 하던 잠자리를 털고 일어났다.

방문을 열고 나오던 신수라는 멈칫했다. 문밖의 소란은 교역의 그것이 아니라 신수라가 나오기를 기다리는 사람들의 웅성거림이었던 것이다.

"저분이 신수라 장군님이시구면."

"아니지, 쎈스라로프 왕자님이시지."

"참말로 잘생깄기뿌다 아이가."

"저노무 가시나 바라. 저러다 오줌 찌리겄다!"

"말은 맞다 아이가. 인물도 저리 멀쩡하신데 무용까지 뛰어나시다 카이 참말로 신라의 보배따."

"아이고, 그나저나 롭성 소식이 궁금해가 여를 오신 모양인데 우야노."

왁자한 웃음소리에, 박수에, 환호성에…… 제각각 떠드는 소리에 어안이 벙벙해진 신수라는 마루 아래에 서 있는 관장과 소년을 돌아봤다.

"지가 어젯밤에 신수라 장군님을 모셔왔다 켔디만 마카 다 새벽부터 이리 기다렸다 아임니꺼. 시끄러버가 일쩍 일나싰습니꺼?"

"어찌된 일입니까?"

관장 박도수가 웃음을 머금고 나섰다.

"상화 공주님께서 일쩍부터 장군님에 관한 일을 알려주시며 롭성에 대한 소식을 아는 사람을 찾으라고 명하셨습니다. 상화 공주님은 여기 상인들도 모두 존경하는지라 저마다 자신들 일처럼 오가는 상인들을 붙잡고 물어봤는데 지난번 서라벌로 보낸 그 상인들 외에는 아직 만나지 못했습니다. 그런데 얼마 전 가야에서 공주님을 구한 이야기며 이번 우산국 정벌 때의 무용을 듣고 모두 얼굴이라도 뵙겠다고 이렇게 몰려온 겁니다. 소란에 잠을 설치셨겠지만 이해하십시오."

"야, 장군님은 그저 시전이나 둘러보시소. 상인들 만나는 기야 여사포 사람들이 진작부터 해왔으이까, 사시던 롭성 근처의 눈에 익은 물건이라도 보마 말씀하시소. 우리가 그기 어디서 우에 들어왔는지 반다시 알아낼 끼니까요."

"하모요, 우선 조반부터 드시러 가입시더."

콧등이 시큰하고 눈자위가 아렸다. 그들 모두 자신과 다를 바 없는 마음인 듯싶었다. 상화 공주의 배려가 이처럼 속 깊을 줄이야. 신수라는 눈물을 보일까 고개를 숙인 채 관장의 뒤를 따랐다.

해가 뜨고 날이 밝자 장관이 드러났다. 긴 포구를 따라서는 각양 각색의 수십 척 큰 배가 줄지어 정박해 있었고, 커다란 만 안에는 댈 자리가 나기를 기다리는 배들로 가득했다. 들어오는 배, 나가는 배에는 또 저마다의 깃발이 펄럭거려 그 자체로 온 천지의 만물이 다 모인 듯했다.

포구 안쪽에는 높은 목책을 둘러 시전과 마을을 방비했는데 군데군데 높은 망루를 세워 배의 들고남과 침입자를 경계했다. 목책 안에는 드넓은 시전과 더불어 물건을 보관하는 창고도 여러 채가 있었다. 그중에서 가장 번듯한 건물은 관아였는데 그곳에서는 들어오고 나가는 물건에 제각각의 세금(관세)을 부과해 징수했고, 치안과 상인들의 편의를 도왔다. 관장의 말에 따르면 그곳에서 징수하는 세금은 모두 왕실로 들어가는데 나라살림을 꾸리는 데 큰 몫이 된다고 했다. 신수라는 씁쓸한 웃음을 지었다. 귀족들에게 대마도는 세금을 내지 않아도 되는 장소임을 알았기 때문이다.

시전은 서라벌의 그것보다 열 배는 더 컸으며 펼쳐진 물건들도 열 배는 더 다양했다. 왜국에서 들어왔다는 오밀조밀한 것에서부터 양나라의 도자기며 비취, 비단, 자단목紫檀木. 천축국에서 가져왔다는 공작 꼬리며 각종 향료. 대식국의 양탄자와 다양한 종류의 금은기. 피부 검은 사람들이 사는 땅(아프리카)에서 전해왔다는 상아며 침향沈香이며 여러 동물의 가죽제품들. 빨갛거나 파랗거나 제각각의 형형한 빛을 자랑하는 루비, 에메랄드, 사파이어 등의 보석. 서역 끝에 있다는 나라(로마)에서 들여왔다는 형형색색의 유리잔…… 심지어는 앵무새를 비롯하여 제각각 생김새가 다른 개와 고양이며 원숭이 등 살아 있는 짐승들까지 실로 헤아릴 수 없는 수 많은 종류의 물건들이 끝도 없이 펼쳐져 있었다. 그래도 신수라의 눈에 익은 물건은 도무지 보이지 않았다.

"비슷한 것도 없심니꺼?"

종일 길잡이를 하며 말벗하던 소년이 해가 저물기 시작하자 제가 더 실망스러운 낯빛으로 물었다.

"내일 또 돌아보자꾸나."

아이 앞에서 실망의 기색을 드러내기 싫어 애써 덤덤히 대꾸했다. 그런 신수라의 반응에 소년은 마음이 놓인다는 듯 팔을 잡아끌었다.

"이거 억수로 이쁘지 않습니꺼?"

소년이 데려간 점포에는 눈이 부시도록 아름답고 다양한 장신구가 세 벽면에 가득 걸려 있었다.

"예쁘구나. 이건 어디서 들어온 것이냐?"

신수라는 진심으로 감탄하여 물었다.

"이건 들여온 기 아이라 팔리 갈 겁니더."

"그럼 신라에 금이 많기는 많은 모양이구나?"

"금이 나기는 난다 카든데 전부는 아이고 금덩어리로 들어왔다 가 저리 나가는 기 대부분입니더."

"금덩어리가 장신구로?"

"예, 우리 신라 사람들은 손재주가 좋아가 세상에서 금을 젤로 잘 다룬다 캅디더."

신라가 황금의 나라로 칭해지는 까닭은 그것이었다. 아무리 귀한 금이라 할지라도 덩어리로는 그 빛이 덜할 것이고 저처럼 아름답게 다듬어야 더욱 귀한 보물이 되는 것이니 실로 황금의 나라인 것이었다.

저녁상에 마주앉은 관장이 유리잔에 술을 부었다. 신수라는 그것이 포도주임을 금방 알아봤다.

"이건 포도주가 아닙니까?"

"예, 삼한 땅에는 아직 포도라는 것이 없으나 서역 상인들 중에 가끔 가져오는 이들이 있어 보관해두었는데 오늘 장군님을 위해 특별히 꺼냈습니다. 안주도 서역 사람들은 양고기를 즐긴다고 하여 오늘 들어온 배에서 조금 구했습니다."

관장의 성의도 고마웠지만 신수라는 옛 생각에 저절로 목이 메었다. 그 속을 모르지 않는 관장은 허허롭게 웃으며 잔을 권했다.

"사포에는 스스로가 좋아서 눌러앉은 이국 사람들이 적지 않습니다. 그런 이들도 때로는 고향 생각에 눈물을 짓는데 하물며 장군님의 처지에서야…… 그래도 이렇게 고향을 추억할 수 있는 술 한 잔과 고기 한 점으로 그리움을 달래는 게 또 인생이기도 하지요."

"고맙습니다."

"공주마마께서 저에게 이르기를 장군님께서 언제라도 원하시면 돌아가실 수 있도록 배편을 주선하라 하셨습니다. 소식이 없더라도 기어이 가시겠다는 생각이 들면 언제라도 저를 찾으십시오. 그곳이 어디인지는 몰라도 선원들에게 수소문하면 가장 가까운 포구로 모셔다드릴 수는 있을 겁니다.”

“이렇게 호의를 베푸시다가 돌려보내려면 아쉽지 않습니까?”

“허허, 사람 사는 게 붙잡고 있다고 인연이 되는 건가요. 갈 사람은 따뜻하게 배웅해주는 게 신라 사람들의 방식입니다. 하지만 이렇게 떠나오신 것도 결국은 그럴 만한 인연이 닿아서 그런 것이라 여기면 또 눌러앉지 못할 것도 없는 일이지요. 부모형제도 사연에 따라서는 떨어져 살 수도 있고, 또 언젠가는 죽음이라는 놈이 영원히 갈라놓기도 하는 게 인생사 아니겠습니까. 오늘은 이런저런 사념은 다 내려두고 한번 취해보십시오, 허허.”

삶을 달관한 것 같은 관장의 허허로움에 신수라는 오랜만에 긴장이 풀리며 푸근한 위안을 느꼈다.

“여러 나라 사람들을 만나보셨겠습니다.”

“그렇습니다. 대부분 상인들이기는 합니다만 피부색이나 생김새와 상관없이 사람 다양한 건 다 비슷하더군요. 의리를 우선으로 여기는 사람, 정이 많은 사람, 이익만 찾는 사람, 여자를 밝히는 사람, 술에 취하기만 하면 정신 줄을 놓는 사람 등등 말입니다.”

“성가신 사람들도 많았겠습니다.”

“웬걸요. 처음에는 성가시다 여겼는데 돌아가고 나면 다 그럴 수도 있었겠다 싶으니 나중에는 그저 재미있다는 생각만 들더군요. 그리고 모두가 손님이니 크게 죄를 짓지만 않으면 너그럽게 선처

하는 편입니다. 아마 그래서 더 많은 나라 사람들이 찾아오는 게 아닌가 생각합니다. 손님을 냉대해서야 누가 다시 찾고 싶겠습니까, 허허."

"오래 계셨습니까?"

"벌써 10년도 넘게 여기서 관장 노릇을 하고 있지요. 다 공주마마 덕분입니다."

"여러 나라 말에 익숙하셔서 그런가요?"

"글쎄요, 아마 그럴 테지요. 하지만 저는 겨우 간단한 의사소통이나 하는 정도이고 말은 역시 상인들이 잘하지요. 밥줄이 달렸으니까요, 허허. 머무시는 동안 말이 다른 건 걱정하지 마시고 여러 나라 사람들과 이야기를 나눠 왕자님 나라 가까운 곳의 정세라도 알아보십시오. 그럼 짐작이나마 할 수 있을 테지요. 데려온 아이가 총명한 데다 사포를 자주 드나들어 다른 여러 말을 전해 소통하게 해줄 사람을 금세 찾을 겁니다."

"정말 고맙습니다. 신라가 열린 나라이고 자비의 나라인 건 알았지만 이렇게까지……."

신수라의 눈에 눈물이 고이자 관장은 또 술잔을 들어 권했다.

"너무 연연해 하지 마시고 천천히 둘러보십시오. 이 배 저 배 구경도 하시고, 근처도 둘러보시고요. 인연은 억지로 찾아지지 않습니다, 인연이 깊으면 저절로 찾아오는 법이지요, 허허."

밤은 깊어가고 술은 취해갔다. 아니다, 술보다 더 취하게 만드는 것은 사람이었고 따뜻한 말이었다. 모두가 따뜻했지만 언제나 마음 한구석은 비어 있었다. 미련을 가지라는 것인지 버리라는 것인지 알 수 없는 그 말이 빈구석을 채워주는 따뜻한 말이 되어 눈물을 쏟게 했다. 눈물을 쏟으니 가슴이 시원했고 무거운 짐덩어리가 덜어지는 듯했다. 정녕 그리 무거운 짐이었던가, 집착이었던가. 무겁기는 했으나 결단코 짐이라 여기지는 않았다. 집착이 되었던 모양이다. 가장 자유로운 땅에 와서 자유를 잃은 영혼이 되었던 것이다. 그러나 인연은 억지로 찾아지지 않고 인연이 깊으면 저절로 찾아온다는 그 말이 다시 영혼을 자유롭게 하였으니 집착에서 벗어나는 길이 보였다.

<u>23</u>

벗

벌써 보름이 넘어 달포가 가까워오고 있었다. 여전히 사포 포구에 머물고 있다고는 하지만 서역 사람을 만나는 것보다 신라 사람들과 어울리는 시간이 더 많다고 했다. 특히 사포의 관장 박도수와 함께하는 시간이 잦고 길다는 전언이었다. 때로는 불법을 전파하는 사문들과 며칠씩 함께 지낸다는 소식도 전해져왔다.

대장군 이사부가 기어이 서라벌을 떠난 뒤 유강은 마치 혼자 버려진 것 같아 신수라가 더욱 그리웠다. 한때 사랑의 적인가 하여 마음을 앓기도 했지만 이제는 설령 아끼는 그 무엇을 가져간다 해도 서운하지 않을, 가장 소중한 벗으로 자리 잡힌 터였다.

세상에 태어나 처음으로 눈 마주치는 이 부모이니 그이들이 가장 귀하다 마음에 새기고, 부모의 피와 살을 함께 나눈 형제자매가 있어 또 그이들이 소중하다 여겼다. 어리석은 눈과 귀로 어두운 길 헤매는데 이치와 도리 가르쳐 밝은 길로 데려가고, 입에 단 것과 사지 육신의 편안함에 허랑방탕 휘청거릴 때 벽력같은 호통에 매운 회초리마저 서슴지 않아 정신을 일깨우고 육신을 단련케 하니 그이를 일러 스승이라 하고 부모와 맞잡이로 삼았다. 아둔하거나 어리석거나 가리지 않고 내 백성으로 삼아, 어버이가 그러하듯 울타리 쳐 보듬어주고 지켜주니 나라와 왕께 충성하는 것은 지극한 도리.

효孝, 우애友愛, 공경恭敬, 충성忠誠. 아름답고 고귀하지만 때로는 무겁고 두렵다. 그 무거움을 함께 짊어지거나 나누지 않아도 그저 두려운 길 나란히 동행이라도 할 누군가가 간절할 때, 같은 무거움과 두려움으로 곁에 서는 이를 일러 벗이라 한다. 그래서 벗은 피와 살을 나누지 않고서도 형제가 되고, 벗의 부모는 나의 부모와 다르지 않음이다. 또한 잘못과 어리석음의 경책警責을 망설이지 않으니 스승이 되고, 나라를 지키는 충성의 길에서는 외롭지 않은 둘이기에 기꺼이 피를 나눌 수 있는 것이다.

사내로서의 삶은 또 어떠하던가. 세상에 태어나 나라를 보위하고, 그름을 가려내 옳음을 세우는 대업의 포부를 품지 않고서야 어찌 남아의 생애라 할 것인가. 그러한 생애에서 대업의 포부를 함께하여 고난을 달게 받고 영광에 겸허할 수 있는 벗이라면 어찌 죽음인들 대신하지 못하리.

신수라는 말이 없었다. 오해에 변명의 말이 없었고, 공에 자랑의 말이 없었으며, 위험에 닥쳐서는 말이 아닌 행동으로 먼저 나섰다. 아득함에 구원의 말을 구하지 않았고, 슬픔에 위로의 말을 원하지 않았으며, 외로움에는 의연할 뿐 기색조차 드러내지 않았다. 그럼에도 자신의 곁에서 사라져간 모든 것들, 심지어는 박차에 발굽을 빨리하던 짐승인 말까지도 벗이라고 부르며 별이 되었다고 말했다.

이제 신라의 경도로써 그 화려함을 비길 데 없는 서라벌 한가운데에서도 그저 쓸쓸하기만 한 유강은 오직 신수라의 귀환만을 기다리고 있었다. 오늘도 왕궁 한 자리에서 멍하니 하늘만 바라보던 유강의 발길은 무심코 신수라의 처소로 향했다.

신수라의 처소는 오늘도 말끔했다. 언제라도 돌아오면 분주하지 않고 그대로 쉴 수 있도록 날마다 깨끗이 닦고 정돈하라는 공주의 명이 있었을 것이다. 털썩, 맥 빠진 기운으로 의자에 엉덩이를 붙이던 유강의 눈빛이 또렷해졌다. 옷장 위에 가지런히 정돈된 투구와 철갑옷 앞에 금색 머리띠가 놓여 있었던 것이다.

서쪽의 그들 역시 금색은 성주나 왕족의 표시일 테지만 어떤 문양이나 문장이 들어 있을까 찬찬히 살피던 유강은 고개를 갸웃거렸다. 말, 벤투스, 힘차게 달리는 벤투스가 같은 금색 실로 수놓아져 있는 게 아닌가. 그러고 보니 씬스라로프로 공주의 말 등에 실려오던 그때도 금빛 머리띠를 두른 것 같았는데 낡아서 헤지고 빛이 바랬던 기억이 되살아났다.

아……! 저도 몰래 탄성 같은 한숨이 유강의 입에서 터져 나왔다. 공주였다. 신라에서 신수라에게 이처럼 정성스레 수를 놓아줄 이라면 상화 공주뿐이기도 했지만, 그에게 벤투스가 어떤 의미인지를 아는 이는 더욱 그랬다. 가슴이 철렁하면서도 아린, 그 무엇을

잃어도 서운하지 않을 것 같던 그 마음과 이건 또 무슨 이중성인
가……

　신수라가 돌아왔다. 아무것도 변한 것 같지는 않은데 어딘가 다
른 기운은 또렷이 느껴졌다.
　"어떠셨습니까?"
　상화는 정이 담뿍 담긴 눈길로 물었다. 들뜬 기색마저 내보였다.
　"많은 것을 배웠습니다."
　"편안하신 듯 보입니다."
　"인연에 대해 좋은 말씀을 들었습니다."
　"사포 포구는 관장에게 맡겨두셔도 될 것입니다. 성심을 잃지 않
는 분입니다."
　신수라는 고맙다는 말을 따로 하지 않았다. 말하는 것이 오히려
말하지 않음만 못할 무게의 은혜였기 때문이다.
　"언어도 그렇고, 관장으로 맞춤하신 분이더군요."
　"언어 때문이 아닙니다. 말이야 누구나 할 수 있지 않겠습니까."
　"그럼 무슨 다른……?"
　"사람을 사람으로 편하게 대해주시는 분입니다. 사포 포구에 드
시는 분들은 먼 뱃길에 시달리고 가족과 고향에 대한 그리움이 깊
은 분들입니다. 그런 분들에게 고향은 아니더라도, 단 며칠을 머물
더라도 위로받을 수 있으면 잊지 않고 다시 찾고 싶겠지요. 손님을
가족으로 대하면서도 손님으로 예우하는 특별한 마음을 가진 분이

십니다. 그래서 아바마마께 특별히 아뢰어 윤허받은 것입니다."

"손님은 언제든 떠날 사람이라는 뜻입니까?"

"떠난다는 것이 그렇게 큰 의미일까요? 떠난 사람은 다시 돌아올 수도 있는 게 사람 사는 이치인 것을요. 돌아오지 않거나 돌아오지 못하면 또 어떻습니까. 마음에 얼마나 깊이 담게 될지도 모르면서 집착에 매달리는 것은 어리석음일 뿐이지요. 부모도 언젠가는 떠나고, 때로는 자식이 먼저 떠나기도 합니다. 그래서 모두에게 손님처럼 대하는 것이 사람의 도리라 여기신다더군요."

유강은 두 사람의 이야기를 묵묵히 듣고만 있었다. 서로에 대한 마음이 깊다는 것은 짐작했지만 다른 깊이였다. 연심이라 해도 어쩔 수 없는 일이라고 수없이 마음을 다잡아보았지만 닥치면 언제나 덜컥거렸다. 그런데 여전히 연심인가 싶으면서도 다른 무엇이 느껴진다. 마음에 깊이 담아둘 손님이거나, 다른 뜻의 손님이거나…… 여하튼 집착에서 자유로운 어떤 마음이다. 유강은 덜컥거리던 마음이 산산조각 나는 소리가 귀에 들리는 것 같았다.

"지난번에 가셨던 가야국에도 큰 포구가 있습니다. 여러 나라의 상인들이 드나드니 한번 둘러볼 만할 것입니다."

"금관의 포구는 위험하지 않겠습니까?"

듣고만 있던 유강이 염려의 말로 나서자 상화는 흐뭇한 낯빛이 되었다.

"저도 염려하지 않는 바는 아니나 신수라 님의 서역 옷차림이면 큰 탈은 없을 듯합니다."

"차라리 군사를 붙이시죠. 왕궁을 비울 수 있도록 허락하신다면 제가 함께 가도 좋고요."

상화는 반색했다.

"그것도 좋은 생각이십니다. 유강 장군님은 아직 가야 땅에는 가 보신 적이 없으시지요?"

"예, 아직……."

"좋은 견문이 되실 겁니다. 제가 아바마마의 윤허를 받도록 하겠습니다."

그러나 신수라는 고개를 저었다.

"아닙니다. 천천히, 겨울이나 나고 둘러보든지 하겠습니다."

상화와 유강은 어리둥절했다.

"이 사람, 내게는 말 한마디 없이 급하게 사포 포구로 달려갈 때는 언제고?"

"그러게 말일세."

신수라는 멋쩍은 웃음을 지으며 대꾸했다.

"겨울에 따로 하실 일이 있으십니까?"

상화는 그새 평상심을 찾아 차분한 어조였다.

"특별한 계획이 있지는 않습니다. 몸과 마음을 다지며 백성들의 삶을 더 돌아보려는 생각입니다."

"왜? 소식이 올 것 같지 않은가?"

안타까움을 감추지 못하는 유강의 물음에 신수라도 쓸쓸한 기색을 드러냈다.

"꼭 그런 건 아니네. 올 소식이면 어떻게든 오겠지. 생각해보면 모든 것이 내 마음에 있었던 것 같네. 소식이 없으면 내가 찾아가도 될 일이었는데 무슨 마음으로 기다리기만 한 것인지⋯⋯."

돌아가겠다는 것인지, 돌아가지 않는 것도 받아들인다는 것인지 알 수 없었지만 알 수 없는 그것이 신수라의 마음인 듯도 했다. 상화는 무심히 찻잔을 들었고 유강은 무언가 말을 꺼내려다 슬며시 입을 닫았다.

<u>24</u>

떠나는 사람들

바람이 몰아쳤다. 진눈깨비가 그 바람을 타고 흩날렸다. 곧 눈바람으로 변할 기세였다. 롭성을 떠나 동쪽으로 향하며 북쪽 황량한 벌판의 마른 해바라기 대궁 사이를 달릴 때도 이런 눈바람을 맞은 적이 있었다. 다시 떠나야 할 때인가, 결정의 고민이 점점 깊어갔다.

불길한 생각은 이미 오래전부터 마음 깊숙이 자리를 틀고 있었다. 아무도 찾을 수 없고, 아무것도 남아 있지 않을지도 모른다는 그 생각. 높은 벽을 만들었던 무거운 돌덩어리들과 제법 거창한 성은 멀쩡하더라도, 옛사람을 알아 반겨 문을 열어주지 않는다면 신수라에게 그것은 아무 의미 없는 공空이 될 것이었다. 드넓은 땅덩어리 여기저기 헤매어 혹여 옛 추억을 간직한 사람을 만나더라도 그가 추억에 쓴웃음만 짓는다면 그것은 차라리 아니 만남만 못한 절망이 될 것이었다. 너무도 잔혹한 전쟁이었다. 씨를 말리듯 도륙하고 노예로 팔았으니, 이는 후환을 없애는 길이 될지는 몰라도 마음의 승복은 기대할 수 없는 노릇이니 영원히 반복될 또 다른 후환의 불씨이기도 했다. 어리석음이다. 열림과 포용을 모르는 정복이란 짐승의 길이지 사람의 길은 아니었다.

가을 추수를 하는 사람들 속에서 신라의 마음을 들여다보았었다. 풍성하기도 하고 부족하기도 했지만 다들 입가에 흐뭇한 웃음이 떠나지 않았다. 풍성하면 절약해 부족한 이웃과 나누고, 부족하면 아껴서 겨울을 나고 봄부터는 산나물을 뜯어 죽이라도 끓이면 그리 허기지지는 않았다. 그렇게 허허롭게 살다 보면 배부르고 좋은 날도 올 것이라는 희망이 그들을 여유롭게 했다. 탐욕스런 귀족 지주의 가혹한 수탈에 눈물을 흘리는 이도 있었지만, 그는 증오해도 나라를 원망하지는 않았다. 까닭을 물으니 언젠가 국왕의 힘이 강성해지면 저런 토호들은 단번에 쓸어 환한 세상을 열어줄 것이라는 기대를 희망으로 삼는 때문이라고 했다. 토호가 밉다고 나라를 원망하면 그럴수록 왕의 힘은 약해지고 그들의 기승만 더욱 드세지는 이치를 깨우친 그 현명함이라니.

대부분의 선량한 백성은 마음 깊이 국왕을 신뢰했다. 본디 신라의 국왕은 백성에 대한 자비의 마음을 하늘로부터 받는 것이라 믿고 또 믿었다. 부패하고, 오직 자신의 영달만 추구하는 귀족들이지만 그들마저 백성으로 안으려 하기에 시간이 걸리는 것일 뿐 머지않아 밝은 날이 올 것이라는 굳은 믿음을 버리지 않았다. 한쪽이 밉다고 다른 한쪽도 미워해서는 모두가 망하는 길이라는 것을 백성은 알았기에 그 기다림이 백 년을 넘고 수백 년이 넘어도 믿음과 희망을 버리려 하지 않았다. 오히려 기다림이 길어지면 길어질수록 국왕께서 어서 큰 힘을 갖기만을 바라고 또 바랐다.

사람의 세상에 나라라는 것이 만들어진 후로 동이거나 서이거나 결국은 크게 다르지 않은 길이었다. 선한 지도자가 있었고 악한 지도자도 있었다. 자비로운 정치가 있었는가 하면 가혹한 수탈의 정치도 있었다. 따져보면 본디 지도자는 백성을 어여삐 여기는 마음으로 시작하는 것이 인지상정이다. 그들의 첫 포부가 바른 세상을 만들고자 함인 것도 그런 까닭이다. 그러나 바른 세상의 포부는 자신이 가진 것을 지키려는 자들의 거짓과 음모와 술수에 부딪혀 휘청거리고, 끝내는 무리를 지은 항거에 지치거나 견디지 못해 지도자는 애초의 포부를 버리거나 타협함으로써 그들을 닮아가는 것이 대부분이다. 그렇다고 세상에 간악한 자들이 더 많은 것은 결코 아니다. 다만 어리석은 자들이, 인내하지 못하는 자들이 거짓에 놀아나고 술수에 휘둘리는 것이다. 그리하여 기어이는 나라를 결딴내고 노예의 길을 걷게 되지만 거울로 삼지 못하고 반복을 거듭한다. 나라의 수명이 짧으면 짧을수록 그만큼 어리석은 자들이 많았다는 생생한 증명이다. 그런데 신라는 벌써 5백 년, 아니 이미 천 년이 더 되었을지도 모르는 왕국이다. 참으로 지혜로운 백성이고, 진정으로 백성이 주인인 나라가 아닌가.

신수라는 자신도 어서 돌아가 그런 나라를 만들고 싶었다. 하지만 기다려주는 백성은 있는지, 시작할 둥지는 있을는지…… 자신이 없었다.

시전의 객점 한 곳에 젊거나 중년인 여인들이 모여 있었다. 귀한 비단을 두른 이도 있었고, 허름한 차림의 여인도 있었다. 아마 저마다 장을 보러 나왔다가 이런저런 인연으로 둘러앉은 것이리라.

"바라, 너거 파진찬 댁네 딸내미 소문 들었나?"

파진찬波珍飡이라면 진골만이 오를 수 있는 16관등 중 4등급의 고위직이었다.

"어, 뭐라 카드라? 그래, 저짝에 남산골 사는 나무꾼 집 아들이캉 정분이 나가 알라를 뱄다 카등가?"

"그래, 그래가 파진찬 어른은 펄펄 뛰고, 딸내미는 아부지캉 인연은 끊더라도 사랑은 몬 버린다 카고, 고마 보따리도 하나 없이 나무꾼 집으로 갔다드라."

"아이고야, 글마 거시기가 우리 임금님 거시기만 한갑다."

"저눔의 여편네! 어디 지엄하신 우리 임금님 거시기를, 하하하."

여인들의 거시기 타령과 박장대소가 한바탕 이어졌다.

"그런데 우리 신라 가스나들은 우째 그래 사랑이라 카마 눈을 뒤집는동, 쯧쯧."

"어디 가스나만 글나, 머스마도 가스나한테 눈깔이 뒤집어지마 꼭 같제. 우쨌든동 신라 핏줄은 가스나 머스마나 사랑이캉 나라에 대한 충성이라카모 고마 물불을 안 가리니, 멋지다 아이가!"

"맞다, 그기 최고따! 사람 사는 기 뭐 별기가. 지 눈알 뒤집어지게 하는 사람이캉 살 부비며 사는 기 최고다 아이가.”

“하모. 그저 가스나는 낮에 살뜰하고 밤에 뜨거버야 하는 기고, 사나는 낮에 나라에 충성하고 밤에는 지 각시한테 펄펄 끓는 걸로 충성해야 최곤기라.”

“에라, 이눔의 여편네가 부끄러븐 줄도 모르고, 하하하!”

그랬다. 신라의 여인들은 직위가 높거나 낮거나, 재물이 많거나 적거나를 가리지 않고 솔직하고 뜨거웠다. 그것은 오직 들끓는 정염이 아니라 투명한 정신과 자유로운 영혼이었다. 사람의 길에 무엇이 가장 소중한 것인지를 알아 다른 그 어떤 유혹에도 흔들리지 않는 용기이기도 했다. 어쩌면 신라의 사내들이 남자가 되어 굳센 의지와 강인한 용기를 갖는 것도 그런 여인들의 품이 있기 때문인지 몰랐다.

“근데 너거 신수라 장군 이야기는 들었나?”

“상화 공주님이캉 정분이 깊다는 소문 말이제?”

“아이다, 상화 공주님은 유강 장군님과 알라 때부터 연분이 깊다.”

“맞다. 공주님이 어데 이랬다저랬다 할 분이가.”

“그란데 와 공주님 옆에는 만날 신수라 장군이 있노.”

“그기야 임금님이 공주님 호위를 시키가 그런 거제.”

“아이다, 내가 듣기로는 공주님은 부처님을 연모한다 카드라.”

“부처님이사 암만 연모해도 없는 사람인데 우짤끼고.”

“그라모 셋 사이가 우에 될고?”

“하이고, 그건 알 거 없고. 내사 마, 인물 멀끔하제, 기운 펄펄 끓

제, 그 품에 한번 안길 수만 있으면 서방이고 나발이고 고마 없다!"

"아나, 떡이다! 신수라 장군이 눈이 삣다 카드나, 미쳤다 카드나!"

여인들이 또 와르르 웃음을 쏟아내며 주변을 두리번거렸다. 신수
라는 얼른 일어나 슬며시 자리를 떴다.

봄기운이 돌기 시작했다. 겨우내 움츠렸던 만물의 기운이 소생하
기 시작하는 때였으니 새로운 일을 도모하기에 맞춤했다. 신수라
가 공주를 뵈러 전각을 찾았을 때 마침 유강도 와 있었다.

"이제 금관으로 가볼까 합니다."

여전히 담담했지만 어떤 의지가 읽혔기에 상화는 잠깐 아쉬운
빛을 내비쳤다.

"이제 마음을 굳히신 겁니까?"

"그렇습니다, 공주마마."

"아직 아무런 소식도 듣지 못했는데 어쩌시려고요?"

신수라는 초연한 미소를 띠며 대답했다.

"아무것도 할 수 없으면 다시 돌아오면 되는 일인데 반드시 소식
을 기다려야 할 건 아니었습니다."

"돌아오실 길을 왜 굳이?"

"미련이 있으면 집착에서 벗어날 수 없을 것 같습니다. 신라 사
람이 되어도 자유로운 마음에서 비롯되어야 하고, 혹여 못 돌아오
게 되더라도 미련을 털어내면 어디서라도 자유로울 수 있을 것 같
아서입니다."

상화는 고개를 끄덕였다. 그의 말이 옳았다. 마음이 자유롭지 못하고서야 어떤 기쁨도 영화도 진정할 수 없는 법이었다.

유강이 나섰다.

"그럼 제가 배웅하겠습니다."

"아닙니다. 혼자 다녀오겠습니다."

상화는 문득 신수라의 답을 되새겼다. 가겠다가 아니라 다녀온다고 했다, 분명.

"금관에서 출발하시려는 게 아닙니까?"

"아닙니다. 금관에서 견문을 더 넓혀보려는 것입니다. 사포 관장께서 기별을 주면 가장 짧고 빠르게 갈 수 있는 배편을 찾아주겠다 하셨습니다. 항로에 따라서는 수년이 걸리는 경우도 있다는데 무작정 배를 탈 일은 아닌 듯합니다."

상화는 일단 마음이 놓였지만 여전히 서운한 가운데 왠지 불안한 생각이 들었다.

"그럼 유강 장군님도 함께 다녀오십시오. 아바마마께 주청드려 군사 백 명을 내드리도록 하겠습니다."

"괜찮습니다. 그리고 가야국 땅인데 많은 군사가 움직이면 오해를 살 것입니다."

신수라는 이전 공주의 말을 떠올린 것이었다.

"아닙니다. 지난번 신수라 장군님이 왜구를 물리쳐준 적도 있으니 그들도 기꺼이 환대할 것입니다. 가야국 대신 중에 아는 분이 있으니 제가 편지를 써드리겠습니다."

253

"너무 번거롭습니다, 공주님."

그러나 상화는 유강에게 말했다.

"기왕 함께 가시는 길이니 지난번 쇠터에 들러 좋은 덩이쇠를 많이 준비해두라 전해주십시오. 신수라 장군님이 사포에서 떠나신 후 제가 가지러 갈 것입니다."

"명대로 시행하겠습니다, 공주마마."

덩이쇠보다는 자신의 거절을 막으려는 방편임을 알았지만 신수라도 더는 어쩔 수 없었다. 먼저 신수라가 물러나자 유강은 상화에게 눈길을 주지 못한 채 물었다.

"어찌 붙잡지 않으신 겁니까?"

"처음부터 그리할 분이었습니다."

"그래도 붙잡으셔야지요."

"인연이 깊으면 돌아오시겠지요."

너무도 초연한 상화의 반응이 유강은 의아했다.

"연모하셨던 것이 아닙니까?"

상화는 담담한 표정으로 조용히 고개를 가로저었다.

"그럼……?"

그것은 유강의 가슴 떨리는 기대였다. 그러나 상화는 이번에도 담담히 고개를 저었다.

"저는 부처님의 제자인 것을요."

"예? 공주마마!"

유강은 펄쩍 뛰었다. 그러나 상화는 은은한 미소를 머금었다.

"벌써 오래전입니다. 철이 들면서부터 그리 생각했습니다. 우리 땅에 불법이 공인되면 저는 부처님의 사문이 되어 신라와 백성, 국왕의 흥성과 평온을 기원하는 데 여생을 바칠 것입니다. 가야에서 신라로 와 공주의 영예와 다함없는 사랑을 받았습니다. 그렇게나마 보답하려는 것이니 기쁘게 여겨주십시오."

유강은 눈물이 핑 돌았다. 완고한 결심이라면 애원이라도 해보련만 이미 해탈한 자유로움으로 비워진 공의 세상이니 붙잡을 그 무엇도 없었다. 자신의 간절함을 가슴에 묻어두고 벗의 사랑을 지켜보며 행복하려 했는데 모두가 떠나려는 것이니 사랑이 허무했다. 그러나 사랑이 떠나는 것이 아니라 더 큰 사랑으로 영원히 곁에 있는 것인지도 모른다는 생각에 유강은 북받쳐오는 눈물을 억누를 수 있었다.

25

살생유택

유강은 말 머리를 나란히 한 신수라를 연신 힐끔거렸다. 떠나려고 마음을 정했다면서도 서두르는 기색이라고는 조금도 없었다. 느긋하게, 마치 산천을 유람이라도 하는 사람처럼 아득한 눈길로 먼 산을 바라보기도 하고, 저녁 무렵 마을에서 밥 짓는 연기라도 피어오르면 흐뭇한 눈빛으로 가물가물 멀어지도록 눈을 떼지 않았다.

"신라 경치가 서쪽보다 더 좋은 모양이지?"

"비슷한 구석도 있고 다른 구석도 있지만 아름다운 거야 어디나 마찬가지 아니겠나."

"그런데 뭘 그렇게 유심히 눈에 담나?"

"사람이 다르니까."

"사람? 어떻게?"

"어떻게? ……그걸 나도 모르겠네. 어딜 가나 좋은 사람도 있고

나쁜 사람도 있는 건 마찬가지인데, 이곳 땅에서는 뭔가 다른 기운
이 느껴져."

"다른 기운? 그건 또 뭔가?"

"잘은 모르겠는데, 말로는 쉽게 하는 자비라는 것이 마음으로 느
껴지는 것 같네."

"자비라⋯⋯."

"서쪽에는 러브love라는 말이 있는데 자비와 비슷한 것 같으면서
도 신라의 사랑이란 말과 더 가까운 것 같아서 온전히 이해하지 못
했는데⋯⋯."

"땅의 기운에서 느껴진다?"

유강의 말에 신수라는 고개를 끄덕이면서 한마디 덧붙였다.

"사람 냄새가 그윽한 땅."

무슨 의미인지 명쾌하지는 않아도 어렴풋이 이해할 수 있었다.
유강은 내친김에 망설이던 이야기를 꺼냈다.

"공주님은 어찌 생각하나?"

"아름다우시지."

망설임 없는 대답이었다.

"연모의 마음은 없었나?"

신수라의 얼굴에 쓸쓸한 기색이 스쳐갔다.

"난 아흔아홉의 목숨에 빚을 졌네, 부왕의 말씀도 있었고. 연심을
마음에 담을 만큼 한가한 사람이 아니지 않은가."

"돌아오면 뭘 할 텐가?"

"기어이 돌아오게 된다면 사문이 되어 아흔아홉 벗들과 부왕, 그리고 부왕의 백성들을 위해 기원하겠네."

"허……!"

기막히다는 한숨을 내뱉은 유강이 말을 머뭇거렸다.

"왜?"

이번에는 유강의 얼굴에 쓸쓸한 기색이 스쳐갔다.

"공주님도 같은 말씀을 하셨다네. 신라에 불법이 공인되면 사문이 되시어 신라와 백성, 국왕의 흥성과 평온을 위하여 기원하겠다고. 진작부터 두 사람이 참 많이 닮았다 했는데, 그래서 어울린다 생각했는데……."

신수라는 한참 동안 유강을 물끄러미 바라보다 눈길을 거두며 말했다.

"많이 서운하겠네."

"연모의 마음은 자네 머리띠를 본 뒤에 이미 거두었네."

신수라는 무심코 가슴으로 가는 손을 슬며시 내렸다. 금관 포구에서 입으려고 서쪽 옷을 따로 싸면서도 머리띠는 무심결에 품속에 갈무리했었다.

가야진을 눈앞에 두고 행군을 멈췄다. 아직 해가 남아 있기는 하지만 가야진을 건너면 오래지 않아 해가 질 테고, 어둠 속에서 가야 군사와 마주치면 사정을 알리기도 전에 오해가 마찰을 일으킬 수 있었기 때문이다. 다행히 나루가 있는 마을이라 넓은 객점이 있어

유강은 군사들을 쉬게 하고 주인에게는 먹을거리를 넉넉히 준비하
라 일렀다.

"간단히 씻고 우린 술부터 한잔하세."

"군사들을 데리고 무슨 술인가."

신수라는 마다했지만 유강은 그의 어깨를 두드렸다.

"이제부터는 해만 지면 나와 술을 마셔야 할 걸세. 한 해가 될지
두 해가 될지 모르는 이별인데 이 서러운 밤들을 어떻게 그냥 보낼
수 있겠나."

"핑계는 그럴듯하네만 신라 땅도 아니고, 서라벌에 돌아가서 한
잔하세."

"우리가 무슨 전쟁 치르러 온 것도 아니니, 군사들도 이해할 걸
세. 아니지, 군사들도 한 잔씩……."

유강은 말을 멈췄다. 군사 하나가 얼굴이 하얗게 질린 허름한 옷
차림의 중년 사내를 앞세워 허겁지겁 뛰어오는 것이었다.

"장군, 산 너머 마을에 왜구가 쳐들어왔답니다."

"뭐라, 왜구!"

자리를 박차고 일어나는 유강 앞에 중년 사내가 잔뜩 겁에 질린
채 무릎을 꿇었다.

"원래는 약초 싹이나 나왔나 한번 살펴볼까라고 아직나불(아침
나절)에 산에 갔다 아입니꺼. 그런데 약초는 아직 일찍어가 안 보
이고, 기왕 나온 김에 강변 마실에 친구나 본다꼬 실실 내리가는데
왜구들이 보이드라 아입니꺼. 냅다 내뺄라 카다가 친구가 걱정되

259

가 숨어서 본께네 마실 사람들을 마구 강생이(개) 패듯이 잡는 기라예……."

사내는 비로소 북받치는 눈물을 쏟아내며 바닥에 퍼질러 앉아 발버둥 쳤다.

"백성들이 죽었소?"

"아입니더, 아직 죽이지는 않았을 낍니더. 마카 가마솥에다 밥을 짓도록 시키는데, 수백 명도 먹고 남을 낍니더."

"왜구의 수는 얼마나 됐소."

"한 서른 남짓 될 낍니더."

대충 사정을 파악한 유강은 신수라를 돌아봤다.

"자네는 여기서 남은 군사들과 만일을 대비하게."

그러나 신수라는 벌써 갑옷 끈을 당겨 묶고 있었다.

"왕께서 내리신 장군의 직분일세. 떠나는 순간까지 소홀히 할 수 없네."

시간이 촉박했다. 유강은 가야진을 수비하는 군사라야 30명 남짓이라는 사실에 함께 온 군사 절반인 50명을 더해 진장津長으로 하여금 수비를 강화토록 하고 곧바로 달려가 마을이 내려다보이는 산기슭에 은신했다.

마을을 점령하고 있는 왜구는 가야국 쇠터에서 부딪쳤던 그들과 같은 차림새였다. 신수라는 혼자서 짓쳐 들어가도 단박에 모두 벨 것 같았다.

"곧장 쳐들어가세."

신수라의 말에 유강은 고개를 저었다.

"아니 되네. 밤이 되기를 기다리세."

"저놈들, 나도 겪어봤네. 군사 열만 가도 충분히 도륙할 수 있는 놈들일세."

"여차하면 무고한 백성들이 다칠 수 있네. 군사의 일에 장수가 둘일 수 없으니 내 말을 따르게."

유강의 말투가 자못 엄중했다. 신수라는 따를 것을 마음먹었지만 어둠을 기다리겠다는 생각은 그리 달갑지 않았다. 어둠이 깃들면 아군에게도 위험이 따른다. 빛이 남아 있을 때 전광석화처럼 돌진하면 백성들이 약간의 피해를 입을 수는 있겠지만 군사는 상하지 않고 승리를 거둘 것이었다. 전장에서는 군사가 우선이고, 어차피 희생 없는 전쟁은 있을 수 없는 것인데…….

마침내 해가 지고 어둠이 깃들자 유강은 은밀한 진군을 명하더니 마을 문턱에 이르자 장검을 뽑아들며 날듯이 앞장섰다.

"쳐라! 백성을 보호하라!"

느닷없는 공격에 기함한 왜구들이 여기저기서 몰려나오며 칼을 빼들었지만 대항이라 할 것도 없었다. 신라 최정예 왕실 군사들의 은밀한 기습인 데다 수적으로도 우세했다. 지리멸렬, 작달막한 키에 종종걸음으로 구르듯 강가로 도망치는 왜구들을 신수라는 무지막지하게 도륙하며 뒤쫓았다. 검을 휘두를 때마다 허공으로 뿜어지는 검붉은 빛줄기가 비릿한 피비린내를 물씬 풍겼다.

줄행랑치는 두 왜구의 등 뒤를 공중으로 껑충 솟아 양발차기로 꼬꾸라트린 신수라가 장검을 곧추세워 내리꽂으려는 순간이었다.

"멈추게!"

유강의 칼등이 신수라 칼날을 옆으로 쳐냈다.

"무슨 짓인가? 적일세!"

"불필요한 살생이네! 차라리 포로로 잡게!"

"뭐라고? 이건 전투일세! 적을 살려 보내면 다시 공격해올 게 아니가!"

"그러니 포로로 잡으라는 걸세."

"사로잡아서 노예로 삼는 건가?"

"아닐세. 교화시켜 원하면 백성으로 받을 것이고, 그렇지 않으면 돌려보낼 걸세."

"뭐라고? 적에게 교화라니……."

그러고 보니 여기저기 등 뒤로 양손을 묶인 왜구들이 10여 명이나 되었다. 신수라는 어이가 없었다. 노예로 삼는 것도 아니고 적을 교화해서 백성으로? 일찍이 들어본 바 없는 전장의 법이었다.

"왜, 이해가 안 되나?"

"도대체 무슨 생각인가?"

"살생유택이라 했네. 무조건적인 살육은 아무리 전장이라도 죄라 했네."

법사라는 이에게서 들은 적이 있었다. 그러나 일상이라면 모를까 전장에서 살생유택이라니…….

"살려 보낸 적들이 다시 쳐들어오지 않는다는 보장이 없지 않은

가. 선과 악 중에 적은 악일세. 악은 철저히 멸해야 하는 것이고."

"아무리 죽여도 적은 언제나 있네. 한 번 죽여서 끝낼 수 있는 일이었다면 세상에서 전쟁은 진작 사라졌을 테고. 생각해보게. 모든 적을 멸했다고 과연 세상이 영원히 평온해질 수 있을지."

신수라는 뭐라 대답할 말을 찾지 못했다. 삶과 세상을 바라보는 마음 길은 다른데 결과는 부인할 수 없으니 말이다.

군사 한 명이 달려와 급하게 알렸다.

"큰일 났습니다, 장군!"

"뭔가? 아직 잔당이 남았나?"

"아닙니다. 잡은 왜구와 말을 섞어봤는데 이번에 쳐들어온 왜구의 수가 2천이나 된다 합니다."

"뭐라고? 어디에?"

기함하는 유강을 지켜보는 신수라의 두 눈도 휘둥그레졌다.

"일부는 강 건너에 은신해 있고 주력부대는 밤중에 가야국 강 포구로 상륙해 내일 여명에 합류할 것이라 합니다."

"어디가 목표라더냐?"

"선발대로 잠입해 본진이 도착하기 전에는 알지 못한답니다. 이 놈들은 밤새 양식을 장만하려고 이 마을을 점령한 것이라 합니다."

"목표가 가야라면……."

그러나 유강이 채 생각할 겨를도 없이 신수라가 나섰다.

"어차피 그른 일이네. 여기에 온 왜구들이 돌아가지 않으면 이리로 몰려들지 않겠나. 설령 그렇지 않고 가야국이 목표라 해도 기세가 강해지면 언제든지 말 머리를 돌릴 수 있네."

"가까이에서 군사를 동원할 수 있는 곳이 어디인지 급히 알아보라!"

명을 내린 유강은 신수라와 머리를 맞댔다. 만약에 대비해 고을 주민을 통해 지형과 산세를 파악하고 우선 가야진에 남은 군사를 모두 달려오도록 했다. 그리 멀지 않은 거칠산군에는 군사의 수가 많지만 왜구의 침탈이 잦은 지역이라 기껏해야 수백 명 남짓의 군사를 지원받을 수 있을 터였다. 아무래도 너무 세가 불리했다. 유강과 신수라는 서라벌과 거칠산군으로 급히 파발을 보내고 돌아가는 상황을 지켜보기로 결정했다.

26

파발

밤을 도와 달려온 파발이 왕궁의 새벽을 깨우자 급히 어전회의가 소집됐다. 뒤늦게 소식을 들은 상화는 사색이 되어 조당으로 달려갔다.

"왜구의 수가 얼마나 된다더냐?"

왕께서는 황망하시어 병색이 완연한 중에도 옥음을 높이셨다.

"2천이라 하옵니다."

"유강 장군 휘하의 군사는 얼마나 되고?"

"거칠산군 등지에 군사 지원을 요청했으나 1천을 넘지 못할 것이라 합니다."

"이런, 큰일이 아니더냐. 당장 지원군을 편성하라!"

"서두르지 마시옵서소, 전하."

이찬의 등급으로 재상의 직을 수행하는 자였다.

"그게 무슨 소리요?"

"왜구가 가야국으로 상륙한다니 우리 신라를 범하려 함은 아닐 것입니다. 섣불리 군사를 움직여 전화를 부를까 두렵습니다."

"이미 우리 신라의 고을을 점령했었다지 않소!"

"기껏 10여 가구가 모여 사는 아주 작은 고을이었습니다. 저들의 양식을……."

"나도 들었소! 작은 고을은 신라의 고을이 아니고 우리의 백성이 아니더란 말이오?"

진노한 왕께서 말을 잘랐지만 이번에는 다른 귀족이 나섰다.

"유강 장군이 젊은 혈기만 믿고 독단적으로 너무 섣불리 대처한 까닭입니다."

"무어라, 독단이라고? 그럼 우리의 고을과 백성이 왜구에게 점령되었는데도 장군으로서 보고만 있어야 한다는 말이오!"

"그런 뜻이 아니라 먼저 왕궁에 고한 후 신중히……."

"닥치시오! 당장 지원군을 편성해 출발토록 하시오!"

"마땅한 군사가 없사옵니다."

"뭐라, 군사가 없다……?"

1등급 관등의 이벌찬이 나서자 왕께서는 옥체를 떠시며 말씀을 맺지 못하셨다. 그것은 자신들의 사병을 내놓지 않겠다는 뜻이었다.

"이보시오, 이벌찬!"

분노를 수습한 왕께서 호통을 치셨지만 이벌찬을 위시한 귀족들은 그저 묵묵부답이었다.

"좋소, 왕궁의 병사 1천으로 지원군을 보낼 것이오."

"불가합니다. 어찌 지엄한 왕궁의 방비를 허술히 하겠습니까."

"그럼 어찌하자는 말이오!"

"아직 왜구가 신라로 온다는 보고도 없었사옵니다. 각 주에서 일정 군사를 보내라 하여 침착하게 준비하여도 늦지 않사옵니다."

한심했다, 국정의 축이 되는 재상이라는 자들이 저처럼 안일한 자세라니. 특히 왕께서 즉위하신 뒤로 두어 차례 자연재해가 있었을 뿐 이렇다 할 적의 침략이나 변괴가 없었으니 자만하고 나태에 빠진 것이었다. 하긴, 귀족의 사병들도 수탈에만 혈안이 되었을 뿐 훈련은 게을리했을 터였다.

"신에게 훈련된 사병 2백이 있으니 지원군으로 보내소서."

말을 아끼고 있던 유강의 아비가 나섰다. 그 또한 이찬으로 재상이었다.

"오, 참으로 가상하오."

"신에게도 사병 1백이 있습니다."

"신 또한 사병 1백50을 더하겠습니다."

이벌찬을 중심으로 한 귀족세력들의 눈빛이 사나웠다. 그러나 자식을 염려한 이찬이 나서자 세가 약한 귀족들도 뒤를 따라 금세 군사 7백이 모아졌다. 신라의 정신이었다.

"그럼 왕궁의 군사 3백을 주력으로 삼아 모두 1천의 군사로 당장 출전하라!"

"대장군은 누구를 삼을 것입니까?"

"아, 이사부……."

왕의 탄식이 안타까웠다. 그러나 이벌찬은 경계의 눈빛을 번뜩였다.

"전하, 더는 이사부를 거론치 마소서."

"그럼 누가 마땅하다는 말이오?"

나이 어린 왕자의 뒷일을 염려하여 이벌찬을 비롯한 귀족세력과 타협한 사안이니 왕께서도 어쩔 수 없는 일이었다. 그때 상화 공주가 나섰다.

"아바마마, 제가 지원군을 이끌고 가겠나이다. 전장에는 유강 장군과 신수라 장군이 있으니 그들을 대장군으로 삼으면 될 것입니다."

"참으로 그러하다, 전장의 대장군은 유강으로 삼으면 되겠구나."

왕께서 용안을 밝게 하셨으나 다시 그늘이 드리워졌다.

"정녕 네가 할 수 있겠느냐?"

"심려 놓으소서, 아바마마."

여자의 몸인지라 염려했으나 당당한 기상을 보니 마음이 놓이셔 왕께서 그리하라 명하셨다.

채 반나절이 걸리지 않아 지원군 편성을 완료한 상화는 서둘러 왕궁을 출발했다.

마음은 바람처럼 달려가고 싶었으나 도보로 따르는 군사가 다수이니 여의치 않았다. 피가 마르고 애간장이 녹아날 것 같았다. 신수라와 유강, 그들 모두 벗이자 뜻을 같이하는 동지였다. 그래, 임이라 해도 틀리지 않았다. 불법과의 인연이 깊고 태어나 받은 은혜가 너무도 커 자비의 사랑을 따르기로 했으나 여인으로서의 마음이 남아 있다면 영원히 지워지지 않을 임들이었다.

자꾸만 밀려드는 불안감에 하마터면 눈물을 비칠 뻔했으나 상화는 금관가야로 앞서 보낸 파발에 기대하며 발길을 재촉했다.

27

임전무퇴

 사방에서 밤을 도와 달려온 군사의 수는 4백에 조금 못 미쳤다. 그래도 유강은 도합 5백여 명의 군사로 대오를 편성하고 산중턱에 진영을 갖추어 왜구의 움직임을 주시했다.

 해가 중천으로 치닫자 왜구는 마침내 강을 건너 신라의 땅으로 몰려들기 시작했다. 처음부터 신라가 목표였는지 어젯밤의 일로 방향을 틀었는지는 알 수 없으나 2천이라는 숫자는 거짓이 아니었다. 전형적인 왜구의 야만스러운 차림새가 대부분이었으나 지휘자로 보이는 왜구들은 군장을 갖추어 제법 위엄이 있었다.

 지켜보던 유강은 신수라를 돌아봤다.

 "우리가 먼저 공격해야겠네."

 "진영을 다 갖추기 전에 흔들어놔야겠지."

 두려움의 기색이라고는 조금도 없는 신수라의 모습에 유강은 든

든했다.

"왜구 놈들이 강을 따라 가야진으로 향하면 평지에서 맞부딪치게 되어 우리가 불리해. 산으로 유인하는 게 중요하네."

"그럼 내가 군사 백 명을 이끌고 공격하다가 이리로 유인하겠네."

"아닐세. 내가 2백을 데리고 공격하겠네."

"자네는 전군을 이끌어야 할 장수일세. 유인은 내게 맡기고 군사 백을 주게."

냉정한 판단으로 단호하게 주장하는 것이니 공연한 치사나 체면치레는 거두라는 뜻이었다.

"좋네. 그럼 군사 2백을 내주겠네."

"아닐세. 만약 저놈들이 유인에 넘어오지 않는다면 가야진으로 향하는 길목을 막아야 할 텐데, 남은 3백의 군사로는 어림도 없네."

정확한 판단이었다. 유강도 고개를 끄덕였다.

산을 내려간 신수라는 기병 30명을 앞세워 벼락같은 함성과 함께 쏜살같이 왜구의 진으로 짓쳐들었다. 왜구도 이미 신라군의 진영을 주시하고 있던 터라 당황하는 기색 없이 맞받아 대항했다. 칼과 창이 부딪치는 소리가 산중턱까지 쩌렁쩌렁 울려왔다.

30의 기병, 특히 금빛 머리카락을 휘날리며 종횡무진 적진을 유린하는 신수라의 무용은 눈이 부실 지경이었다. 번쩍이는 칼을 휘두를 때마다 허공을 가르는 시뻘건 선혈, 거침없이 짓쳐들어 주저함 없이 내지르고 베는 둔중한 힘. 서쪽의 전쟁은 저런 것인가, 유강은 눈살이 찌푸려지기까지 했다. 어쩌면 저런 잔혹한 전투가 몸에는 배었지만 스스로도 진저리 쳐져 신라와 불법에 더 깊은 마음을 두는 것인지도 몰랐다. 그러나 생각도 잠시, 대비한 왜구의 수가 얼핏 보아도 세 배는 넘으니 금세 중과부적의 열세로 몰리고 있었다. 더하여 뒤쪽에서 지원에 나서는 왜구의 움직임도 바빴다.

유강은 신호를 보내 산 아래에 배치해둔 궁수로 하여금 활을 쏘아 퇴각을 지원토록 했다.

화살이 쏟아지자 신수라의 군사들은 재빨리 등을 돌려 퇴각하기 시작했다. 유강은 칼을 쥔 손에 잔뜩 힘을 주고 산을 내려갈 태세를 갖추었다. 그러나 왜구는 신수라의 뒤를 쫓지 않고 진영을 정비하며 강을 따라 북진에 나서고 있었다.

"전군 동쪽으로 내려가 왜구의 앞을 막아라!"

화살이 서로의 허공에 한바탕 난무한 뒤 기병과 보병이 어우러진 피바람이 휘몰아쳤다. 칼과 창, 제각각의 무장으로 적을 베고 찌르다가 어떤 왜구는 팔이 잘려, 어떤 군사는 배가 갈려, 쓰러지고 자빠지며 낙엽처럼 스러졌다. 베고 베이며, 튀고 뿜어진 핏물은 꽃잎처럼 아름다운가 싶게 허공을 수놓다가는 금세 진저리 쳐지는 피비린내와 함께 땅바닥을 검게 물들여갔다.

아수라의 악귀가 따로 없는 게 전장이었다. 모두가 붉었다가 검어지는 핏물과 핏자국을 뒤집어쓴 채 죽이지 않으면 죽는 것이니 두 눈알이 시뻘겋게 뒤집어져 닥치는 대로 죽이다가 죽어갔다. 압권은 신수라였지만 유강도 다르지 않았다. 살생유택은 언제 입에 담았던지 기억조차 없었고, 어쩌면 살아야겠다는 의식도 없는 무념의 칼부림인지도 모르지만 날래고 빠를수록, 두려움 없는 용맹일수록 화려하고 아름다웠다.

헐떡거리는 숨소리 속에, 더부룩한 머리 숲을 헤집고 흘러내린 핏물로 입술을 적시며 갈증을 달랠 때, 서쪽 천지가 붉은 황금빛으로 물들며 노을이 되고 어둠으로 변해갔다. 왜구는 물러갔고 전장은 고요에 잠들었다. 터덜터덜, 그제야 후들거리는 다리를 억지로 가누며 산기슭으로 돌아가 냇물에 손과 얼굴을 훔친 뒤, 또 그 물을 손바닥으로 담아 올려 하루의 갈증을 씻으니 그것도 생이라고 시장기가 밀려왔다.

지난밤에 대충 손으로 뭉쳐 갈무리했던 주먹밥을 건네며 유강은 한심하다는 웃음을 지었다.

"요기부터 하게. 피차 악귀구먼."

낯짝과 두 손만 말끔하니 피로 칠갑한 전신이 더욱 가관이라 신수라도 웃음을 지었다.

"군사는 얼마나 남았나?"

"3백이 채 안 되지 싶네."

"왜구는?"

"5백이 줄었어도 1천5백이 남은 셈이지."

"빌어먹을⋯⋯."

남의 말 하듯 하는 유강의 말투도 그랬지만 5백과 2천보다도 3백과 1천5백은 더 큰 차이가 되는지라 낙담이 저절로 새나온 것이었다.

"왜구들이 새벽부터 움직일 텐데……."

"지원군은?"

"아무리 빨라도 내일 아침에나 도착할까 싶네."

스스로 말해놓고도 유강은 믿지 않았다. 아무리 빨라도 오후는 되어야 도달할 거리인데, 그렇게라도 닿으면 그야말로 신이神異일 것이다. 귀족의 행태를 너무도 잘 아는 까닭이었다.

"저 왜구들의 땅은 불모의 땅인가?"

신수라는 새삼 의아하여 물었다. 아무리 야만이라도 도적질보다는 삶의 수단을 찾는 것이 더 수월함을 모르지 않을 텐데 떼를 지어 나서는 저 근성은 무엇인지.

"불모의 땅이라면 사람이 살지 않았을 테지. 도적질이 뼈에 사무쳤나 보지. 그래서 대마도를 정벌했어야 했는데……."

유강은 가슴을 치며 혀를 찼다.

"허긴, 드물게 저런 족속들이 있기는 하지."

"쉬게, 군사들을 정비해야겠네."

유강이 일어서자 신수라도 몸을 일으켜 뒤를 따랐다.

새벽이 열리기도 전에 왜구의 공격은 치열했다. 군사의 숫자도 숫자였지만 사기가 더 문제였다. 아직 살아남은 왕궁 군사 70여 명을 제외한 나머지 주변 지역의 군사들은 제대로 훈련조차 되지 않아 지리멸렬 뒤로 물러서려고만 했다. 이사부 대장군이 자꾸 떠올랐다. 나라가 평안할수록 군사의 훈련은 치열하고 군기는 엄정해야 한다고, 성벽을 튼튼히 보수하고 칼과 창을 갈고 벼려야 한다고, 장군은 모범이 되고 장수는 긴장해야 한다고 귀가 닳도록 강조하고 반복했다. 그러나 나태했다. 군사와 군장도 그랬지만 귀족의 사치와 향락이, 탐욕이 근원이었다.

어느새 날이 부옇게 밝아오고 있었다. 어둠 속에서 정신없이 밀리고 밀리던 유강은 사방을 돌아보다 낙담하고 말았다. 더 물러날 곳도 없었다. 산으로 둘러싸인 세 방향에는 왜구의 깃발이 촘촘했고, 서쪽이 열려 있기는 했지만 강이 흐르고 있었으니. 배수진이라는 전사戰史가 전해져오지만 기껏 1백여 군사가 남았을 뿐이었고, 살겠다고 강을 향해 등을 돌리는 순간이면 적의 화살에 고슴도치가 될 터였다.

"어찌할 텐가?"

신수라가 물었다.

"우리가 먼저 돌진한다."

유강은 비장한 어조로 대답했다.

"어느 순간에, 어디로?"

"왜구의 우두머리가 모습을 나타내는 순간, 그곳으로 모두."

"그런 뒤에는?"

"암만 왜구라도 우두머리라면 소수의 적을 피해 등을 돌리지는 않을 테니 무조건 돌진해 베는 거다. 그럼 길을 열거나 지원군이 올 때까지 버틸 수 있겠지."

신수라는 하마터면 웃음을 터트릴 뻔했다.

"군사가 현저히 부족한 건?"

"일당백으로 이겨내는 수밖에."

"허, 그게 전법인가?"

"그럼 다른 계책이라도 있나?"

신수라가 피식 웃음을 흘리자 유강도 웃음을 머금었다.

"난 자네한테 배운 거니 이젠 자네가 대장군일세."

"풋, 하하하!"

두 장군이 폭소를 터트리자 남은 군사들이 휘둥그레진 눈으로 돌아봤다.

유강은 남은 군사를 향해 돌아서 손에 쥔 검을 높이 치켜들었다.

"형제여! 벗이여! 우리는 지금껏 칼날을 겨누지 않는 한 찾아오는 이 누구든 막지 않았다. 배신하지 않는 한 떠나는 자 또한 붙잡지 않았다. 그리하여 우리는 함께하는 한 신라의 백성이며, 신라 사람임을 자랑으로 여겼다. 또한 지금껏 우리는 적을 죽임에서도 살생유택의 정신을 지켰다. 하지만 이제 저 무도한 왜구들은 오직 도적질을 위해 우리에게 창검을 겨누고 있다. 여기서 물러서면 우리의 부모형제가, 사랑하는 임과 벗이, 신라의 무고하고 선량한 백성이 도륙당한다. 하늘이 내려주신 신라의 국왕께 불충을 저지른다. 어쩔 것인가! 그들을 지켜 의와 충성의 명예를 지키지 않을 텐가! 설령 도륙당하더라도 우리가 먼저 도륙당하는 것이 옳지 않은가! 우리가 영혼으로 이 땅을 지키면 신라는 자랑스러운 천년제국으로 남아 우리를 기억할 것이고, 그렇지 못하면 우리는 한낱 물거품으로 사라질 것이다! 나는 앞장설 것이다! 지금 물러서 목숨을 구하려는 자 신라의 백성이 아니나 강물에 의지하면 우리가 방패가 될 것이다! 자, 떠날 자는 떠나고, 남는 자는 죽음을 향해 나와 함께 나아가자!"

와―! 천지를 진동하는 함성에 적들마저 주춤하는 듯 보였다. 때마침 왜구의 우두머리가 맞은편 중앙에 말을 타고 나타났다.

"바람, 내가 적진에서 뛰어내리면 넌 뒤돌아서 달려라. 실직주의 벤투스를 찾아가 그 곁에서 벗이 되어주어라. 그것이 내 마지막 명이다."

안장에 앉아 바람의 머리를 쓰다듬어주는 신수라의 모습에 유강은 엄지손가락을 세워 보였다. 신수라도 엄지손가락을 세워 무운을 기원했다.

유강은 다시 검을 높이 추켜올렸다.

"부모와 형제를 위하여! 사랑하는 임과 벗을 위하여! 신라와 국왕을 위하여! 왜구의 목을 벤다! 자, 가자!"

가자―! 신라 만세―! 지리멸렬하던 군사들까지, 단 한 사람의 이탈자도 없이 모두가 시뻘건 악귀의 눈이 되어 죽음을 찾아 돌진했다.

전장의 흐름이 이처럼 변하는 것을 신수라는 아직 한 번도 본 적이 없었다. 죽음을 초월한 거침없는 돌진은 한 줌에 불과해 보이던 군사를 천 배로 늘린 듯 노도와 같았다. 기세에 흔들려 주춤하던 왜구들도 이내 함성을 지르며 마주쳐 달려왔다. 졸지에 혼전이 된 전장에서 유강의 검이 햇빛의 춤을 추자 하나, 둘, 셋, 넷…… 떨어져 나가는 목줄기의 붉은 피를 뒤집어쓰며 어느새 우두머리의 코앞까지 바짝 다가갔다. 신수라는 그런 유강의 뒤를 지키며 전신을 피로 물들였다. 마침내 우두머리의 칼과 맞닥트린 순간, 그놈을 호위하던 수십 개의 칼날이 한꺼번에 유강을 향해 짓쳐들었다. 신수라는 번쩍 몸뚱이를 날려 유강을 향한 칼날을 몸으로 받았다. 주인을 잃은 바람은 재빨리 발길을 돌려 바람처럼 갈기를 휘날리며 전장을 빠져나갔다.

"신수라!"

유강은 고함쳤지만 미처 다 막지 못한 칼날이 어느새 등에 꽂혔다.

"저놈의 목부터!"

신수라는 칼날이 빠져나간 자리에서 분수처럼 솟구치는 피를 혀로 받아 목을 적시며 힘껏 검을 휘둘렀다.

깡―! 부딪쳤다! 왜구의 우두머리는 칼을 물리려 했지만 신수라는 마지막 힘을 다해 그대로 짓눌렀다. 놈의 칼날이 비켜 늘어트려지는 순간, 신수라의 검은 우두머리의 어깨에 꽂혀 그대로 한 팔을 잘라냈다. 아악―, 미처 비명을 토해내기도 전에 유강의 검이 놈의 배 속에 깊숙이 박혔다. 신수라가 다시 검을 쳐들어 허공을 가르자 뚜둑―, 둔탁한 소리와 함께 우두머리의 머리통이 하늘 높이 치솟았다가 신라 군사의 발 앞에 떨어졌다. 군사는 하얀 이를 한껏 드러내 희죽 웃으며 냅다 발길로 걷어찼다.

허공을 가로지른 머리통은 왜구들의 발 앞에 떨어져 데구루루 흙바닥을 굴러갔다. 엉겁결에 발길질을 하려던 왜구 하나가 주춤하며 중심을 잃어 털퍼덕 엉덩방아를 찧는데 하필이면 우두머리의 머리통이었다. 벌거벗은 아랫도리에 '훈도시(褌)'라 한다는 거시기와 불알만 가린 누런 천 조각이 흙과 피로 얼룩지니 참으로 가관이었다.

　"와一! 대가리가 떨어졌다!"

　"죽여라!"

　한순간 숨을 죽였던 전장에 신라 군사의 고함이 쩌렁거리자 왜구는 허둥거리며 등을 돌리기에 바빴다. 와一! 또 다른 함성이 북쪽 하늘에서 울려왔다.

　"막아라!"

　유강은 죽을힘을 다해 외치며 함성을 향해 칼을 겨눴다.

　"지원군입니다!"

　누군가의 외침이 귓전을 울리자 유강은 기운을 잃고 무릎을 꿇었다. 한발 앞에는 신수라가 널브러져 밭은 숨을 헐떡거리고 있었다.

　엉금엉금 기어서 다가간 유강은 신수라의 가슴에 얼굴을 묻었다.

　"안 된다! 눈을 감지 마라! 넌 가야 할 곳도 있고, 돌아오기도 해야 한다……."

　"흐흐, 기쁘다. 마침내 신라 사람이 되었구나……."

　"아니다, 넌 진작부터 신라 사람이었다."

　"고맙다. 그리고 멋있었다. 살생은 가리되 전장에 임해서는 물러서지 않는다니, 흐흐흐……."

"미쳤구나, 그게 뭐가 멋있다고……."

"참으로 신라는 천년제국이 될 것이다."

"정신을 놓지 마라. 그런 신라에서 함께 살자, 친구야……."

"그래, 친구……."

신수라가 힘겹게 손을 들자 유강은 그 손을 맞잡았다.

"아, 장군! 유강 장군님과 신수라 장군님을 지켜라!"

두 사람의 처절한 모습에 남은 군사들은 두 눈에 핏빛 불을 켰다.

"개만도 못한 종자들이다! 모조리 죽여 씨를 말리자!"

"씨를 말리자!"

28

에필로그

"장군님—!"

상화의 비통한 외침에 신수라는 가물거리던 눈을 떴다. 단아하고 고아하던 공주의 모습은 사라지고 철갑옷이 당당하고 장엄한 기상이 넘치는 대장군의 기품이었다.

"아름…… 답습니다…….."

희미하게 사그라지는 미소 속에 신수라는 농담처럼 중얼거렸다.

"신수라 님, 부디 정신을 놓지 마십시오."

"이제…… 천년제국…… 신라 사람이 되어…… 하아—."

깊은 심호흡을 내쉰 신수라는 더 말을 잇지 못하고 점점 숨소리가 잦아들고 있었다.

"유강 장군님!"

손을 굳게 맞잡은 채 엎어져 있는 유강을 바로 뉘였다.

"공주님……."

"유강 장군님, 제발……."

"예…… 신수라와 같이 살아…… 하아—."

두 눈에 눈물이 그렁한 유강도 숨이 잦아들고 있었다.

"여봐라, 여기 장군님들을 어서 모셔라! 어서!"

그러나 둘러싼 장수 모두는 요동하지 않는 돌덩이가 되어 눈물만 지을 뿐이었다.

마침내 서럽던 상화의 울음소리는 신수라와 유강의 숨이 멈추자 통곡으로 변했다.

왕께서 비통함을 감추지 않으시며 무거운 입술을 뗐다.

"유강과 신수라는 신라의 위대한 장군이었으며 아름다운 벗이었다. 그들의 충성과 신의와 우정이 영원히 함께하도록, 두 사람을 합장하라! 또한 대장군의 예로써 장사 지내도록 할 것이며, 그 분묘는 왕릉과 가장 가까운 곳에 잡아 영원히 왕실과 함께하도록 하라!"

상화 공주가 촉촉이 젖은 눈으로 나섰다.

"아바마마, 이제 영원한 신라의 사람이 된 신수라의 황금보검을 그의 허리춤에 두어 그리운 옛사람과 가문을 잊지 않도록 배려하소서!"

"네 뜻이 정녕 옳다! 그리하여 언제라도 훗날의 사람들이 신라의 정신과 신라 사람의 아름다움을 기리도록 하라! 또한 바람이라 부르던 애마의 장식을 함께 부장하여 언제라도 벤투스와 함께 달릴 수 있도록 하라!"

"명을 받습니다!"

함께 외치며 허리를 굽힌 것은 신라의 장수와 군사들이었다.

몇 달 뒤에는 병마를 털어내지 못한 왕께서 세상을 버리셨다.

신라 제22대 지대로왕은 왕 15년인 514년 7월경 돌아가시니 시호諡號를 지증智證이라 했다. 신라에서 시호는 이때부터 시작되었다. 왕 3년에 전왕前王인 소지왕의 장례를 치르며 남녀 각 5명씩을 순장했는데, 이후로는 순장을 금하라 명하셨기에 지증왕의 장례는 그 명을 따랐다.

원종 왕자는 제23대 신라왕으로 즉위하시니 그이가 법흥왕이시다. 왕께서는 불심이 깊으셨기에 왕 15년에 이차돈의 순교를 계기로 불법의 시행을 공인하셨다. 재위하시는 동안 주로 각종 율령과 제도를 정비하는 등 내치에 중점을 두어 나라의 기반을 든든하게 하시었고, 성품은 너그러우시며 백성들을 사랑으로 보살피셨다.

법흥왕의 뒤를 이으신 이는 7세의 맥종麥宗이었는데 그이가 삼국통일의 기반을 닦은 진흥왕이시다. 왕은 법흥왕의 동생 갈문왕 입종立宗의 아들이고, 어머니는 법흥왕의 딸이다. 왕께서 즉위하고 왕태후께서 섭정하시던 이듬해 이사부를 병부령으로 등용했

다. 왕태후는 정실부인이니 곧 법흥왕의 왕비이셨다. 〈『삼국사기』
참조〉

   1,500년쯤 뒤인 1973년, 경주시는 5월 26일부터 계림로 일대에
서 도로 공사를 시행했다. 하수구 배관을 묻기 위해 도로 양쪽을
파 들어가던 중 많은 무덤이 노출되었다. 이에 국립경주박물관 주
관으로 국립중앙박물관 학예연구실 지원을 받아 정밀 발굴조사를
실행했다.

   총 56기의 무덤을 발굴했는데, 그중 14호로 명명된 고분에서 황
금보검이 찬란한 모습을 드러냈다. 황금보검은 지금껏 중국 신장新
疆 위구르 자치구의 키질석굴 69호 벽화에 거의 동일한 모양의 보
검이 보일 뿐이다. 그밖에 흑해와 카스피해를 중심으로 한 페르시
아와 불가리아 등 서쪽 몇몇 나라에서 비슷한 유형의 검이나 유물
의 흔적이 보인다.

   14호 분묘에는 남자 두 사람이 나란히 묻혀 있었으며, 위에서
내려다봐서 왼쪽에 누운 남자의 허리춤에 황금보검이 가로놓여
있었다. 오른쪽의 남자는 긴 장식대도裝飾大刀를 세로로 차고 있는
모습이었다.

   두 사람의 머리 위쪽에는 아름다운 말 장식품 일습과 금제 귀걸
이 등 여러 부장품이 있었다. 남아 있는 직물의 흔적을 분석하니
무늬 있는 비단인 능綾이었다. 당시 신라에서 겉옷으로 능을 입을
수 있는 계층은 진골 이상의 계층이었다. 비단벌레로 장식한 화살

통인 성실구盛失具도 특별하고 아름답다. 〈국립경주박물관 학술조
사보고 제22책「경주 계림로 14호묘」참조〉

                                                        — 끝 —

책을 끝내며

　순장이 국법으로 금지된 시기의 무덤이었다. 남아 있는 천 조각은 진골 이상의 신분만이 입을 수 있는 의복의 비단(綾)이었다. 남자 둘의 합장은 특별하고 깊은 우정이 아니라면 억측이 될 소지가 많았다. 각자 검을 패용하고 있었으니 필경 전장에서 한날한시에 맞은 죽음이라는 추론이 가장 유력했다. 황금보검을 패용한 남자는 그 칼의 주인이라고 봐야 했다. 그처럼 고귀한 보검을 왕이 아니고서야 주인 아닌 자에게 부장할 리 만무하지 않은가. 보검의 주인은 서역에서 온 사람임이 분명하다. 중국 신장 위구르 자치구 타클라마칸 사막 언저리에 있는 키질석굴 벽화에서 직접 보았다. 가장 유사한 모양에, 패용 방법까지 꼭 같은. 그래서 해상 실크로드보다는 초원길을 택했다. 다만, 그가 페르시아에서 온 것인지, 흑해 언저리 어느 성이나 나라에서 온 것인지는 단정할 수 없었다.

　주인공 신수라, 그와 어우러질 상화, 유강 등을 상상하며 『삼국사기』, 『삼국유사』 등 관련 역사서를 찾아 읽었다. 그 무궁무진한 콘텐츠도 그랬지만 가장 놀라운 것은 '신라'는 그저 '왕국'이 아니라 가히 '제국'이라 이를 만하다는 깨우침이었다. 인류 역사에서 천 년을 이어간 나라가 얼마나 될까? 아마 로마 정도가 아닐까 싶다. 제

288

아무리 지배 영역이 넓더라도 채 수백 년을 넘기지 못하고서야 어찌 제국이라 하겠는가.

당시로써 신라는 세상 동쪽 끝의 나라였다. 그 신비하고 먼 길을 오게 만든 힘은 '개방'과 '관용'이었다. 실제 역사상 모든 제국은 문을 열며 제국으로 나아갔고, 문을 닫으며 몰락했다. 또 하나는 '살생유택', 요즘 관념으로 보자면 '인간존중'의 '인권사상'이었다. 그 귀한 바탕에 호국정신과 자비, 사랑의 이야기가 그려졌다.

신라와 황금보검을 버무리는 데 3년이 걸렸다. 그리고 작심하고 단박에 썼다. 쓰는 동안, 지금도 다르지 않은 여러 현실에 역사의 무거움을 실감했다. '개방', '관용', '인권', '호국', '지극한 사랑' 그리고 '기득권', '토호' 같은 내키지 않는 부분까지. 그때 대마도를 정벌했더라면, 하는 아쉬움이 제일 깊다.

뒤늦게나마 역사에 천착하게 된 건 행운이고 축복이다. 함부로 재단하는 가벼움을 조심하고 또 조심할 일이다. 이 책을 껴안아준 〈열림원〉에 감사한다.

김정현

그림 | 이도헌
만화가이자 일러스트레이터. 1996년 『살수쌍졸』로 데뷔한 이후 『필승』 『난타신검』 등의 장편만화와
「군림천하」 「강호무뢰한」 「호유삼국지」 등의 신문 연재소설 삽화를 그렸다. 이밖에 다수의 단행본
표지 및 전래동화 일러스트레이션 작품이 있다.

황금보검

초판 1쇄 인쇄 2014년 5월 15일
초판 1쇄 발행 2014년 5월 23일

지은이 김정현
펴낸이 정중모
펴낸곳 도서출판 열림원

책임편집 강희진 | 편집 김다미 조혜정 고윤희 한나비 | 디자인 주수현 서연미
홍보 김계향 | 제작 윤준수 | 마케팅 남기성 이수현 | 관리 박지희 김은성 조아라

등록 1980년 5월 19일(제406-2003-026호)
주소 서울시 마포구 잔다리로 2길 7-0
전화 02-3144-3700 | 팩스 02-3144-0775
홈페이지 www.yolimwon.com | 이메일 editor@yolimwon.com
트위터 twitter.com/Yolimwon

© 2014, 김정현
ISBN 978-89-7063-807-2 03810
• 책값은 뒤표지에 있습니다.